文春文庫

灰色の階段

ラストライン0

堂場瞬一

文藝春秋

目次

灰色の階段

ラストライン0

手口

1

「しっかりしろ」

係長の田川孝夫《たがわたかお》に低い声で叱責され、岩倉剛《いわくらごう》は唾を呑んだ。そんなことをしても吐き気は抑えられそうにない……胃液が上がってきて喉を焼く。しかしここで吐いたら、犠牲者に対してあまりにも失礼だろう。

「仏さんに手を合わせろ」

田川に言われるまま、岩倉はひざまずいた。遺体との距離が縮まり、また新たな吐き気が襲ってくる。遺体は仰向けの状態で倒れ、虚ろな目が天井を睨《にら》みつけているようだった。出血は、頭と首の二ヶ所。頭は鈍器で痛打され、首の左側の傷は刃物で切り裂かれたようだった。頭の周囲に流れ出した血は、フローリングの床の上で既に固まり始めている。

交番勤務から渋谷中央署の刑事課に上がってきた二十七歳の岩倉が死体を見るのは、これが二度目だった。最初は今年の一月十八日——阪神・淡路大震災の翌日に発覚したバラバラ殺人事件。今回が二度目だが、遺体には簡単には慣れない。今は二月——二ヶ月で二度の殺人事件かと考えるとぞっとする。東京がやはり怖い街なのか、それとも俺に、事件に対する「引き」があるのか。

目を閉じ、両手を合わせる。そうしているうちに、気持ちが落ち着いてきた。これは殺人事件。目の前の遺体は数時間前——十時間ぐらい前には生きてきちんと生活していた人なのだ。それがいきなり奪われた。そう考えると、ふつふつと怒りが湧き上がってきて、体から吐き気を追い出していく。

立ち上がると、少しは冷静に遺体を検分できた。パジャマ姿。寝込みを襲われ、抵抗虚しく殺された、という感じだろう。手にも傷がある。犯人と格闘になった証拠だ。もしかしたら爪に、犯人の皮膚片が残っているかもしれない。

「免許証がありました」

先輩刑事の高岡《たかおか》が、免許証を持って近づいて来た。受け取った田川が、ひざまずいて免許証と遺体を交互に見比べる。ほどなくうなずき、岩倉にも免許証を見せた。

日野《ひの》昌夫《まさお》。昭和十一年七月生まれということは、現在五十八歳。血塗《ちまみ》れの顔と免許証の写真を見比べると、確かに同一人物のようだった。

マンションのこの部屋で悲鳴が聞こえた、という通報が入ったのは、今日未明——午前三時頃だった。渋谷中央署の当直署員が駆けつけたところ、ドアには鍵がかかっていなかった。中を確認して、すぐに遺体を発見。やはり当直勤務だった田川が現場の指揮を執り、岩倉たち刑事課員にも速攻で招集がかかった。恵比寿のワンルームマンションで一人暮らしの岩倉は、顔も洗わずに家を飛び出し、タクシーを拾ったのだった。

今は午前六時。捜査はこれから本格化する。

岩倉は遺体から離れ、ベランダに向かった。アルミサッシのガラス部分に直径二十センチほどの穴が空いており、鍵は外されている。典型的な焼き破り——警察学校で習った記憶もまだ鮮明だ——の手口である。ガスバーナーなどでガラスを熱し、直後に冷却スプレーや水で急速に冷やすと、ガラスは簡単に割れる。音もしないので、侵入盗の犯人がよく使う手口だ。

「焼き破りの現場は初めてか」後ろから近づいて来た田川が訊ねる。

「そうですね」交番勤務時代にも、窃盗事件の現場を検分したことはあるが、焼き破りは初めて見た。

「で？　お前はこの事件全体の筋をどう見る？」

「犯人はベランダから、焼き破りの手口で室内に侵入。窃盗目的だったとしたら、気づいた被害者を襲って殺し、その後はドアから逃げた——ということかと思います」

「いいだろう」田川の表情が少しだけ緩む。「で、捜査の方針は？」

「それを俺に聞くんですか？」

岩倉は少しだけたじろいだ。自分は刑事としては駆け出し――刑事になってまだ二つ目の殺人事件なのだ。捜査の方針と言われても答えられない。

戸惑って黙っていると、田川が「いいから言ってみろ」と急かした。

「はい……」岩倉は一瞬目をつぶり、すぐに回答を引き出した。「類似手口の捜査かと思います。焼き破りの事件を調べて、逮捕歴のある人間をチェックしていく」

「正解、だ」田川がニヤリと笑う。「もちろん怨恨の線も考えられるけどな……捜査の方針は後で会議で決めるが、お前は書類をひっくり返すのと、外で人に話を聴くのと、どっちがいい？」

「希望を言える立場じゃありません」

「そうか」田川がうなずく。「ま、それは後で決めよう」

「おい、岩倉！」高岡が声をかけてきた。「寝室を調べる。手伝え！」

「はい！」

声を張り上げて、岩倉はリビングルームの中をもう一度見回した。血痕は遺体の周辺にあるだけ……ということは、被害者は寝ていて異変に気づき、寝室でいきなり襲われたのだろう。血痕は遺体の周辺にしかないものの、寝室もリビングルームも相当荒れている。テーブルの位置が不自然にずれていたり、椅子が倒れていたりと、被害者と犯人が激しい格闘をしたのは間違いなさそうだ。

「どうした、新入り！」高岡がまた声を張り上げる。

「今行きます！」

新入りか……警察というのは、やはり上下関係がはっきりした世界だと思い知らされる。岩倉は警察学校を卒業してから、交番勤務を経て、今年の年明けに渋谷中央署の刑事課に異動したばかりだった。自分から希望して刑事になったわけだが、こういう上下関係にはしばらく悩まされるだろう。分かってはいても、抑えつけるような先輩の態度は、やはり鬱陶《うっとう》しいものだった。後輩が刑事課に配属されたら、自分もこうなってしまうのだろうか……。

とはいえ、警察での経験を積んでいくに連れ、そういう上下関係はどんどん崩れ――複雑になっていくのだが。警察は、警部までは試験で決まるから、試験が得意な人間は、その気があればどんどん出世していく。その結果、まだ若いのに多くの部下を率いる立場になる人間も少なくない。自分はその道を行くべきか、あるいは出世を望まず現場の刑事として一生を生きていくべきか。二十七歳の岩倉には、まだ何も決められなかった。

早朝――未明に叩き起こされ、その後現場をずっと調べた後に、マンションの他の部屋の聞き込みをしていたので、時間はあっという間に過ぎてしまった。建て替え中の仮庁舎へ戻ると、さすがに疲れを感じる。聞き込みの合間に慌ててコンビニのパンを食べただけなので、腹も減っていた。

最初の捜査会議は、その日の午後七時に設定された。署に戻ったのが六時半。高岡が「さっさと弁当を食っておけよ」とせかせかした口調で命じる。見ると、特捜本部が置かれた会議室の後ろにある長テーブルに、弁当が積み重ねられてあった。岩倉は一つ取って、隅の席で急いで弁当をかきこんだ。腹が減っているからあっという間に食べてしまったが、冷めた弁当は味気ないことこの上ない。二月なんだから、せめて食事ぐらい温かいものを食べたいところだ……。

捜査会議が始まる。最初の会議ということで捜査一課長も参加し、いやでも緊張した雰囲気が高まってくる。岩倉は捜査一課長を生で見るのは初めてだったが、「意志の固まり」のような人だという印象を抱いた。小柄でがっしりした体型。顔つきは柔和な方だが、その目は「やるべきことは必ずやる」「犯人は絶対に逮捕する」と無言で周囲に主張しているようだった。

捜査会議では、まず田川が事件の概要を説明した。最初の頃に現場に入った岩倉も、事件の状況を完全に把握しているわけではない。現場の刑事は、目の前の仕事をこなすだけで、全体像が見えているわけではないのだと思い知る。

「通報は午前三時。通報者は被害者宅の右隣、四〇一号室に住む常田吾郎《ときたごろう》さん、三十五歳です。職業は商社勤務のサラリーマン。明日は臨時で休みということで、家で酒を呑んで夜更かししていたところ、悲鳴を聞いて慌てて一一〇番通報しました。当直の署員が駆けつけたところ、玄関のドアは施錠されておらず、中を確認したところ遺体を発見しました」

次いで、被害者の説明に入る。

「被害者は日野昌夫さん、五十八歳。個人で貿易商をしており、独身です。離婚して一人暮らしだったという情報がありますが、これは現在確認中です。遺体の解剖は明日になりますが、頭部を鈍器で強打された上に、首の左側を刃物で切られて亡くなっていました。被害者の普段の行動パターンについては、現在詳細を捜査中です」

さらに手口の報告。

「ベランダの窓ガラスが、焼き破りとおぼしき手口で破られていました。犯人は室内を物色中に、寝ていた日野さんに気づかれ、格闘の末に日野さんを殺害したと見られています。その後、玄関から逃げたために、施錠されていなかったと思われます。被害額ですが、まだはっきりしたことは分かっていません。ただ、床に投げ出されていた財布が空だったこと、寝室のデスクの引き出しにあった銀行の封筒が空だったことから、現金等が盗まれたと見られています。現状の報告は以上です」

会議の司会役を務める本部捜査一課の管理官が立ち上がり「一課長、お願いします」と促した。

一課長が、背広のボタンをとめながら立ち上がると、ざわついた雰囲気が一瞬で消えた。刑事たちが背筋を伸ばし、言葉を持つ。

「今回の一件は、居直り強盗の可能性が高い。ただし、被害者の交友関係など、怨恨による犯行の線も捨てられない。当面は、強盗、怨恨による犯行の両面睨みで捜査を進めていく。分かっていると思うが、自宅を襲われ、休んでいるところを殺される事件は、市民生活に大きな不安を与える。被害者のため、近隣住民のため、一刻も早く事件を解決するのが急務だ」

「はい！」と一斉に大きな声が上がった。これだよ、これ……これが捜査の醍醐味だと、岩倉は内心の興奮を抑えきれず、つい頬が緩むのを感じた。

そこから、刑事たちへの細かい指示が始まった。大半の刑事たちは、まだ事情聴取を終えていない現場付近での聞き込みを命じられ、他に日野が経営する会社の調査に四人……岩倉は、自分の名前が呼ばれないので不安になった。まさか、特捜本部で電話番じゃないだろうな。連絡要員として、必ず一人が電話番で居残る、という話は聞いていた。それを押しつけられたら困る。せっかく大変な事件に巡り合ったのだから、自分の足で情報を稼いでみたい。

しかし田川は、意外な指示を与えた。

「岩倉は、本部の捜査三課に行って、手口の確認。そうだな……ここ十年ぐらいの、都内の盗犯事件で、焼き破りの手口について全部洗い直せ」

自分でも予想していた役目だったが、正直納得できない。要するに書類仕事ではないか。そういう仕事も必要なのは分かるが、自分は刑事課に配属されたばかり、駆け出しの刑事である。だからこそ、現場で靴底をすり減らす必要があるのではないか？

捜査会議が終わると、高岡が声をかけてきた。

「まあ、腐るなよ。手口の調査は捜査の基本だからな」

「はあ……」そう言われても困る。

「それよりお前、メモ取ってなかっただろう。駄目だぜ、会議の時はちゃんとメモを取らないと」

「覚えました」

「ああ?」高岡が目を見開く。「じゃあ、通報者の名前は?」

「常田吾郎さん、三十五歳」ついでに電話番号もつけ加える。

高岡の表情が微妙に変わった。固有名詞ならともかく、電話番号まで出てくるのが意外な様子だった。

「ちなみに、日野貿易の住所は渋谷区渋谷二の二十五の三、渋谷ビジネスビル三階の三

○五号室、電話番号は——」

「ああ、もういい」高岡が面倒臭そうに言った。「何なんだ、お前、こういうのが特技なのか?」

「特技というわけじゃないですけど……」どうでもいいことは覚えられるのに、大事なことには弱い。試験勉強で記憶力を発揮できるわけではなかったのだ。

「ま、この際手口をちゃんと勉強しておくのもいいんじゃないか?」

勝手なことを……岩倉は、自分だけが捜査から取り残されてしまったような気分だった。

2

翌日、岩倉は朝一番で桜田門にある警視庁本部に向かった。仕事で訪れるのは初めて……前夜、捜査三課に話は通していたが、やはり緊張する。

対応してくれたのは、二係の谷口《たにぐち》という若い刑事だった。自分とさほど年齢は変わらないようだが、でっぷりしていて妙な貫禄がある。

「こいつが、過去十年間の焼き破りの窃盗事件を調べた一覧だ」岩倉の前に、どさりと書類を置く。高さ五センチほど……何枚あるのだろうとうんざりしてきた。

「資料は門外不出だから、ここで見ていってくれ」

「ありがとうございます」岩倉は頭を下げた。「二係って、手口分析の専門ですよね」

「面倒臭いぞ」谷口が小声で言った。「必要な仕事なんだけど、肩が凝る。間違っても、こんなところは希望するなよ」

「一課希望です」

「一課ねえ。狭き門だぜ」

確かに……警察官になった若者の間で人気なのは、捜査一課と交通機動隊だと言われる。殺人事件などの凶悪事件を担当する捜査一課は、やはり警察の花形である。白バイに乗る交通機動隊は純粋に格好いい……どちらも希望者が多いが故に、ふるいにかけられて残った優秀な人材だけが集まると言われているのだが。

「頑張ります」

「ああ。終わったら声をかけてくれよ」

そう言われたものの、いつまでかかることやら。

岩倉はまず、ざっと目を通し始めた。昨日の鑑識の調査で、手口はだいたい分かっている。ガラスを熱したバーナーがどんなものかは不明だが、冷やす際には冷却スプレーを使ったことは、残留物のチェックで明らかになっている。

焼き破りの場合、ガラスを一気に冷やすには冷却スプレー、あるいは水が使われることが多い。岩倉は、水を使ったケースを除外した。常習的な犯罪者というのは、一度成功した手口にこだわる。水を使った犯人が、次回は冷却スプレーに変える、ということはまずないはずだ。水で成功すれば、その後はずっと水というパターンが多いと警察学校で学んでいた。

三十分後、手口表は二つに分かれた。冷却スプレーを使った手口は四十五件。この中で、犯人が逮捕されたケースは二件しかなく、他は未解決だった。四十五件の中には、この二人の余罪もありそうだ……常習の窃盗犯は、何度も犯行を重ねていても、それが全て立件されるとは限らない。

どうしたものか……まず、犯人が逮捕されている二件についてチェックしなければならない。もしもこの犯人が既に服役を終えて出所していたら、また同じ犯行を繰り返している可能性もある。

岩倉は席を立ち、谷口の席に行った。谷口は二人の犯人についてすぐに調べてくれた。逮捕された二人のうち、東新太《あずましんた》は服役中。しかしもう一人、西田康介《にしだこうすけ》は一年前に出所していた。

「西田ねえ……こいつ、確か三回ぐらい逮捕されてるぜ」谷口が言った。

岩倉は、手口表を確認した。容疑者の名前は書いてあるものの、詳しい犯歴までは分からない。谷口がすぐに、別の資料を引っ張り出してくれた。

「そうだな……」ファイルフォルダから数枚の資料を取り出し、確認する。「確かに三回逮捕されて、そのうち二回は実刑判決を受けている」

「今の住所は分かりますか？」

「一年前に出所した後の居所は分からないな……しかし、怪しいっちゃ怪しい」

「ただ、どうですかね」岩倉は疑義を呈した。「ずっと窃盗専門でやってきた人間が、急に暴力的になりますか？」

「居直り強盗ってこともあるよ。いきなり住人が出てきたら、びっくりして何をしでかすか分からないだろう」

「……ですかね」

「ま、特捜に持ち帰って検討しろよ」谷口が立ち上がり、西田に関する資料をコピーしてくれた。

　これで本当に西田が犯人なら、自分の手柄になるのだが、岩倉はどうにもすっきりしなかった。窃盗犯は臆病なものだ、と先輩に聞いたことがある。絶対に捕まりたくないから、見つかりそうになると何も盗《と》らずに逃げ出すこともある。被害者に気づかれ、抵抗されたとしても、相手を殺そうとするものだろうか？　何とか逃げて、相手に顔を見られないようにするのではないだろうか。

　この件がどう転がっていくか、まだ想像もできなかった。

岩倉は警視庁本部の食堂で初めて昼飯を食べてみた。安いが味気ない……しかし、いつかは——近いうちには、自分もここで毎日昼飯を食べたいものだと思った。所轄を回って警察官人生を終える者も少なくないが、やはり本部で活躍してこその警察官人生である。

午後、渋谷中央署の特捜本部へ戻る。刑事たちは出払っていて、幹部がいるだけだった。捜査三課での調査結果を田川に報告する。

「分かった。今日の夜の捜査会議で、お前から報告してくれ」

「了解です。それまでどうしましょうか」

「ここで電話番」田川があっさり言った。

「しかし……」岩倉は眉をひそめて抗議の姿勢を示した。

「電話番をしていた人間を送り出しちまったから、人がいないんだよ」

「……分かりました」

電話番なんか暇でしょうがないだろうと思ったが、実際にはかなり忙しくなった。街に出ている刑事たちからは頻繁に電話が入る。報告のために幹部につないでくれというもの電話だったり、他の刑事をポケベルで呼び出してくれというものだったり、訪ねる場所の住所や電話番号を割り出してくれという頼みだったり……刑事らしい仕事をしている感じはなかったが、それでも休む間もなく動いているうちに午後は潰れてしまった。

そして午後七時から捜査会議。その前に田川と少し話す時間ができたが、今のところ有力な手がかりはないということだった。日野の普段の人間関係に関しても、トラブルにつながりそうな材料はなし。

「ということは、お前の報告が極めて重要になるぞ」

「そうですかね」岩倉は疑義を呈した。自分でも「当たりかもしれない」と思っていたが、時間が経つに連れ、やはり「違うのではないか」という疑念が強くなってきている。

捜査会議では、外を回っていた刑事たちからの報告が続いた後、田川に指名された。少し緊張しながら立ち上がり、捜査三課で得た情報を披露する。

「——同様の手口で過去に三回逮捕された西田康介は、一年前に出所しています。現在の動向は摑めていませんが、捜査三課で調べてくれることになっています」

岩倉は突然、先輩刑事たちの質問責めにあった。そいつの以前の住所は？　家族関係は？　出所後に頼りそうな人間はいるか？

戸惑いながら、岩倉は分かることは答えた。何となく、会議室の空気が暖まってきた感じがする。しかしそれとは逆に、岩倉は冷めていった。

最後に捜査一課の管理官がまとめる。

「よし、この手口の共通点は気になるな。捜査三課の協力ももらって、西田という男の追跡を始めよう。明日からは、こいつの追跡に人手を割く」

一点集中ということか……しかし岩倉は、西田の追跡捜査担当に選ばれなかった。自ら手を上げるべきだったか？　釈然としないまま、捜査会議は終わった。田川が声をかけてくる。

「何だ、自分で引っかけてきたネタなのに捜査できないから、ご機嫌斜めなのか」

「いえ、こんなに一気に方向性が決まっていいんですか？　十人も割くのはやり過ぎっていうか……」捜査本部の人員には限りがあるのだ。

「何が気になる？」田川は怒りもせず、質問してきた。

「確かに焼き破りの手口は似ていると思います。しかし、窃盗専門でやってきた人間が、居直りとはいえ強盗をしようとするものでしょうか？　捜査三課の人と話したんですが、西田は臆病で用心深い人間だそうです。家に侵入して誰かと出くわしたら、そのまま逃げそうな感じがするんですが」

「駄目だな、お前は」田川が首を横に振った。「おかしいと思ったら、そこで待ったをかけないと」

「捜査会議で、ですか？」想像もできない。刑事たちは報告するだけで、捜査方針を決めるのは幹部、と思っていたのだ。そうでないと、捜査の指揮が混乱するはずだし。

「疑問に思ったら、すぐ手を上げろ。俺は、この線は悪くないと思うけど、誰も何の疑問も持たないで、一気に同じ方向に突っ走ってしまうと危ない」

「ええ……」

「もしも間違っていたら、引き戻すのが大変になるんだ。こういう大人数での仕事の場合、でかいタンカーを動かすみたいなものだからな。止まるにも方向転換するにも、時間がかかる」

「でも、捜査会議でいきなり声を上げるなんて、難しいですよ」

「それができるようになるまでには、お前ももっと経験が必要かもしれないが、忘れないでおけよ。勇気を持って『ノー』と言うことも大事だ……俺も、そんなに簡単には言えないけどな」

「そうですか」そんな図々しいことをしていいのだろうか、と驚く。警察の世界は上意下達が当たり前だと思っていたのだ。命令は絶対。勝手なことをしていると、組織として立ち行かなくなる……しかし、上の命令が常に正しいとは限らないのも事実だろう。

「とにかく今回は、手口の問題が重要になりそうだ。お前は西田の捜査から外したが、頭の片隅には置いておけよ。いきなり仕事が変わることもあるからな」

「分かりました。しかし、焼き破りの手口って、多いんですね」

「泥棒さんにすれば、比較的安全確実なやり方なんだろうな」田川がうなずく。「音がしないのが大きい。住人がいても、気づかれずに侵入できる可能性が高いからな」

「そうですか……」岩倉の頭の中に、ふと何かが入りこんできた。拳を顎に当て、二度、三度と叩く。その刺激で、記憶が一気に鮮明になった。

「どうかしたか？」

「いや……あの、ちょっと気になることがあるんです」

「何だ？」

「それは調べてからお話しします。失礼します」

岩倉はさっと頭を下げ、刑事課に向かった。古い新聞は……渋谷中央署の刑事課では、二週間分の新聞を取り置いている。何かあった時に、後から見返すためだ。二週間経つと、必要な記事だけスクラップして廃棄する。その役目は、主に岩倉に任されていた。下っ端の仕事なのだ。

あの記事は……岩倉は新聞の束を下の方からひっくり返した。あった――問題の記事はすぐに見つかった。記憶通り、山梨県で起きた事件の記事。被害額が小さかったので、見出しが一段のベタ記事だったが、それでも岩倉は覚えていた。その記事をコピーし、捜査本部の置かれた会議室に駆け上がる。本部の管理官たちと話していた田川の元に向かい、直立不動の姿勢を取った。

「どうした」田川が怪訝《けげん》そうな視線を向けてくる。

「この記事なんですが」

岩倉はコピーを差し出した。受け取った田川がさっと目を通す。顔を上げると「何で分かった?」と訊ねた。

「読んでましたから」

「だけど他県で起きた事件だし、ベタ記事じゃないか。そんなもの、普通は読み飛ばすか、読んでもすぐに忘れるだろう」

「どうしてと言われると困りますが」

「人数分、コピーしろ」

言われて岩倉は、会議室の片隅に持ちこまれていたコピー機に向かった。幹部——田川と本部の管理官、係長に一枚ずつ渡す。

「この事件は記憶にないな」記事に目を通した管理官が言った。「何でこんな小さな事件を覚えてるんだ?」

「新聞で読みましたから」自分でもよく理由が分からぬまま、岩倉はまた言った。

「読んだからって、覚えてるわけじゃないだろう。他県の事件だし」

岩倉も、手にしていた記事のコピーにもう一度目を通した。約二週間前、山梨県大月市で発生した強盗事件。

6日午前1時半頃、山梨県大月市大月のアパートで、「人の悲鳴が聞こえた」との一一〇番通報があった。大月中央署員が駆けつけたところ、部屋のドアは開いており、住人の無職鳥谷三夫《とりたにみつお》さん(68)が頭から血を流して倒れていた。鳥谷さんは意識不明の重体。

部屋のベランダの窓は、鍵の周辺のガラスだけが破られており、犯人はそこから侵入したと見られている。県警は大月中央署に捜査本部を設置、強盗傷害事件として捜査を始めた。

「詳しい手口は書いてありませんが、窓の一部だけが破られている手口が似ています。やはり焼き破りではないでしょうか。それに、住人を負傷させる乱暴な手口も、こちらの事件と似ています」

「よし、分かった」管理官がようやく顔を上げる。「君……名前は何だったかな」

「岩倉です。岩倉剛です」

「これからすぐ大月に向かってくれ」

「今からですか?」岩倉は思わず目を剝いた。壁の時計を見上げると、午後八時過ぎ……新宿から大月までは、特急あずさに乗れば一時間ぐらいなのだと思い出す。

「まだ電車もあるだろう。山梨県警には捜査共助課経由で連絡を入れておく。今夜中に向こうへ移動しておけば、明日の朝一番から動けて楽だろう」

「分かりました」

参ったな……一泊か二泊の出張になるだろうが、着替えの用意がない。いざという時のために、ロッカーに二日分ぐらいの着替えは入れておけ、と田川から言われていたのだが、何となく面倒で準備していなかったのだ。まあ、大月ならコンビニもあるだろうし、向こうで下着やワイシャツを仕入れてもいい。

これが何かの手がかりになるかどうかは分からない。しかし岩倉の胸は期待で膨らんでいた。本当に、自分が引っかけてきたネタで動けるのだ。他人の指示でなく、自分で、というのが何となく誇らしい。

3

大月駅に到着したのは午後十時過ぎ。東京に比べてぐっと気温が低い。飛び込みで、駅前にある小さなビジネスホテルに宿が取れた。小さな駅で、駅前も賑やかさとは程遠いので、ここで宿が取れなかったら、と想像するとぞっとする。その場合は、地元の所轄に行って頭を下げ、宿直室に寝かせてもらうことになっただろう。

フロントで、大月中央署の場所を確認する。大月駅からは結構離れている――歩いては行けそうにない距離なので、タクシーを使ってしまおう。今夜はさっさと風呂を浴びて寝るだけ――睡眠不足解消にもちょうどいい。

しかし、ベッドに潜りこんだものの、なかなか眠れない。あれこれ考えて、脳は忙しく動き続けていた。結果、眠りに落ちたのは午前二時か三時頃だっただろうか……目覚ましの音も聞こえず、慌てて飛び起きた時には、既に午前八時になっていた。クソ、これじゃ着替えを買いに行っている時間はない。朝飯も抜きだ。

昨日の服をそのまま着て、慌ててホテルを飛び出す。駅前にはタクシーが溜まっていた。こういう地方の駅前には、朝から開いている食堂があったりするものだが、それらしき店は見当たらない。コンビニや喫茶店もなし。やはり朝飯抜きか、とがっかりしたが、せいぜい胃を温めようと、駅前の自販機で缶コーヒーを買った。それを飲みながらタクシーに乗りこみ、行き先を告げる。

十分ほど車に揺られ、所轄に到着。田舎の警察らしく、庁舎の前は広い駐車場になっている。庁舎自体は最近建て替えられたばかりのようで、三角屋根がモダンなイメージだった。あまり警察署らしくないとも言えるが……二階にある刑事課に足を踏み入れると、既に朝の引き継ぎ、朝礼は終わっており、通常業務が始まっていた。デスクの数に比して、人は半分ほど。何もない時でも街を回り、地元の人たちと顔つなぎするのも大事な仕事だ、と岩倉は言われている。渋谷中央署の場合、顔つなぎが終わる前に異動になってしまうだろうが。事件が多いから、捜査に追われて、管内をくまなく歩く暇もないだろう。

一番奥にいる刑事課長に挨拶した。

「ずいぶん若い刑事さんが来るんだね」課長は苦笑いしていた。

「すみません、駆け出しです」

「普通は、二人一組で動くもんだが」

「今、他の捜査に人手を集中させています」

「話は聞いてるよ」課長がファイルフォルダを広げ、資料を取り出してから、近くにいるいかにもベテランという感じの刑事に声をかける。「山井《やまい》部長」

山井と呼ばれた巡査部長が立ち上がり、課長席の前で直立不動の姿勢を取る。小柄で小太り、髪はほとんどなくなっていたが、丸顔は若々しく血色がいい。年齢を読むのが難しいタイプだ。

「こちら、警視庁の――」

「岩倉です」名乗り、山井に向かってさっと頭を下げる。山井は笑顔を浮かべたままうなずいた。

「うちの事件の手口を調べたいそうだ。ちょっと面倒みてやってくれるか？」

「分かりました。じゃあ、行きますか」山井が早速言った。

「え？」最初は説明を聞くものだと思っていた。

「現場を見た方がいいでしょう。手口と言えば、そこだから」

山井はさっさと刑事課を出てしまう。岩倉は慌てて課長に一礼し、山井の後を追った。

駐車場に出ると、覆面パトカーに乗りこむ。

「あんた、ずいぶん若いね」ハンドルを握る山井が切り出してきた。

「先月、交番から刑事課に上がってきたばかりです」

「警視庁だと大変だろう」

「まだ慣れていないので……東京の事件は、ご存じでしたか？」

「新聞で読んだだけだけどね。犠牲者が出ているから、扱いが大きかったね」

「手口について、引っかかりませんでしたか？」

「まあ……多少は気になっていたけど、はっきりしたことは分からないからな」山井の口調が曖昧《あいまい》になる。こんなものだろうか？　管轄が違っていても、情報があるのなら、何らかの方法で流しそうなものだが。やはり警察というのは、管轄の違いが大きいのだろうか。

東西に走る国道二十号線が、大月の交通の大動脈だ。山井は駅の方へ向かって車を走らせ、銀行の駐車場に停めた。ここだと駅から歩いて来られる……先に現場を確認して、ここで落ち合うようにすればよかった、と悔いる。もう少し仕事に慣れれば、無駄なく動けるようになるかもしれないが。

「ここに停めて大丈夫なんですか？」

「昔から頼んでるんだよ。大月の駅付近には、車を停める場所があまりなくてね」

「そうなんですね」この辺の人たちは、基本的に車移動だろう。駐車場が少ないと不便ではないかと岩倉は想像した。

「大月、田舎でしょう」銀行の裏手の、レンガ敷の細い通りを歩き出しながら山井が言った。

「でも、空気は綺麗ですよね」そして寒い。東京より二度、三度ぐらいは気温が低い感じで、岩倉は朝から寒さに悩まされていた。

「そりゃ、東京とはまったく違うだろうね」

「新宿から一時間で来ちゃうのが信じられないですね」

「さて……そこのアパートです」

山井が、三階建てのアパートの前で足を止めた。それぞれのフロアに五部屋。こぢんまりとして、単身者か子どもがいない若い夫婦向けという感じだった。

「被害者の方、ここで一人暮らしだったんですか？」

「そう。大月の市役所に勤めていて、もう定年退職してる……生まれは都留市なんだけど、実家とは折り合いが悪かったみたいで、定年退職してからもここでずっと暮らしていたんですよ」

「独身ですか？」

「ああ、一度も結婚したことがない。そういう人もいるってことだな」

「ほどほどに。田舎だからって、ご近所さん全員と親戚みたいにつき合っているわけじゃない」

「近所づき合いは？」

山井は何だか、やけに田舎を卑下しているようだ。山梨県警の人間ということは、こちらの出身である可能性が高いのだが、何か思うところでもあるのだろうか。

「ちょっと見てみていいですか」

「どうぞ。もう、原状は回復されてるけどね」

事件から二週間も経っているのだから当然だ。大家も、いつまでも、窓ガラスが破れたままにしておきたくはないだろう。

「犯人は、一度屋上へ出て、そこからロープを使って三階のベランダに降りた」階段を上りながら山井が説明した。

「こちらの事件と同じ手口です。東京の場合はマンションでしたが」

「で、ベランダの窓ガラスに焼き破りで穴を開けて、鍵を開けて侵入、ということだ」

「その手口もまったく同じです。この部屋を狙った理由は何なんでしょうか」

「そいつは、犯人に聞いてもらわないと分からないな」山井が軽く笑った。「しかし、犯人は下調べもしてなかったんじゃないかな。こんな狭い家に入りこんだら、住人とすぐに出くわすことぐらいは分かりそうなものだが」

「間取りはどうなってますか？」

「1LDK。被害者は、ベランダに近い方の部屋で寝ていた。反対側——」山井がドアに向かって手を差し伸べる。「この階段と外廊下の側が、玄関とダイニングキッチンだ」

「ベランダ側で寝ていた被害者がすぐに気づいた、ということですね」

「それで格闘になって、犯人は被害者の頭を一撃、だ」山井が腕を振るった。「そのまま、玄関から逃げ出したようだ」

「発生——通報時刻は午前一時過ぎでしたよね？　それぐらいだと、この辺はどんな様子ですか」

「人っ子一人歩いてないね。猫もいない」言って、山井がまた軽く笑う。「暇で元気のいい若い連中が、車やバイクで走り回ることはあるけど、基本的には真っ暗で人気《ひとけ》もない」

「そうですか……」となると、逃げ出した犯人を見ていた人もいないだろう。

「焼き破りは、窃盗犯に多い手口だね」山井が言った。

「はい。ただ、強盗となると……」

「あまりない——だから類似ケースで、うちの事件に目をつけたわけか」

「都内で、焼き破りの手口による窃盗事件を調べていたんですけど、どうもピンとこなくて。こちらの事件を新聞で読んでいたので、思い出したんです」

「同一犯の可能性もあるか」

「隣県ですからね」

「確かに考えられないでもないな。とにかく手口が乱暴だ。こういう方法を使う人間は、それほど多くないと思うよ――ちょっと待った」

山井がコートの前をはだけ、腰に手をやった。ポケベルの呼び出し音が甲高くなる。

「ちょっと電話してくる」

「ええ」

山井が軽やかに階段を駆け降りた。残された岩倉は、ドアの周辺を検分したが、そこから何かが分かるわけではない。ただ、同一犯が山梨と東京で近い間隔で事件を起こしていた可能性は否定できない――いや、その可能性が高いのでは、と思えてきた。焼き破りの手口もそうだが、一度屋上まで出て、ロープを使って最上階のベランダに降りるやり方も似ている。こういう手口を使う人間が、何人もいるとは思えなかった。

ほどなく、階段を駆け上がる音が聞こえてくる。ひどく焦った感じだった。山井はずっと柔和な表情を浮かべていたのだが、今は形相が変わっている。

「すぐ戻るぞ」

「何かあったんですか?」

「犯人が捕まったんだ」

「逮捕された？」電話の向こうで、田川の声がひっくり返った。

「現場を見ていた時に連絡が入ったんですよ」

「どういう経緯で？　うちとの関係はどうなんだ」

「詳細はこれから調べます。何か分かったらすぐ連絡します」

署の入り口にある公衆電話の受話器をフックに戻し、テレフォンカードを抜く。さすがに数字の減りは速い……次に連絡する時は、大月中央署の警電を借りよう。

山井が階段で降りて来た。交通課の横にある自動販売機で缶コーヒーを買っている――岩倉に気づくと、もう一本買って差し出した。

「ほれ」

「ありがとうございます」朝に続いて糖分がたっぷり入ったコーヒーだが、まだ固形物を胃に入れていないので、少しは空腹を紛らす役に立つ。

「悪かったね。隠してたわけじゃなくて、連絡が遅れたんだ」山井が言い訳した。「実はね、問題の犯人は今日未明、甲府市内で逮捕されていたんだ。今度は窃盗未遂容疑――やはり焼き破りでアパートの二階の部屋に忍びこもうとして、通行人に発見された」

「間抜けじゃないですか」岩倉は思わず言ってしまった。「そんな、通行人から見えるようなやり方……」

「バーナーでガラスを熱している時に、たまたま立ち上がってしまったんだろう。その時にバーナーの炎が見えたから、通行人が放火だと思って通報したようだよ」

「それで逮捕ですか？」

「犯人は、見られていることに気づかなかった。侵入して室内を物色中に、地元の署員が到着して逮捕した」

「住人は……」話の流れからして怪我人はいない感じだったが、岩倉は確認した。

「誰もいなかった。旅行中だったそうだよ」

「何時頃ですか？」

「午前二時」山井が自分の腕時計を見た。

「そんな時間に目撃者が？」

「裏春日《うらかすが》でスナックをやってる人なんだ。ああ、裏春日っていうのは、甲府で一番の繁華街な。風俗街と言うべきかもしれないが」

なるほど……それなら、午前二時という時間に歩いていても不自然ではない。

「手口が手口だからな。こっちの事件の情報は、当然本部にも行っていて、うちに情報が還流してきたんだ」

「こっちへ引くんですか？」

「いや、しばらく甲府の所轄で取り調べをする。うちの方の調べは、そっちが固まってからだ。ただし、常習の窃盗犯となると、本部が介入して主導権を握るだろうね」

「俺が、甲府の所轄へ行ってもいいでしょうか」岩倉は遠慮がちに切り出した。

「それは、警視庁さんのやり方だから……上から上に話を通せば、何とかなるんじゃないか？」

「そうなると面倒なことになるので、ちょっと話をしてもらえれば」

山井が目を見開く。しばらく岩倉の目をまじまじと見てから、我慢できなくなったように吹き出した。

「あんた、若い割に図々しいねえ」

「すみません」岩倉は慌てて頭を下げた。「でも、上に話を通したらややこしくなります。時間もかかります。できるだけ早く、今回の犯人の顔を拝んでおきたいんですよ」

「まさか、自分で取り調べをするつもりじゃないだろうな？　さすがにそれは無理だよ」

「いえいえ……ただ、取り調べをちょっと見られればと思いまして」

「強引だねえ」山井が苦笑する。「まあ、いいか。実は俺もこれから、甲府に行くことになっている。あんたと同じで、犯人の顔を拝みに行くんだ」

「じゃあ――」

「いいよ。課長に言っておけば、うちとしては問題ない。ただし、警視庁の方には、あんたがちゃんと話を通してくれよ。後で面倒なことになると困るからな」

「それは大丈夫です」田川は止めるだろうか。「やり過ぎだ」と言われる可能性もある。しかし目の前に手がかりが現れたのかもしれないのだから、直接確認しない手はない。

「まあ……あんたも相当強引だけど、頼もしいね」

「そうですか？」

「昔は、あんたみたいな若い刑事も少なくなかったんだよ。何でも自分で首を突っこんで、直接見てみないと気が済まない刑事が。上から見ると辟易することもあるけど、刑事としては大事なことだよな」

「すみません」思わず頭を下げた。

「あんた、案外古いタイプの刑事なのかもしれないな」

駆け出しの自分をそんな風に評価されても……「古い」と言われるのは、そんなに嬉しいことではない。今度は岩倉が苦笑する番だった。

4

立花亮太《たちばなりようた》、三十八歳。これまでに逮捕歴はない。甲府市内の自動車修理工場に勤務していることは確認されていた。見た目はいかにも悪そう……短く刈り上げた髪を金色に染め、左右の耳にピアスをしている。長袖のTシャツから覗く手首のところに、何の模様か分からないがタトゥーがあるのが見えた。逮捕歴はないものの、相当問題ある人間ではないかと岩倉は想像した。

取り調べは順調に進んでいるようだった。岩倉は取調室の外に陣取り、マジックミラー越しにその様子を見ていたのだが、立花の態度は悪くはない。反省している様子はないが、取り調べを担当する刑事の追及には、一々丁寧に答えている。いかつい外見に反して声は頼りなく、女性的とさえ言えた。

「うちの事件についても調べるように、お願いしているんだ」

山井が言った瞬間、取り調べ担当の刑事が話を切り替える。

「ところで、二週間前に、大月市内でも同じような手口の事件が起きている。この時は、犯人は住人と揉み合いになった。住人は頭に大怪我を負って、一時、意識不明の重体になったんだ。この件について、あんた、言うことは？」

立花がうつむくと、刑事が畳みかけた。

「現場ではバーナーと冷却スプレーが使われていた。あんた、逮捕された時にバーナーとスプレーを持ってたよな？　それを使って窓ガラスを破り、室内を荒らしている時に逮捕された。それは間違いないだろう？」

「……はい」立花の声は細く、頼りない。外見にまったく合っていなかった。

「二週間前の大月の件も、あんたがやったのか？」

「……すみません」立花が頭を下げる。その重みを首が支えきれないように、頭がテーブルにぶつかった。

岩倉はほっと息を吐き、握り締めていた手を開いた。暖房がきつく効いているせいもあるが、両手にびっしり汗をかいている。

「あっさり吐きやがったな」山井が安心したような声で言った。

「これで解決ですね」岩倉もほっとした。他県警の事件でも、解決と聞くと安心する。

「となると、気になるのは東京の事件だろう？」

「ええ」

「もうちょっとしたら休憩に入るはずだ。その時に、話を出してみるように頼もうか」

「いいんですか？」

「取り敢えず、手応えだけでも知りたいだろう」

「ありがとうございます」

その時ポケベルが鳴った。田川……刑事課に行き、警電を借りて渋谷中央署の特捜に電話を入れる。

「今、甲府だな？」

「はい。犯人は、二週間前の大月の強盗傷害事件についても自供しました」

「そうか……上に話を通しておいたから、お前、ちょっと取り調べをやってみろ。うちの件について突っこむんだ」

「いいんですか？」この段階で他県警の捜査が入るのは異例だと思う。

「正式のものじゃない。あくまでニュアンスを探るだけだ。もしも関係しているようなことを言ったら、すぐにそっちに刑事を送りこむ」

「分かりました」

「無理はしないようにな」

無理するも何も、こんな風に取調室で容疑者と相対したことはないのだ。初体験が自分の地元ではなく、まったく関係ない山梨県の所轄の取調室とは。

刑事課長がさっと寄って来た。本当に話が通っているようで、次の休憩後の十分だけ時間をやる、という話になった。決まってしまったものは仕方がない。岩倉は気持ちを固めて、質問事項を頭の中でこねくり回した。遠回りしたり、ややこしい言い方をする必要はない。ここはストレートに質問をぶつけるしかない。

休憩明け、取調室に入ると、岩倉は異様に緊張しているのを意識した。やはり立花のルックスには圧力を受けてしまう。

「警視庁渋谷中央署の岩倉と言います」

「警視庁……」立花の声は消え入りそうだったが、その目には懸念の色が宿っていた。

「東京から来ました。一つだけ、確認させて下さい」

「何ですか？」立花とは、少なくとも会話は成立しそうだ。

「二十日から二十一日にかけて、どこにいましたか？」岩倉はいきなり切り出した。

「どこって……」立花が戸惑った。

「東京にいませんでしたか？　渋谷区内のマンションに侵入して、そこの住人を殺害しませんでしたか？」

「まさか」立花が目を見開く。「冗談じゃない、そんなこと、やるわけないじゃないですか」

「それを証明できますか？」

「当たり前です」怒ったように立花が言った。

「証明できますか」と繰り返し言った後、岩倉は急に不安になってきた。

「旅行ですよ。社員旅行」

「どちらへ？」

「長野。聞いてもらえばすぐに分かります」

これは駄目だ、と岩倉はすぐに諦めた。ここまではっきり言われては……社員旅行なら、確認するのも簡単だろう。

岩倉は、十分も経たずに引くしかなかった。せめて確認だけは自分できちんとやろうと、立花の勤務先を聞いて聞き込みに行く。社長に面会すると、すぐに確認が取れた――二十日から連休で、社員四人とその家族で上諏訪温泉に一泊二日の社員旅行。立花がずっと行動を共にしていたのは間違いない。いや、あいつが泥棒なんて、まったく信じられないよ。

社長の曇り顔を拝んでから会社を辞し、所轄に戻る。どうやらこの線は失敗のようだ。期待が大きかっただけに、失望も大きい。しかし落ちこんでいるわけにはいかない。東京へ戻らないといけないのだが、取り敢えず挨拶だけはしておかないと。

戻ると夕方近くになっていた。既に取り調べは終わっていて、山井も帰り支度をしている。

「どうだい？　裏、取れたか？」

「ええ。残念ながら……」

「いい線かと思ったけどな。あんた、これからどうしますか？」

「上司に連絡してから戻ります」

「せっかく来たんだから、温泉にでもつかって行けばいいのに――というわけにもいかないだろうな。捜査本部の連中が必死になってる状態で、一人だけ温泉を楽しんでたら、ひどい目に遭うだろうな」

「そんな怖いこと、できませんよ」田川の渋い表情が、つい頭に浮かんでしまう。

「どうする？　甲府から帰るか、一度大月に戻るか」

「刑事課長にはお礼——お詫びしておきたいところですけど」

「そんなこと、気にするなよ。俺からちゃんと言っておくさ」

「じゃあ、山井さんが課長の名代《みょうだい》ということで……ありがとうございました」

「残念だけど、捜査ではこういうことはつきものだから」

「何だか疲れます」

「何言ってるんだ」山井が目を見開く。「こういうのが捜査の醍醐味じゃないか。事件発生即犯人逮捕じゃ、刑事なんかいらなくなってしまう。山あり谷ありだから、捜査は面白いんだよ」

それは、あまり事件がない山梨県警ならではの余裕ではないかと思ったが、岩倉は余計なことは口にせずに改めて礼を言った。

甲府から中央線で東京へ戻る。気分はよくない。丸一日を潰して、一瞬期待を抱いたものの、それはあっさり消えた——まさに無駄足だ。「山あり谷あり」を楽しむ山井のような余裕は岩倉にはない。

移動中はやることがないので、せいぜい惰眠を貪ろうとしたが、あれこれ考えてしまって眠れない。本でも持ってくればよかったが……こういう時、メモを取る人間なら、自分が書いたものを見直して考えをまとめようとするのだろうが、岩倉は基本的にメモを取らない。大抵のことならその場で覚えてしまえるし、メモを取るより、相手の顔を見ながら話す方が、向こうもきちんと喋ってくれるような気がする。

結局、無為に時間を潰したまま新宿に着いた。夕方のラッシュは一段落していたが、渋谷へ向かう山手線は、まだ体を揉まれるぐらい混んでいる。特捜の冷たい弁当を思い出し、途中で食事を済ませていくことにした。渋谷まで出れば、手早く食事を取れる店はいくらでもある。

少し迷った末、カレー屋に入った。交番勤務時代から頻繁に利用している、カウンターしかない店で、注文すると一分でカレーが出てくる。しかし味はそこそこで、さっさと食事を済ませたい時には最高の店だった。

腕時計を睨んでいると、注文してから四十八秒で、目の前にカレーが置かれた。後から、キャベツを刻んだ小さいサラダも出てくる。岩倉はキャベツのサラダをカレーの皿に移してしまい、カレーソースをまぶしながら食べ始めた。ドレッシングで食べるよりも、この方が栄養になるような気がする。

五分で食べ終え、急ぎ足で署に向かう。ろくな仕事もしていないのに、何だか妙に疲れていた。

既に捜査会議は終わっている。刑事たちは一部は引き上げ、一部は夜の街の捜査に散っていた。残っているのは幹部連中、それに打ち合わせしている刑事たちだけ。岩倉は真っ直ぐ田川のところへ行った。

「おう。ご苦労さん」田川が鷹揚《おうよう》に言った。

「すみません、まったく的外れでした」

「アリバイが成立したんだな」

「動かしようがないアリバイでした」自動車修理工場の社長に話を聞いた後、長野の宿にも電話を突っこみ、実際に立花が泊まったことを確認していた。厳密に言えば、そっと宿を抜け出して東京へ向かい、犯行に及ぶことも不可能ではないはずだが、当夜の立花はひどく酔っ払っていて、とても車を運転できる状態ではなかったという。

「まあ、毎回当たりを引き当てられるわけじゃない。こういうことはよくあるから、気にするな。気になったらすぐに動く、という方針でいいんだ」

「ええ」しかし時間を無駄にしてしまった、という後悔は消えない。もう少し深く考えて動いていたら、昨日から今日にかけての時間は無駄にならなかったのではないだろうか。

「今日はどうしますか」疲れてはいたが、何かしたいという気持ちは強い。今のところ、特捜の中で何の役にも立っていないではないか。

「今日は引き上げろ。明日の捜査会議で、新しい仕事を振る」

「しかし……」

「お前一人がフル回転しないと間に合わないようじゃ、特捜も終わりだよ」田川が笑った。「明日から普通に仕事ができるように、今夜は休め」

そんなにのんびりしたことでいいのだろうか。岩倉は内心首を捻《ひね》りながら、結局引き上げざるを得なかった。どうせ今夜も、あれこれ考えて眠れないのではと思いながら。

5

予感は当たり、ほとんど眠れないまま岩倉は翌日の捜査会議に参加した。今日は、同様の手口での逮捕歴がある西田康介のチェック……特捜と捜査三課は、昨日のうちに西田康介の居場所を割り出していた。出所してから、台東区の知り合いのアパートに転がりこんでいるのだという。そこを張って、西田の動向を確認しろ、というのが岩倉に命じられた仕事だった。

動向確認は二人一組で、時間交代で行われる。岩倉は高岡と組み、昼から夕方までの監視を任された。少し時間があるので、昨日の捜査の様子を高岡に確認する。

「腐れ縁の女がいたみたいだな」

「転がりこんだのは、その人が住んでいるところですか？」

「ああ」

「その女性は……」

「今は上野の呑み屋で働いてる。西田とは同郷なんだ」

「西田は……」岩倉は、記憶を引っ張り出すのに一瞬時間がかかった。「山形出身でしたね」

「山形の高校を出て上京して、二十年だな。仕事が定まらないで、そのうち泥棒をするようになったようだ」

「その女性とは、いつから知り合いなんですか?」

「高校の同級生だとさ」高岡が呆れたように言った。「詳細はまだ分からないけど、どういうことかね。高校の頃からつき合ってたのか、同級生同士がたまたま東京で再会して盛り上がったのか。どっちにしろ、ろくなもんじゃないな。お互いに悪い影響を及ぼし合ってる感じもする」

「西田の所在は確認できたんですか?」

「いや、まだ目撃はできていない。そこに住民票を置いているわけでもないから、本人の姿を拝むには、張り込むしかないな」

「いつから監視してるんですか」

「昨日の夕方。一晩中張り込んでるけど、姿を見せない」

「そんなに何日も引きこもったまま、というわけにはいかないでしょうね」どこかへ姿を隠した可能性もある。人を殺していたら、住んでいる場所に戻って平然としているのもきついだろう。目立たないよう、東京を離れて地方の大きな都市に潜伏しているのではないだろうか。被害額はまだ確定していないが、相当の金を儲けたなら、馴染みの女を残して一人遁走してもおかしくはない。

「とにかく、しばらくは監視だな」

膝を叩いて高岡が立ち上がり、岩倉を見下ろした。視線が厳しい……居心地が悪くなった。

「——何ですか？」

「お前、コートは何着てる？」

「普通のコートですけど」裏地つきのトレンチコートだ。ごく自然に街に溶けこめる服装だと思う。

「裾が長いコートは、いざという時に動きにくいぞ。腰までのダウンジャケットが一番いいんだぜ。ダウンなら暖かいし、東京だって、冬の夜は氷点下になるんだから、防寒対策はどれだけやってもいい。今夜は特に冷えそうだぞ」

今日の仕事が先に分かっていれば、そういう格好をしてきた。しかし不満は言わないように呑みこむ。どんなに寒い思いをしようが、それはこの捜査で得点を挙げられていない自分に対する罰のようなものではないか。

午前中、岩倉は西田の半生を頭に叩きこむことに費やした。残念としか言いようがない生き様――田舎の若者が都会の闇に呑みこまれ、逃げようがない場所まで追いこまれていったことが分かる。

西田は二十一年前、一九七四年に高校を卒業して上京した。東京にいる親類を頼って菓子メーカーに就職し、大井町にある工場に勤務していたのだが、そこでの単調な仕事と生活に飽きたのか、その後二十代半ばまでに数回の転職を繰り返している。二十五歳で最初の窃盗事件を起こして逮捕されたが、この時は被害金額が僅少――二千円だった――で、初犯だったせいもあり、執行猶予判決を受けている。しかし執行猶予期間中に二回目の事件を起こして、今度は実刑判決を受けた。この時には既に、焼き破りの手口を使っていた。一年半の服役を終えて出所し、しばらく田舎に戻っていたようだが、そちらにも居辛くなったのか、再び上京。またあちこちで短期間働きながら、三十五歳の時に三度目の犯行に及び、また逮捕されている。三年の実刑判決を受け、一年前に出所した。

「本当は、これだけじゃないだろうな」高岡が指摘した。「こういう奴は、何度でも同じ犯行を繰り返す。そして逮捕されても、全て自供するわけじゃない。当然、担当署は厳しく追及しただろうけど、成功していい儲けになった仕事を吐くわけがない」

「喋れば喋るだけ、罪が重くなりますからね」

「中には、上手くいった仕事で儲けた金を密かに隠している奴もいるんだ。出所後は、その金でやり直す」

「やり直すって、新しい犯行に走るだけでしょう」

「そうなんだよ」高岡が皮肉っぽく笑った。「泥棒さんっていうのは、なかなか更生できないからな。ギャンブルみたいなものかもしれないぜ。一度成功するとそれに味をしめて、何度でも繰り返すんだ」

　人の家に忍びこみ、金を奪う。そのためには相当の労力と工夫が必要だ。下見をし、忍びこむための手段を考え、勇気を振り絞って実行に及ぶ。それで必ず大金が手に入るかと言えばそんなこともなく、逮捕される危険と常に背中合わせだ。しかし上手くいった場合は——まさに一攫千金ではないだろうか。だから一度でも成功した者は、たとえ逮捕されようが、結局は何度でも犯行を繰り返す。

　昼前、二人は地下鉄日比谷線の三ノ輪駅に近い住宅街にいた。ごちゃごちゃした住宅街にある、五階建てのマンション。これまでの調査で、この部屋の居住者である北岡《きたおか》真由美《まゆみ》は上野駅に近い繁華街で自分の店を経営していることが分かっていた。よりによって台東中央署のすぐ裏手だったが、店としては特に何の問題もないらしい。午後五時に店を開けると、後は日付けが変わるまで営業——カラオケを中心としたスナックで、地元の人たちで賑わっているという。ちなみに、東京に出てきてから、万引きで二度逮捕されたことがあるのが分かっている。犯罪者同士がくっついたのか……。

「俺たちは、彼女のご出勤まで見届ける感じかな」高岡が腕時計に視線を落とした。

「西田は出て来ませんかね」

「本当に犯人だったら、出て来ない可能性もある」

「じゃあ、出てきたらそれで無罪が証明されるわけですか」

「いや、単に神経が太いか、間抜けなのかもしれない」

本当に人を殺したなら、少なくともしばらくは表に出ないで息を潜めていたいのではないだろうか。この件は、新聞やテレビのニュースでも大きく伝えられたし。

張り込みは初めてだった。二人が——特に北岡真由美が車を持っていないことは分かっていたので、二人が動く時も徒歩か電車だろうと予想して、今回は覆面パトカーを用意していない。昼間で人通りが多いから、ずっとマンションの前で立ち尽くして張り込んでいても目立たないだろう、という判断もあったようだ。

「タクシーに乗ったら心配ですね」

「いや、大丈夫だろう」高岡は楽天的だった。「俺たちもすぐ後を追えばいい。ちょっと前までは、タクシーを摑まえるのも大変だったけど、今は何てことない」

銀座でタクシーを摑まえるのに、一万円札を何枚もひらひらさせて——という伝説を岩倉も聞いたことがあった。ほんの数年前、バブルが弾ける前のことである。当時は学生だった岩倉には関係ない世界だったが、とにかく余っていた金を使うためにタクシーは大人気で、特に夜の時間帯の繁華街では摑まえるのに一苦労だったのが事実のようだ。岩倉の感覚では、世間がそんなに景気がよく、金払いがよかった時期があったなどと信じられないが。今は何となく、世の中全体が息を潜めているような感じになっている。

張り込み初体験の岩倉だったが、特に難しいことではなかった。それほど集中する必要もない。このマンションには出入り口は一ヶ所しかなく、そこを注視していれば、見逃すことはないのだ。ただし、人の出入りは結構ある。その都度緊張して相手の顔を凝視したが、北岡真由美も西田も出て来ない。北岡真由美は、昨夜は午前一時過ぎに帰宅したことが確認されているが、以降、まったく外には出て来ていなかった。

「中でよろしくやってるのかね」高岡がぶつぶつと文句を言った。午後四時——張り込みを始めて既に四時間が経過しているので、少し飽きてきたのかもしれない。

「張り込みって、いつも五時間交代ですか？」

「二十四時間本格的に張りつく時は、八時間交代が基本だな。朝八時から四時までの日勤、四時から午前零時までの遅番、午前零時から朝八時までの夜勤」高岡が順番に指を折っていった。「今回は、どうしてこんなに短い時間で交代することになったのか、分からない。上が決めることだから、俺たちが文句を言ってもしょうがないけどな」

「別に文句はないですけどね」

「優等生だねえ、お前は」

「別にそういうわけじゃないです」

特に苦にならないのは事実だ。ただ立って、マンションの出入り口を凝視しているだけなのに、不思議と飽きない。これが夜中だと、時間の流れが遅くなりそうな気もしたが。

それにしても、やはり寒い。路上で立っているので、寒風が遠慮なく身を叩いていく。コートはほとんど役に立たず、足踏みしていないと体が芯から凍りついてしまいそうだった。やはり高岡が言うように、この季節はダウンジャケットが必須だ。

あと一時間か……何もないまま担当の時間が過ぎてしまうのが何だか悔しい。どうせならここで何か動きがあって、手柄の一つも立てたいものだ。

午後四時三十五分。高岡が「来た」と低く声を上げる。見ると、マンションから二人の男女が出て来るところだった。最初に北岡真由美らしい女性が姿を現し、その後に西田が続く。西田の顔は、写真を見て完全に頭に叩きこんでいた。細面の顔立ち、切れ目が入ったような細い目に薄い唇。顔の下半分は薄《うっす》らと髭に覆われていたが、見間違えようがない。そもそも、百八十センチという長身なので、立っているだけでも目立つ。この身長は窃盗犯としてはマイナスではないかと岩倉は首を傾《かし》げた。特に今回の手口のように、屋上から最上階のベランダに降り立つような場合、身の軽さが大事な気がするのだが。

「マル対、マンションを出た。尾行開始」高岡が無線に向かって小声でつぶやく。岩倉が耳に押しこんだイヤフォンにも、特捜本部からの「了解」という声が入ってくる。続いて「応援でB班を向かわせる。詳細に報告を」と指示が飛んだ。

「了解」と返して高岡が歩き出す。振り向き、岩倉に「フォーメーションは分かってるな?」と確認した。うなずき、高岡から少し遅れて続く。

二人は国際通りに向かっているようだった。ということは、向かう先は三ノ輪駅か……真由美は間もなく店を開ける時間だから、西田は店まで送っていくつもりだろうか。あるいは別々の方へ向かうのか。

国際通りに出ると、三ノ輪駅方面へ足を向ける。西田が途中で真由美に声をかけ、立ち止まった。煙草屋……自販機で煙草を買うと、その場で一本抜いて吸い始めた。犬の散歩をしている老人が、迷惑そうに顔をしかめる。岩倉と高岡は、飲み物の自販機の陰に隠れて二人の様子を観察した。この後の動きが予想できない。

そのうち、二人はこちらへ戻って来た。真由美は自分の店へ行くのではないのか？あるいは今日は休みか?

「どうします?」小声で岩倉は訊ねた。このままだと二人は、岩倉たちの前を通り過ぎるかもしれない。

「待ちだ。目が合わないようにしろ」

それしかないか……動き出すと、二人の行方を見失ってしまうかもしれない。距離が詰まってくるに連れ、鼓動が速くなっていった。岩倉は自販機を見て、飲み物を選ぶ振りをしていたが、ほどなく「サツよ!」という女性の声が響く。バレていたか。真由美も逮捕歴があるから、警察の気配に敏感なのかもしれない――さっと身を翻《ひるがえ》して確認すると、西田が三ノ輪駅方面へ向かってダッシュし始めたところだった。

「追え!」と高岡が命じるより先に、岩倉は駆け出していた。あろうことか、真由美が前に立ちはだかって邪魔しようとする。岩倉は軽くステップを踏んで彼女を振り切り、西田を追いかけた。その直後、「クソ!」という高岡の声が聞こえる。一瞬振り向くと、高岡も真由美も倒れていた。真由美は、高岡の妨害には成功したらしい。

幸い、西田はそれほど足が速くなかった。刑務所暮らしで体力も落ちているのかもしれない。追っているのは自分一人と意識して緊張しながら、岩倉はすぐに間合いを詰めた。西田は、赤信号の交差点に飛びこんで強引に渡ろうとしたが、車道に足を踏み入れた瞬間、岩倉は背後からのタックルに成功した。西田が下になり、二人揃ってアスファルトの上に転がる。背中の方で、何かが破れる音が聞こえた。背広が一着駄目になったか——二人のすぐ前で、一台の車がクラクションを鳴らしながら急停車する。ぎりぎりで事故回避だ。

こういう場合の手順はどうするか——岩倉は頭が真っ白になっていたが、本能的に西田を立たせ、胸ぐらを摑んだ。

「西田だな！　どうして逃げた！」

西田が顔を背ける。薄い唇が震え、顔面は蒼白だった。それを見た瞬間、岩倉はこの男が犯人に間違いないと確信した。

「聴きたいことがある。署まで同行してもらう」

西田が膝から崩れ落ちた。

こんなに簡単に人は自供するものか、と岩倉は呆れた。

取調室には捜査一課の取り調べ担当が入り、名前と住所を確認した直後に、西田が「すみませんでした！」と大声を上げて頭を下げたのだった。あまりにも勢いがよかったので、額がデスクを打つ音を、マイクが拾ってしまったぐらいだった。

「あんなに簡単に認めるなら、最初から逃げなければよかったんじゃないですか」岩倉は思わず正直に言ってしまった。

「人を一人殺してるんだぜ？　逃げられるものなら逃げようと思うだろう」高岡が肩を

すくめた。「ただし捕まったら、心証をよくするために抵抗しない――変わり身が早い奴なんだよ」

「あんな人間ばかりだったら、取り調べ担当は苦労しませんよね」岩倉は言った。

「まあ、最初はな」

「最初？」

「奴は今、必死に計算してると思うよ。これからは、いかに自分の罪を軽くするかが問題だ。何を喋るか喋らないか、奴の脳みそはフル回転している」

しかし――実際には、西田は警察が必要としていることをほとんど喋ってしまった。

刑務所を出所後、仕事もなく、旧知の女のところで世話になっていた。しかしいつまでもそうするわけにもいかず、関西にでも行ってやり直そうと思ったが、そのための金がない。それで結局、また人の家に盗みに入るしかなかった。

渋谷で犯行に及んだのは、三ノ輪辺りよりもそちらの方が金持ちが多いと思ったから。いや、日野という人間は知らない。屋上から入りやすそうな家を探していて、たまたまあそこに入っただけ。

もちろん、金だけ盗んで逃げるつもりだった。しかし住人に見つかってしまって、殴りかかられたので、仕方なく殴り返した。その後どうなったかは覚えていないが、気づいた時には、床に血だらけの男が倒れていた――。

筋は合っている、と岩倉は一人うなずいた。殺意があったかどうかが今後の捜査の焦点になるだろうが、自分が殺したことは認めたも同然だ。殺意の有無については、調べは難しくなるかもしれないが、そこを担当するのは自分ではない。岩倉たちは、西田の証言の裏取り捜査を担当することになるはずだ。

取り調べは続く。担当する刑事は、細部にこだわるのではなく、犯行全体の流れを摑もうとするタイプのようだ。そのために、犯行後の動きもほぼ把握できた。

奪った金は百十万円。それを聞いた時、岩倉は思わず目を剝いた。自宅にそんな大金を置いておく人がいるものか——しかし被害者は自分で商売をしていた。何かあった時のために、手元に現金を置いておくのは「保険」として普通なのかもしれない。

その金は、北岡真由美の部屋に隠してある。もちろん、彼女はそのことを知らない。いや、彼女はこの件に何も関係ない。

北岡真由美に対する取り調べは、別の刑事が担当している。今の証言は信用できるかどうか微妙だな、と岩倉は思った。犯行から数日。真由美が計画に加担していなくても、異常に気づかなかったとは思えない。知っていて匿《かくま》っていたとすれば、彼女も当然罪に問われることになる。しかしそれが証明できるかどうか。二人は口裏合わせをしていてもおかしくはない。あるいは西田が言う通りで、彼女は何も知らない可能性もあるが。

しかし、これで事件は終わりだ。

初めての特捜。無事に犯人を逮捕できたのは「白星」と言っていいが、何となく釈然としない。

結局、この事件で自分は何もできなかったのではないか？

6

西田は強盗殺人で起訴され、特捜本部の仕事は一段落した。捜査はこういう風に終わるのか……本部に署長の差し入れで日本酒が持ちこまれ、湯呑み茶碗で乾杯——元号が平成になったのに昭和の刑事ドラマのような雰囲気だが、日本酒で乾杯、というのは昔から決まった儀式のようだった。

ただし、長くは続かない。全員が湯呑みの日本酒を呑み干すと、それで終わりになった。さすがに疲れた——さっさと帰って今日は絶対十時間寝てやると思ったが、岩倉は田川に呼び止められた。

「おい、一杯いくか」

「ああ——はい」

「何だ、乗り気じゃないな」

「さすがに疲れました」

「そういう時は呑むに限るんだよ」田川がニヤリと笑う。そういう理屈もあるのか……。

二人はしばらく歩いて、のんべい横丁にある渋い焼き鳥屋に入った。それを言えば、のんべい横丁には渋い店しかないのだが。この辺と、京王井の頭線の裏辺りは、若者の街・渋谷では特にごちゃごちゃした古臭い一角で、戦後の闇市の雰囲気が残っていると言われている。戦後五十年も経ってそんなことを言われても、という感じだったが。

「取り敢えず、お疲れ」生ビールで乾杯すると、田川がまず労《ねぎら》ってくれた。

「いや、何の役にもたちませんでした。一人で引っ掻き回して、結局本筋からは外れていたんですから」

「しかし、容疑者の名前を真っ先に上げたのはお前だぞ」

「あんなもの、データをひっくり返せば誰にでも分かるものです。山梨の件は……すみません、出張旅費の無駄でした」

「確かに、捜査の本筋には関係なかった。ただな、俺は正直感心したよ。俺が感心した、なんて言うことは滅多にないから、感謝しろよ」

「はあ」

「何で、山梨くんだりで起きた事件を覚えてたんだ？　自分の足元の事件ならともかく、普通は読み飛ばすだろう。そこが俺には分からない」

「何となく頭に入っていた……としか言いようがありません」

「そうか。お前の記憶力は、一種の特殊能力かもしれないな」

「そうですかねえ」岩倉は首を捻った。自分では、こういうのはかえって困る、と思っていたのだ。人生に必要ないことばかり、よく覚えている——変な話だが、先週、電車で見かけた週刊誌の中吊り広告の見出しまで思い出せるのだ。ただし、普段の生活ではむしろ忘れっぽい。

「記憶力は、ないよりある方がいい。お前の場合は、それを上手く捜査に結びつけるように経験を積んでいくんだな。ま、俺がみっちり鍛えてやるよ」

この変な記憶力が、刑事としての武器になるのだろうか……岩倉にはまったく分からなかった。

「古い事件には興味があるんですよ」

「そうなのか？」田川が目を見開いた。

「未解決事件とか」

「それは、あまり有難い話じゃないな。刑事にとって、未解決事件は恥だから」

「それは分かってるんですけど、何故か引かれるんですよね……学生の頃から、未解決事件のことを調べたりしていたので、事件に関する記憶力がよくなったのかもしれません」

「そうか。いずれ、未解決事件はなくなるかもしれないがな」

「そうなんですか？」

「重大事件の時効を延長する、あるいは撤廃するという議論がずっとあるからな。時効がなくなれば永遠に捜査できるわけで、法的には迷宮入りの事件はなくなるんだ。そういう時代の方が、お前には合ってるかもしれない」

「そんな時代がくるんですかね」

「世の中はどんどん変わるんだよ。お前、今、何歳だ」

「二十七です」

「定年まで三十三年か……三十三年だぞ？　何がどう変わってもおかしくない。変わらないことといえば、警察が存在してることだろうな。世の中からワルがいなくなることはないから」

「それは間違いないですね」定年と言われたことにはピンとこなかったが。

三十三年も先のことは誰にも分からない。目標を立てるのも難しいだろう。しかし――どうなろうと、自分は刑事としての第一歩を踏み出した。長い道のりの最初の一歩。歯車の一つにもなれなかったかもしれないが、今は無事に解決したことを素直に祝おう。

そして岩倉は、泥酔した田川を浅草の自宅まで送るはめになった。これから何度も繰り返される厄介事の、最初の一回だった。

嘘

1

「ガンさんも、ついに年貢の納め時ですね」

「うるさいな」岩倉剛は反射的に文句を言った。今まで独身生活を同僚から散々揶揄《やゆ》されてきたのだが、後輩の安原《やすはら》はその急先鋒だった。自分もまだ独身のくせに。

「さ、胴上げだ」

係長の浅尾《あさお》が、ニヤニヤしながら言った。

「ここで、ですか？」岩倉はつい周囲を見回した。警視庁捜査一課の大部屋。

「結婚式を翌日に控えた人間を胴上げするのは、捜査一課の伝統なんだよ」

「初耳ですが」

「嘘だよ、嘘」浅尾が豪快に笑い飛ばした。

「……そういう嘘は勘弁して下さい」岩倉は苦笑した。今のは趣味が悪い。

「まあまあ、めでたいことだからいいじゃないか。今日はもう引き上げろ」

「まだ四時半ですよ」定時は五時過ぎだ。

「いいんだよ。ガンさんのことだから、どうせろくに準備もしてないんだろう？　こういう大事なことを嫁さんに任せきりにしておくと、後々恨まれるぞ」浅尾が急に真剣な表情になった。まるで自分も、そういう経験をしてきたかのようだった。

浅尾の気が変わらないうちにと、岩倉は急いで荷物をまとめた。実際、これから一週間は大変なのだ。明日、土曜日が結婚式。日曜日に新婚旅行に出かけて帰りは金曜日、次の土日は引っ越したばかりの新居——岩倉が先に入っていた——の片づけをしなければならない。それなのに岩倉は、結婚式の準備も新居の片づけも、適当にやっていた。決して怠慢な人間ではないのだが、こういうことは面倒臭くて仕方がない。そして既に籍を入れている妻からは、厳しく小言を言われている。

「しかしお前が、大学の先生と結婚とはねえ」浅尾が二度、うなずく。

「先生じゃないですよ。まだ助手です」

「でもこの後は助教授、教授ルートだろう？　いったいどこで知り合ったんだ？」

「それは秘密ということで」岩倉はバッグを持ち上げた。

「見合いか何かか？」

「そういうわけでもないんですけどね……じゃあ、今日は甘えさせてもらいます」

早く帰れて悪いことは何もない。今夜は軽く一杯やって、明日に備えることにしよう——と思った時、管理官の東《あずま》がやって来る。浅尾に近づいて小声で話し始めたが、その内容が聞こえてしまった。

殺し。

岩倉は一度は肩にかけたバッグをデスクに置いた。今、岩倉が所属する浅尾班は、捜査一課の中では待機中だ。ただし順番的には、次の出動が予定されている。

「ガンさん、さっさと帰った方がいいですよ」隣に座る安原が小声で忠告した。「何も今日、殺しの特捜に入らなくても」

「聞こえちゃったんだから、しょうがないだろう」知らずにいれば、「なかったこと」にしてもいいのだが。

「いや、マジで帰った方がいいですって」安原は真剣に心配している様子だった。

「まあまあ」適当に言いながら、岩倉は椅子を引いて座った。

「殺しだ」東が告げると、係員が全員立ち上がった。「現場は目黒区原町一丁目。被害者と見られるのは、澤田《さわだ》智紀《ともき》、三十五歳。一一〇番通報は、午後三時十五分だった」

岩倉は反射的に壁の時計を見た。今、午後四時三十五分。通報は一時間二十分前か……通報を受けた所轄の警察官が現場に急行し、遺体を確認して殺人事件と断定、本部に応援を要請したら、だいたいこれぐらいの時間になる。

「職業は会社社長。会社名は……Iジョイントだそうだ」

聞き覚えがない。岩倉は既に自分のパソコンの電源を落としていたが、安原が検索を始めた。

「デジタル系の会社ですね。ソリューションカンパニーと名乗ってます」

「何だ、それは」一束が眉間に皺《しわ》を寄せる。

「デジタル系のコンサルみたいな感じじゃないですか?」

「よく分からんな。会社の規模は?」

「ちょっと待って下さい」

安原がブラウザをスクロールしながら、画面に顔を近づけた。「これか」と短く言って、座ったまま報告を始める。

「社員数、二十人です。そんなに大きな会社じゃないですね。住所は渋谷区桜丘町」

「渋谷中央署のすぐ近くです」岩倉はすかさず言った。警察官になって最初に配属されたのが渋谷中央署だったので、あの辺の地理には詳しい。「小さい会社がたくさんある地域ですよ」

「分かった。会社社長か……小さい会社でも、厄介な事件に変わりはない。特捜になると思うが、遅滞なく捜査を進めてくれ」

おう、と声が揃う。岩倉も当然、現場に出動するつもりでいたが、浅尾が寄って来て

「お前はいいぞ」と小声で告げた。

「そういう訳にはいきません」

「馬鹿言うな。特捜で結婚式が流れたら、洒落《しゃれ》にならん。俺らがお前の嫁さんに殺されちまう」

「気になるんですよ。目の前で事件が起きたのに、放っておいて帰るわけにはいかないでしょう」

「しかし、殺しだぞ？」

「今晩中に解決すればいいじゃないですか」岩倉はニヤリと笑った。まだ状況がはっきりしないので、そんなに早く解決できるかどうかは分からなかったが、一刻も早く、という気持ちに嘘はない。

「馬鹿言うな。詳細も分かっていない事件なのに……」

「気持ちの問題ですから」岩倉は言った。「とにかく、休暇は明日からなんですよ。日付けが変わるまでは平常運転です」

「ま、お前が行くと言うならしょうがないが」結局、浅尾が折れた。

　刑事たちが連れ立ってぞろぞろと出て行く。岩倉は安原と一緒になった。この後輩とは妙に気が合って、捜査では一緒に行動することが多い。もっとも安原に言わせれば、岩倉は「怖い先輩」だという。捜査一課の仕事のノウハウやしきたりについて岩倉が手取り足取り教えたのだが、安原にはそれが「怖い」と感じられたのだろうか。自分にはまだ、昭和の刑事の名残りがあるのかもしれない。実際には、警察官になったのは、年号が平成になってからなのだが。

「例のあれみたいですね」エレベーターを待ちながら、安原が言った。

「あれ？」

「前に、ガンさんが話してたでしょう。公安の刑事が、定年の日に警視庁の正面入り口前でずっと腕組みして待ってたっていう話」

「ああ」岩倉も先輩から教えられた、警視庁の伝説である。長い間逃亡生活を続けている極左の活動家を追ってきた公安の刑事が、定年を迎えた。その最後の日、彼は「もしかしたら犯人が出頭してくるかもしれない」と、ひたすら立って待ち続けたというのだ。そして日付が変わった瞬間、振り返って警視庁の庁舎に一礼して去っていった――なかなかいい話にも思えるが、岩倉の解釈では、結局事件を解決できなかった刑事が格好つけていただけ、ということになる。

「ガンさんも今日、零時まで粘るんですか？」

「それは状況次第だな……もう一つ、思い出した」

「何ですか？」

「ベテラン管理官の現役最後の日に、殺しが起きた。管理官は当然、すぐに現場に出て指揮を執ったけど、捜査は日付を跨《また》いでしまった。そして時計の針が十二時を指した瞬間に、管理官は静かに現場を去ったっていう話だ」

「捜査の指揮はどうなったんですか？」

「内示が出ていた次の管理官が、午前零時に現場に現れて、捜査は遅滞なく、スムーズに行われましたとさ」

「それも出来過ぎじゃないですか？」安原が首を捻る。

「本当かどうかは知らないよ。俺も話を聞いただけで、検証したわけじゃないから」

「この話の教訓って、公務員は時間通りにしか仕事しないってことですよね」

岩倉はニヤリと笑った。安原には、こういう打てば響くところがあり、それは捜査でも生かされる。この手の人間は出世するんだよな……将来は、「年下の上司」になる可能性も高い。岩倉は近々警部補の昇任試験を受けるつもりだったが、安原はすぐに追いつくだろう。基本的に、頭のいい男なのだ。

さて、俺も休みに入る明日までは——いや、納得いくまで調べることになるだろう。発生当日の捜査にだけ参加して、その後休暇に入ってしまったら、新婚旅行の間ずっと、モヤモヤした気分を抱えたままになるだろう。一つだけ気をつけておくこと、と頭の中でメモした。後で必ず、彼女には電話を入れる。最悪、メールでもいい。明日の結婚式をすっぽかすつもりはなかったが、何が起きるか分からないのが捜査だ。

2

被害者の自宅は、1LDKの古びたマンションだった。社長とはいえ、まだ三十五歳。会社の規模から推測しても、それほど金回りはよくなかったのではないか。

独身のせいか、部屋は雑然としていた。玄関を入ると短い廊下で、その右側がトイレと風呂、廊下の先は十二畳ほどのリビングダイニングルームになっている。四人がけのテーブルの上には、空になったペットボトルとビールの空き缶が並び、ポテトチップスの袋が開けっ放しのまま放置されている。右側にあるドアは開いていて、ベッドが置いてある部屋が覗けた。

被害者は、リビングダイニングルームの窓際にあるデスクの前で、崩れ落ちて死んでいた——相当ひどい状態だ。首を切りつけられたらしく、飛び散った血が床や壁を汚している。どうやら座っている時に襲われ、そのまま崩れ落ちたらしい。その証拠に、デスク上のノートパソコンにまで血が飛んでいた。一方、デスクやダイニングテーブルなどには乱れた様子はない。部屋の中で格闘が繰り広げられたわけではないようだ。もしかしたらデスクでうたた寝しているところを、背後から忍び寄って来た犯人に襲われ、抵抗する暇もなく首を切られたのかもしれない。凶器として、刃渡り十五センチほどのナイフが発見され、既に押収されていた。今、鑑定が進められている。

「失血死ですね」被害者に向かって手を合わせていた安原が、いきなり断じた。

「だろうな」岩倉は手帳を閉じてスーツの胸ポケットにしまった。「既に死後硬直から緩解の状態に移りつつある。今日の最高気温は二十度ぐらいだったから、殺されたのは昨夜とみていいんじゃないかな」それは被害者の服装を見ても推測できる。グレーの長袖Tシャツにジーンズ。自宅に帰って来て、楽な部屋着で過ごしていた感じだ。しかしこの格好は寝巻きではあるまいから、襲われたのは寝る前と推定していい。こういう商売の人は、毎晩遅くまでパソコンをいじっているような印象があるが、実際はどうなのだろう。

「今日、平日ですよ？　会社へ行ってなかったんでしょうか」

「殺されたら会社へ行けないよ」つい皮肉を吐きながら、岩倉は考えた。昨夜殺されたとしたら、まさに今日会社へ行けるわけがない。ただし、発見と通報の経緯が気になった。まだ詳しく聞いていない……。

「安原、現場の様子をきちんと観察しておいてくれ」

「分かりました。ガンさんはどうしますか？」

「通報者に詳しい話を聴きたいんだ。確か、今もこのマンションにいるはずなんだよな」

「下のロビーだと思います」

「ありがとうよ」

部屋を出る前に、岩倉は現場の様子をもう一度観察した。検視官はまだ遺体を調べているし、鑑識課員が何人も入って、室内をミリ単位でチェックしている。異常があれば、見逃すはずがない。

やはり仕事中だったのかな、と岩倉は想像した。デジタル系の人たちは、パソコンがあってネットにつながってさえいれば、どこでも仕事ができるのだろう。仕事を家に持ち帰って残業――実際、デスク上のノートパソコンの電源は入っていて、岩倉も見慣れたウインドウズのデスクトップ画面が見えていた。

一階のロビーに降りると、数人の人がソファに腰かけていた。その中心にいるのは、三十歳ぐらいの女性。岩倉は制服警官に声をかけ「捜査一課の岩倉です」と名乗った。制服警官が敬礼し、四十代半ばに見える女性刑事を引っ張って来た。

「目黒中央署の三木《みき》です」百七十センチぐらいある長身の女性で、極端に髪を短くしているせいか、非常に厳しい雰囲気がある。

「捜査一課の岩倉です」三木香里《かおり》だ、と岩倉はすぐにピンときた。女性で、所轄の刑事課の係長はまだ少ない。そういう異動があれば、どうしてもニュースとして伝わってくるのだ。「発見時の状況、教えてもらえますか？」

「そうね……」香里が、ソファに座る女性を一瞥《いちべつ》した。「ちょっと外で」

マンションの外に出ると、既に夕闇が迫りつつあった。霧雨が街を覆っているからかもしれない。六月……この時期に結婚式を挙げようと言い出したのは妻だが、何も日本で「ジューン・ブライド」にこだわらなくても、と思う。もっといい季節——日本では春や秋の方が、結婚式に向いている。

「あの人が第一発見者ですか」岩倉は訊ねた。

「そして通報した人」香里が低い声で言った。

「身元は？」

「マル害の部下」

「今日、社長が会社に来なくて、連絡も取れなかったから、家まで見に来たということですか」

香里が無言でうなずく。これまでの情報だけで、岩倉の頭の中には疑問符が無数に湧いてきた。その中で一番大きなものを、まず口にする。

「どうやって中に入ったんですか？　ここ、古いけどオートロックでしょう」

「管理人」

「なるほど……部屋の鍵は？」

「開いていたのよ」

「犯人が閉め忘れてそのまま逃げた、というところですかね」そもそも犯人がどうやって部屋に入ったかという疑問も残るが……いくつものパターンが考えられる。犯人は顔見知りで、普通に部屋に上がりこんだ後、凶行に及んだ。あるいは被害者の澤田が、寝る時以外は鍵をかける習慣がなかった――それも珍しくはない。マンションがオートロックというだけで安心して、自室の戸締まりが甘くなるのはよくあることなのだ。窃盗事件を担当する捜査三課の統計によると、マンションでの窃盗事件の場合、オートロックでもそうでなくても発生件数は同じぐらいだという。実際、オートロックはそれほど安全なものではなく、突破してマンションに入る方法はいくらでもある。

「発見者の名前は？」

「細木《ほそき》直美《なおみ》、二十八歳」

「Iジョイントの社長秘書とか？」

「そういうのじゃなかったみたい。小さな会社だから」

「話、聴けますか？」

「もう、こちらで事情聴取は済ませたわよ」少しむっとした口調で香里が言った。

「念のためです。自分でも直接確認したいので」

「構わないけど、慎重にね」香里が釘を刺した。「相当ショックを受けてるから」

「ショックを受けてるのに、ずっと現場に放置ですか」つい皮肉を吐いてしまう。

「ちょうど今、署に移動しようとしていたところ」香里が硬い口調で言った。

「失礼しました」岩倉はさっと頭を下げた。「では、短い時間で済ませます。ちなみに、会社の人たちへの事情聴取はどうするんですか？」

「署へ何人か呼ぶことにしてるわ」

「そうですか……」こちらから会社へ出向いた方が話が早いのだが、そこで文句を言うのはやめておくことにした。彼女には彼女の捜査方針があるだろうし、本部の捜査一課だからといって、所轄のやり方にいちいち口は出さない方がいい。少なくともこの段階では……正式に特捜本部ができ、本部主導で捜査が進むことになれば、所轄は何も言えなくなるのだが。とにかく、本部と所轄の主導権争いは、単なる時間の無駄だ。

　オートロックの前まで戻ると、先ほどの制服警官が気づいて前に進み出た。それでドアが開く……簡単なものだ、と岩倉は思った。オートロックを突破する一番簡単な方法は、マンションの住人が出て来るのを待って、入れ違いで入ることだ。マンションでは隣に誰が住んでいるか分からないことが多いから、まず怪しまれることはない。自分の鍵を取り出す振りでもしていれば完璧だ。

　岩倉はソファの前でしゃがみこみ、細木直美と対峙した。ほっそりとした体型で、半袖から突き出た腕は頼りないほど細い。顔色は悪く、今にも倒れてしまいそうだった。

「警視庁捜査一課の岩倉と言います。何点か、確認させて下さい。一一〇番通報したのは午後三時十五分、間違いないですか」

「……はい」絞り出した声は消え入るようだった。

「このマンションに入ったのは、何時頃ですか？　通報する何分ぐらい前でしたか」

「三時過ぎ……はい。三時五分とか十分とか、それぐらいだと思います」

「そのまま真っ直ぐ、澤田社長の部屋に行ったんですか？　管理人さんと話はしなかった？」

「していません」

「これまで、澤田さんの部屋に行ったことはありますか？」

「ないです」ぱっと顔を上げて、直美が否定した。「初めてです」

「今日は、澤田さんは無断欠勤ということだったんですか？　それで確認しにきた？」

「そうです」

「こういうこと、よくあるんですか？　社長が無断欠勤するというのは」

「私が知る限り初めてです。でも社長は喘息《ぜんそく》の持病があるので、休むことはよくありました。だから今回も心配になって……」

「倒れているんじゃないかと？」

「はい」

「誰の指示ですか？」

「言い出したのは私です」

「あなたは、社長秘書というわけじゃないですよね？」

「違いますけど、普段から一緒に仕事をすることが多いんです。小さな会社なので」

こういう時は、一人で来るものだろうか？　もしも事件・事故だったら……いや、そういう想定はまったくしていなかったのだろう。病気で倒れているだけなら、一人でも対処できると考えたのかもしれない。実際、社員二十人ぐらいの会社だったら、何人もでこの事態に対処するような余裕はなかっただろう。

「昨日は、社長はどうしていましたか？　会社から引き上げたのは何時ぐらい？」

「夜、十時過ぎまでいたはずです」

「遅いですね」

「いつもこんなものです。忙しいので」

「社長は、誰かから恨みを買うようなことはありませんでしたか？」

「それは……」直美が視線を逸らす。

「何か心当たりがありますか？」最初のヒントが出てきた、と岩倉は思った。

「詳しいことは知りません」

「誰か知っている人はいますか？」

「いる……かもしれません」

岩倉はしゃがんだまま振り返り、香里と視線を合わせた。香里が素早くうなずく。今の話は、所轄でも既に聴き出していたのだろう。捜査はこの辺りを中心に進めることになるのではないか。

「この後、警察署でまた話を聴くことになります。大変かと思いますが、一刻も早く犯人を逮捕するためですので、ご協力、よろしくお願いします」

「……はい」直美が力なくうなずいた。ショックで体力が削られている様子だった。

岩倉は立ち上がり、香里にうなずきかけた。香里が無表情にうなずき返す。何とも熱が入らない……彼女も、女性管理職として大事な役目を負っているのだから、こういう時はもっと張り切ってもらわないと。今、警視庁も女性管理職の登用に積極的になっているのだが、先達は、後進のためにも大きな責任を感じて仕事をしていかねばならない。そういう意味では、女性の方がずっと大変だと思う。

3

所轄へ歩いて移動する時間を利用して、岩倉は妻に電話を入れた。彼女も仕事中……まだ大学の研究室にいた。城東大生産工学部で脳科学の研究をしている妻は、とにかく研究室にいる時間が長く、しばしば泊まりこんでしまう。文系の人間である岩倉には分からない感覚だが、二十四時間目を離さずに記録を取らねばならない実験もあるのだろう。しかし脳科学か――大事な研究だとは思うが、具体的に何をしているのか、話を聞いてもさっぱり分からない。彼女の方でも、もう説明を諦めているようだった。

岩倉は、早口で事情を説明した。事件が起きて現場に出ているけど、明日は大丈夫だから——。

「本当に?」彼女は疑わしげだった。

「結婚式だぜ?　いくら何でも仕事は休むよ」

「そんなこと言って、結婚式に出てこなかったら、大変なことになるわよ」

「まさか」

「そう?　あなただったら、そういうことぐらいしそうな感じがするんだけど」

「そんなこと、ないさ」俺のことを何だと思ってるんだ——腹が立ってきたが、何とか怒りを呑みこむ。

彼女とは、言い合いになることがよくある。向こうは理屈っぽく、喧嘩になればこちらのわずかなミスを見逃さず突いてきて、岩倉を窮地に追いこむ。理系の人間だからというわけではないだろうが完璧主義の一面があり、それが岩倉には重かった。それでも結婚しようと決めた理由は——普段は面倒見がいいのだ。細かいということは、よく気が回るとも言える。そして何より、見ていて飽きないほど美しい。「美人は三日見たら飽きる」とよく言われるが、あれはとんでもない嘘だ。額に入れて飾っておいてもいいぐらいだが、実際には彼女は自分の目の前で動いている。

彼女に結婚を申しこんだのは、岩倉にとっては人生で最大の賭けだった。その賭けに成功して、今は人生の絶頂のはずなのだが、自分は今、捜査の現場にいる。

「大丈夫」と言い続けて何とか彼女を納得させ、岩倉は電話を切った。深々と溜息をつ深々と溜息をついてから歩調を速め、先を歩く安原に追いつく。振り向いた安原がちらりと岩倉の顔を見て、心配そうな表情を浮かべた。

「大丈夫ですか？」

「何が？」

「ずいぶんでかい声で話してましたけど、奥さんと揉めてるんですか？」

「いや……」見抜かれていたか。

「やっぱり今日は、さっさと引き上げた方がいいんじゃないですか」

岩倉は腕時計を見た。間もなく午後七時。

「今日が終わるまで、まだ五時間ある」

「タイムリミットもののミステリじゃないんですから」安原が苦笑する。「本気で日付が変わるまで頑張るつもりなんですか？」

「それまでに犯人を逮捕できれば、何も問題ないじゃないか」

「それはどうかなあ」安原の言葉は自信なげに揺らいでいた。「今のところ、何とも言えないでしょう」

「いや、被害者に恨みを持っていた人間がいそうじゃないかな。もしそうなら、そこから辿り着けると思う」

「それを言えば、相当激しい恨みですよ」

「もう誰かから話を聴いたのか？」そこまで現場に長居はしなかったし、話が聴ける相手もいなかったはずだが。

「いや、被害者のパソコンなんですけどね」

「電源、入ってたな」

「ええ。メールを書いてる途中だったみたいなんです。その文面が……かなり激しい恨みだったんですよ」

「誰に対する？」

「宮内《みやうち》という人みたいですけど、文面を読んだだけでは、どんな人か分かりません」

「内容は？」

「金のトラブルがあったみたいなんですけど、反社の知り合いもいるって、相手を脅していたんですよ」

「裁判にするとかじゃなくて？」

「ええ。強引な——違法な手段で取り立てようとしたのかもしれません。あまり好ましい話じゃないですね」

「誰に送ろうとしてたんだろう？　その、宮内という人？」

「宛先はまだ書いてませんでした」

そんなものだろうか……岩倉はメールを打つ時、まず相手のアドレスを入力する。もっともこんなものは、人によってやり方がバラバラだろう。葉書を書く時に、宛名と本文のどちらを先にするか、というのと同じことだ。

「それは、会社の関係だろうか」

「確認する価値はありますね。内容はコピーしてきましたから、後で見て下さい」

「さすが、目端が利くな」

「お褒めいただき、恐縮です」歩きながら、安原がさっと頭を下げた。「何か手がかりになるといいんですが」

「今のところは唯一の手がかりと言っていいんじゃないかな」とはいえ、あまり期待しないようにしよう。事件発生直後は様々な情報が集まってくるものだが、中には「ゴミ」もある。しかし「宮内」に対する不満のメールは、岩倉の頭に速やかに根づいた。

目黒中央署に赴き、刑事課の側にある会議室に入る。ここが特捜本部に設定されるようだ。しかし今夜は、会議は開かれないらしい。安原が見つけたメールを幹部が重視しており、まず「宮内」という人物についての調査が、フル回転で行われることになった。

既にIジョイントからは、数名の幹部社員が所轄に到着していた。遺体も間もなくこちらに搬送されてくる予定だが、会社の同僚は面会できない。それは解剖が終わった後、葬儀の時になる。

　岩倉は所轄の若い刑事と組んで、Ｉジョイントの高宮《たかみや》という男から事情聴取することにした。小柄で童顔、どう見ても大学生という感じなのだが、名刺の肩書きは「ＣＭＯ」とあった。チーフ・マーケティング・オフィサーの略称。最近、こんな風に「Ｃ」がつく肩書きをやけに見かけるが、どれぐらいの地位なのか、今ひとつピンとこない。まあ、何となく格好いい感じがするのは間違いないのだが。

　適当な場所がなく、取調室で対峙したせいか、高宮は異常に緊張していた。

「楽に、というのは難しいかもしれませんが、楽に行きましょう」岩倉は切り出した。

「はい……しかし……社長、本当に亡くなったんですか？」小声で高宮が訊ねる。

「それは間違いありません」顔を誰かに見てもらったわけではないが、指紋で確認していた。この方が確実ではある。

「そうですか……しかし、こんなことになるとは思わなかった」

「最近、何かトラブルはありませんでしたか？」

「トラブルは……」高宮が目を逸らす。

「あったんですね？　宮内という人をご存じですか」

　高宮がびくりと身を震わせた。知っているな、と岩倉は確信した。

「どういう人ですか？　会社の関係者ですか？」

「元社員です。Iジョイントの創設メンバーの一人で、社長とは大学の同級生でもあります」

「友だち同士で会社を立ち上げたんですか」

「そんな感じです」

サークルノリというやつか。しかし、一応社員は二十人いて、渋谷に事務所を構えているのだから、今はそれなりに上手くいっていると考えていいだろう。

「会社の創設は、十年前でしたね」この辺の情報は、ホームページを見て確認していた。

「はい」

「十年前というと、まだインターネットなんかが出てくる前ですよね？　デジタル系の企業なんか、ほとんどない時代じゃなかったですか？」

「そうですね。最初は、企業向けの経理ソフトの開発から始めたんです。当時も、経理なんかはコンピューター処理になっていた会社が多かったですから」

「大手はそうでしょうね」

「うちは中小をターゲットに開発を進めていました。あれです、町工場の親父さんとか。普段パソコンを触っていない人でも使えるような、簡単なソフトを開発していたんです」

「なかなか先見の明がありますね」岩倉は持ち上げたが、高宮の表情は晴れなかった。

咳払いし、質問を続ける。「宮内さんという人は、もう会社にはいないんですね？」

「いません。一年ほど前に辞めました」

「自主退職ですか？」

「いえ、まあ……」高宮が頬を掻いた。目つきは暗く、話しにくそうに貧乏ゆすりをしている。しかし意を決したように、はっと顔を上げた。「辞めさせられた、というのが本当のところです」

「何かトラブルでも？」

「横領です」

「会社の金を？」

「確証はないんですよ。しかし彼がやったのは間違いないと思います」

「額は？」

「四千万」

岩倉は一瞬間を置いた。少なくない額――いや、会社の規模を考えると、致命傷になりかねない。

「Iジョイントの昨年の純益はどれぐらいですか」

「それは……」

「大事な話ですよ」

「三億を少し超えるぐらいです」

「それぐらいの純益の会社で、四千万円の横領というのは、かなり大きな額ですよね」岩倉は指摘した。

「ええ」高宮が認めた。「宮内は金を触れる立場にありました。そこでちょっと工作をしたみたいなんですが、証拠隠滅が巧妙で」

「追い詰めるまではいかなかった、と」

「はい。でも、社長は宮内がやったと確信していて、厳しく対立していたんです。宮内はのらりくらりだったんですけど、結局辞表を出しました」

「金は？」

「宮内本人が何も認めていないんだから、戻ってきませんよ」高宮が溜息をついた。

「それで、会社のダメージは？」

「深刻です」

「経営が傾くぐらいに？」

「まあ……結構危ないですね」

だとしたら、社長の澤田は宮内にかなりの恨みを抱いていたに違いない。彼を追い詰めようとして、逆に殺されてしまったということも考えられる。

「二人の仲はどうだったんですか？」

「最初はよかったですよ。大学の同級生で、二人で一緒に会社を始めたんですから。社長はソフト開発で、宮内は営業と金策で……両輪みたいなものでした。それで何とか上手く回ってたんですけどね。内部留保が少なくなっている今は、危ない状態ですよ」

「だったら澤田さんは、宮内さんを相当恨んでいたんですね？」

「それは……まあ、文句ばかり言ってました」

「社員以外の人で、澤田さんが相談できる人はいますか？」

「弁護士には相談していました」

「それは、訴えるかどうか——そういう、法的な話ですよね？」メールを送ろうとしていた相手とは違う気がする。岩倉も内容は見ていたが、かなり感情的に宮内に対する批判を書き殴り、しかも最近は逆に脅されているという内容だった。

「そうですね」

「それ以外に、愚痴を零《こぼ》せるような相手は？」

「ちょっと分かりません」高宮が首を傾げた。

「二人は最近、会ってましたか？」

「会ったかもしれません」曖昧ながら高宮が認めた。「社長がそういう話をしていたのを聞いたことがあります」

「対決したんですか？」

「話の内容までは分かりませんが」

本当に対決しようとしていたのは、他の社員に対する事情聴取からも明らかになった。しかも昨日。実際に会ったかどうかを知っている社員はいなかったが、これで捜査の方針はある程度決められた。宮内を捜して話を聴く。捜査は急速に進みそうだ、と岩倉は期待した。本当に、今日中に事件を解決できれば、明日はスッキリした気分で結婚式に臨めるだろう。ただし、こういうことを話しても、妻は喜んでくれないと思うが。基本的に、血生臭い話は嫌いなのだ。

4

午後九時、岩倉は安原と一緒に所轄の覆面パトカーに乗っていた。行き先は宮内の自宅。所轄の刑事課の若手がハンドルを握り、二人は後部座席に座っていた。何だかタクシーを利用しているようで、若い刑事に申し訳なかったが、後部座席に並んで座っている方が、話がしやすい。

「それで……昨夜は店で会うことになってたんだな」岩倉は確認した。実際、細木直美が澤田から頼まれて店を予約していたのだ。

「ええ。西麻布のイタリアン。そっちには別の刑事が確認に行ってます」

「『イル・ソル』か」

「はい。何か分かれば、連絡が入ることになってます……これでほぼ決まりじゃないですかね。四千万も横領して、知らんぷりして会社から逃げ出した奴がいたら、社長は怒って当然でしょう」

「しかも、学生時代からの盟友だ。裏切られた感は強烈だろうな」岩倉は同意した。「殺すぐらいに」

「殺されたのは澤田社長だよ」

「お互いに恨みを持ってたんでしょうかね。それが、昨日会って爆発したとか。家でその続きをやっていて、宮内が澤田社長を殺した、と」

安原があっさり結論を出した。岩倉は反論も同意もしなかった。概して、事件というのは単純なものである。どれだけ複雑に見えても、解明してみると呆気に取られるほど簡単、というケースがいかに多いことか。表面に惑わされて、刑事があれこれ考えてしまうと、捜査の筋道を間違う。自分で勝手に迷宮に分け入ってしまうようなものだ。

「ガンさん、何か問題ありそうですか?」安原が不安そうに訊ねる。

「いや、一番簡単そうに思える推理が、結局真実を突いてる……だと思うんだけどな」

「珍しいですね、ガンさんが断言しないなんて」

「うん」原則に変わりはないと思うが、何かが引っかかっている。それほど事態は単純ではないという予感がしていたのだ。

宮内の自宅は、杉並にあるマンションだった。まだ真新しく、そこそこ豪華……事前に調べた情報では、宮内は既に結婚していて、子どもが一人いる。独身の澤田は、住む場所にはそれほどこだわっていなかったようだが、家族持ちの宮内は、ファミリー向けの物件にこだわっていたのかもしれない。それにしても、このマンションの購入資金は、どこから出たのだろうか。横領額だという「四千万円」が、頭の中で明滅した。

「行くか」

「不在だったらどうします？」安原が心配そうに言った。Iジョイントを辞めた後、宮内は別のデジタル系の会社に転職していた。技術がなくても、金勘定ができる人間はどの会社でも重宝されるのだろう。しかもデジタル業界は、他の業界よりも人材の流動性が高いというし。

「待ち、だな……今勤めている会社の情報は？」

「今、確認中です」

「とはいえ、会社は絡ませないで、ここで何とかしたいな」

「ですね」安原がうなずく。

「よし、まずマンションの周囲を確認しよう」

容疑者を抑えにかかる時、オートロックつきのマンションはなかなか厄介だ。向こうはモニターでこちらの顔を確認できるから、取り敢えず「怪しい」と思ったら反応しなければ済む。そして、さっさと家を出て逃げ出す——大抵裏口があるのだ。

所轄の若い刑事を含めた三人で、マンションの周囲をぐるりと回る。裏口は一ヶ所、自転車専用の出入り口のようだ。さらに地下駐車場への出入り口が一ヶ所。自宅から直接地下駐車場へ降りられるような造りになっていると、さらに向こうは逃走できる可能性が高くなる。

「オートロックを突破して、直接家のドアをノックしよう」岩倉は提案した。

「裏口と駐車場の出入り口は無視でいいですか」安原が確認した。

「ああ。家の前まで行けば、もう逃げ場はない」

「どうやって入りますか？　この時間だと管理人もいないと思いますが」

「一〇一号室の人を呼ぼう」警察官がオートロックのマンションに入る時によく使う手だ。他の部屋の住人を呼んでロックを解除してもらう。管理人に開けてもらうのが一番簡単なのだが……岩倉は、所轄の若い刑事に指示した。「中に入れたら、君は一度一〇一号室に行って、警察手帳を見せてしっかり事情を説明してくれ。その後、宮内の部屋の前で合流」

「了解です」若い刑事は緊張した様子も見せなかった。これぐらいで緊張されても困るのだが。

実際には、一〇一号室からは反応がなかったので、一〇二号室のインタフォンを鳴らして事情を説明し、ロックを解除してもらう。これで第一関門突破。若い刑事が説明に向かうのを見送ってから、岩倉たちはエレベーターに乗りこんだ。

岩倉は安原に目配せした。二人で動く時、若い方が口火を切るのは刑事の暗黙の了解である。少しでも多く経験を積ませようという狙いで、岩倉も散々やらされた。よほど難しいことになると、先輩が先陣を切ることになるのだが。

安原がインタフォンを鳴らす。女性の声ですぐに返事があった。

「警視庁捜査一課の安原と申します。宮内康樹《やすき》さんのお宅ですか？」

「はい……」妻だろうか、女性の声は不安に揺らいでいた。「警視庁捜査一課」を名乗る人間がいきなり訪ねて来て、動揺しない人はいない。

「ご主人――康樹さんはご在宅ですか」

「はい、おりますが……どういうことでしょうか」

「ちょっと、参考までにお話を伺いたいことがあります。開けていただけますか？」

「はい――いえ、ちょっとお待ち下さい」

安原がインタフォンから離れたところで、若い刑事がエレベーターから降りて来た。その姿を見た瞬間、岩倉は妙な不安に襲われて、彼に指示した。

「さっき、裏口を見たな？　あっちへ回って警戒してくれないか？」

「はい？」若い刑事が怪訝そうな表情を浮かべる。

「いいから。念のためだ」

うなずき、若い刑事がエレベーターの方へ戻っていく。ここは五階、ドア以外のところから出ていくのは難しいだろうが、必死で逃げようとしたら、ベランダから脱出して降りていくかもしれない。そこは一応、警戒しておかねばならないことだ。

宮内はなかなか出て来ない。

「まさか、ベランダから逃げたんじゃないでしょうね」安原が不安を口にした。

「その場合は、あの若い彼が何とかしてくれるよ」そう言えば名前を知らない。一度聞いた名前は忘れないから、彼は名乗らなかったのだと気づいた。無礼な奴だ——後で厳しく指導しておこう。

「だといいんですが……あ」安原が一歩引く。ドアが細く開いたところだった。

顔を見せたこの男が宮内だろう。岩倉は一歩進み出てドアに手をかけた。

「宮内さんですか」

「宮内ですけど……何か」

「ちょっとお話を聴かせて下さい。署までご同行願います」

「署って、警察署ですか」宮内の顔から血の気が引いた。

「そうです」

「警察に呼ばれることなんかないと思いますけど……」

「その辺は、署で詳しくお話しします。出て来ていただけますか」

「ちょっと準備があります」

「準備は最低限で結構です」宮内は帰宅してからあまり時間が経っていないようで、ワイシャツにグレーのズボンという格好だった。着替える必要もないだろう。せいぜい上着を着る程度……あとは財布と携帯を持てばいいはずだ。逮捕されたら、どちらも取り上げられることになるが。

「しかし、何が起きたのか教えてもらえないと、動けません」宮内は強情だった。

「後でお話しします」

しばらく押し引きが続いたが、結局宮内が折れた。彼は家の中に引っこんだが、岩倉はドアを押さえたまま、玄関から続く廊下を見続けた。こちらはずっと監視しているぞ、というプレッシャー。

「感触は？」背後から安原が訊ねる。

「まだノーコメント」事情聴取に対する拒否反応はかなり強かった。しかしこれだけでは、何とも判断できない。

ほどなく宮内が出て来た。スーツの上を着込み、ポケットに携帯電話を落としこみながら、短い廊下を歩いて来る。眉間には皺が寄り、明らかに不機嫌だった。不安ではない――そこがポイントかもしれないと岩倉は思った。まったく身に覚えがないことで疑われた人間は、不安になって動揺するものだ。それは目の動きなど挙動に現れる。

「どこへ行くんですか」宮内が不安気に訊ねる。

「目黒中央署です」

「目黒？」

「ええ」

「そこに何が？」

「着いてからお話しします」

向こうも薄々勘づいているかもしれないが、岩倉は秘密を貫くことにした。できるだけ不安にさせておいて、動揺を誘う作戦だ。気持ちが揺れていれば、つい本当のことを喋ってしまう場合もある。

車の中でも、岩倉は事件のことについて一切触れず、宮内の今の仕事について聞くだけにした。宮内は不安かつ不機嫌で、会話はろくに成立しなかったが。

目黒中央署に戻って、午後十時。取り調べを始めるには遅過ぎる時間だが、ことは殺人事件である。それにどうしても、一刻も早く解決したいという意識が強い。

宮内を取調室に入れ、監視をつける。実際に取り調べを始める前に、岩倉は情報のすり合わせをした。宮内は、昨夜澤田と一緒に「イル・ソル」に行っていたことが、既に裏づけられている。食事代は澤田がカードで支払ったので、まず間違いない。しかし店員の証言では、食事の途中から激しい言い合いになり、宮内は席を立って出ていってしまったという。

「この辺から攻めますか。横領の件は切り札として取っておいて」岩倉は浅尾に相談した。

「その線だな。まず、澤田社長との関係についてははっきりさせよう。それで……取り調べは安原がやってみろ」

「俺ですか?」急に指名されて、安原が驚いたように自分の鼻を指差した。

「何事も経験だ。いいな、ガンさん?」

「ああ、まあ……」流れからして自分がやるのが自然なのだが、確かに若手に経験を積ませるのも大事なことだ。そもそもこの係には、本来ずっと取り調べ担当をしているベテラン刑事・冨永《とみなが》がいるのだが。

「ガンさんは外で見ていてくれ。立ち会いは冨永に任せる」

取り調べ担当直々に指導、ということか。冨永は捜査一課の刑事にしては珍しく温厚な男で、取り調べ担当を任されているのはそのせいもある。既に五十五歳で、後進に道を譲ることを考える年齢でもあるから、浅尾は安原にやらせようと思ったのだろう。岩倉自身は取り調べにはそれほど自信がないので、こだわりがあるわけではない。ただし今回は、自分でやってみたかった。このタイミングでしっかり自供を引き出し、さっぱりした気分で明日の結婚式に臨む——明日、自分が式を挙げることが未だに信じられなかったが。

結局岩倉は、取調室の外で様子を見守ることにした。ここには最新の設備が導入されており、中の様子を小型カメラで撮影して、外のモニターで確認できるようになっている。マジックミラー越しに中を見て、マイクが拾った音声を聞くやり方に慣れていたのだが、やはりこの方がいい。離れた場所で、複数の人間が見守ることも可能なのだ。

画像は、向き合う刑事と容疑者を横から捉える構図になっている。安原が緊張しているのは、小さなパソコンの画面で見ていても分かった。背筋がピンと伸び、両肩が盛り上がっている。

「確認させて下さい」安原が切り出した。「昨夜、西麻布にある『イル・ソル』というイタリア料理店にいましたね？」

「ええ」宮内があっさり認めた。

「誰と一緒でしたか？」

「それは……知り合いです」

「その人の名前は？」

「澤田……澤田智紀です」

「どういう知り合いですか」

「昔の会社の同僚です」

「そこで何の話をしましたか？」

「何って……昔話ですよ」宮内の顔に戸惑いが広がる。

「昔のどんな話ですか」安原がテンポよく宮内を追いこんでいく。「会社時代の話ですか？」

「まあ、そんなところです」

「途中で激しい言い合いになりましたよね？　どういう話になったんですか？」

「それは……澤田とはそんなに仲がいいわけじゃなかったから」

「それなのに、二人で食事ですか？　どういうことでしょう。説明してもらえますか？」

「誘われただけです」

「仲がよくないなら、断ればよかったじゃないですか」

「何なんですか」宮内が急に声を荒らげた。「澤田がどうかしたんですか」

「遺体で見つかりました」

「遺体……」宮内の眉根がぐっと寄る。「死んだ、ということですか」

「殺された可能性が高いんです」

「まさか」

「まさか、何ですか」安原が厳しく突っこむ。

「いや……殺されるなんて……」

「昨日、澤田さんと喧嘩別れした後、どうしていたんですか？　どこにいたか、教えて下さい」

「それは――」宮内が唇を舐めた。額には汗が滲《にじ》み始めており、焦りが見て取れる。

「ご自宅に戻られました？」

この件は既に、別の刑事が確認に行っている。岩倉たちが宮内を連れ出した後、家で家族に事情聴取しているのだ。とはいえ、子どもはまだ小さい――五歳だから証言は当てにならない。妻から話を聴くだけだ。そこで重要な証言が出ている。

宮内は昨夜、家に戻らなかった。仕事で泊まりこんでしまうこともあるので、妻はさほど不審には思っていなかったというが。

安原はこの件を集中的に攻め始めた。

「昨夜どこにいたか、説明してもらえますか？　あなたが家に戻っていなかったことは確認しています」

「それは……」

「澤田さんの家にいたんじゃないんですか？　澤田さんは、昨夜から今朝にかけて自宅で殺された可能性が高い。彼の家は知っていますよね？　喧嘩した後と言っても、知り合いのあなたが訪ねて行けば、澤田さんはドアを開けるでしょう」

「俺はやってない！」宮内が声を張り上げる。反射的な否定に過ぎないと思ったが、彼の言葉は嘘には聞こえなかった。思わず本音が出てしまった感じ……。

これは長引くな、と岩倉は早くも諦めかけた。捜査の道筋が見えない中で離脱し、自分は一人結婚式に向かう――そうなったら、人生で一番嫌な日として記憶されることになるだろう。

5

安原は一時間にわたって宮内を攻め続けたが、宮内は一貫して否認を続けた。澤田を殺してはいない。しかし昨夜どこにいたかについては言えない――話は完全にスリップしてしまい、先へ進まなくなった。

「どうします？」岩倉は浅尾に確認した。

「あまり長くは引っ張れないな」浅尾が腕時計を見た。「早く決着するかと思ったんだが」

「何時までやります？」本当は、もうリリースしなければいけない時間だ。日付が変わるまで続けると、人権問題になりかねない。

「まあ……一時間だろうな。それよりガンさん、いい加減にしろよ。さっさと帰れ」

「捜査の道筋が決まらないと、どうも……」岩倉は耳を掻いた。「会社の方、どうなってますか」

「まだ人はいると思う。善後策を相談しないといけない、という話だったから」

「それこそ会社の存亡に関わる話ですからね。ちょっと行ってみます」

「他の連中も、向こうで話を聞いてるぞ」

「オブザーバー的に……そう言えば、被害者の家族への連絡、どうなりました？」

「連絡はついたけど、こっちへ来るのは明日になると思う」

「実家、どこなんですか」澤田の個人情報は、岩倉の頭にはまだインプットされていなかった。

「長崎の五島。飛行機の乗り継ぎかフェリーを使うしかないから、仕方ないんだ。実際にこっちへ来るのは、明日の夕方になるんじゃないかな。その対応は、所轄に任せている」

「そうですか……」家族の気持ちを思うと胸が潰れそうになる。息子が殺されたのに、距離の壁に阻まれて、すぐに顔も見られない。「とにかく、会社に顔を出します」

「そこは適当にして、早く帰れよ」

「ええ、まあ……」

岩倉は自分で覆面パトカーを運転して、Ｉジョイントへ向かった。かつての所轄の管内だから、道に迷うこともない。

桜丘町にはよくある、小さなオフィスビルだった。七階建てで、五階のフロアの窓だけが明るくなっている。社員が残って、善後策を検討しているのだろう。

エレベーターに乗った途端、妙な疲れを感じる。そう言えば、夕飯も抜いてしまったのだ。近くに牛丼屋があるから、深夜の飯にしようか——いや、さすがにこんな時間に食事をしたら、胃がおかしくなるかもしれない。午後十一時半。

五階のフロア全部がIジョイントの本社になっていた。中に入ると、数人の社員がいる。刑事は二人。話を聴くにしても、この時間になるとさすがにだれてくるから、いい加減、社員は解放すればいいのに……。

数時間前に話を聴いた高宮がいたので、岩倉は挨拶した。

「遅くまで大変ですね」

「いや……だんだん大変なことになってきました。社長が急に亡くなるなんて、滅多にないことでしょうし」

「明日からどうするんですか？」

「ちょっと手続き的なことも調べないといけないんです。こういうことは想定もしていなかったので……臨時株主総会とか、やることになるでしょうね」

「それは大変なんじゃないですか？」総会屋が乗り出して議事が紛糾する——岩倉はそんな場面を想像してしまった。

「いや、株主と言っても身内みたいなもので、人数も限られていますから……ただし、進め方がよく分からないんです」

「会社の業務をストップさせることもできませんしね」

「そうなんですよ」高宮が深刻な表情でうなずいた。「それでなくても、財政状況がヤバいのに……」

「金のことについては何も言えませんが」言いながら、岩倉はふと思いついた。「こんな時にこんなことを言うのは何ですけど、社長、保険に入っていませんでしたか？　会社が受取人になっているような」

「ああ」急に高宮の表情が明るくなる。「それは……そうか、たぶん入ってます。ちょっと調べてみないと」

余計なことを言ってしまっただろうか、と一瞬悔いた。これ以上余計なことは言うまい、と自分を戒《いまし》める。会社のことは会社のこと、刑事が口を挟むべきではない。

高宮が、他の社員を摑まえて小声で話し始めた。結局自分は用無しか……ふと、第一発見者である細木直美を見つけた。デスクにつき、ぼんやりとパソコンの画面を見つめている。ここでやることもないが、帰る気にもなれないというところだろう。何しろ会社の一大事なのだ。しかも彼女は第一発見者——澤田の遺体を直接見ている。普通の人が、殺された遺体を見たら、簡単にはそのショックから抜け出せないだろう。少しケアしておくか、と岩倉は彼女に近づいた。

隣のデスクの椅子を引いて座ると、直美がぼうっとした表情を向ける。岩倉に気づいたようで、「あ」と短く言うとさっと頭を下げた。

「大丈夫ですか？　お疲れのようですけど」

「それは……はい、疲れてます」

「もう引き上げた方がいいんじゃないですか？　今日できることはないでしょう」

「そうなんですけど、落ち着かないので」

「分かります」岩倉はうなずいた。「しかし、本当に大変ですね。社長がいなくなったら、会社はこれからどうなるんでしょう？」

「さあ……」直美が力なく首を横に振った。「結局うちの会社は、社長が全てですからね。社長の顔で取ってきた仕事もあるし、これからどうなるか」

「ワンマンだったんですか」失礼になるだろうかと思いながら、岩倉は訊ねた。

「そういうわけじゃないです。社長は、細かい人でしたけど、仕事を離れれば温かいところもありましたから」

「温かい？」

「仲間を大事にしていたというか……よく皆で呑みに行きましたし、仕事のことでもプライベートなことでも、相談に乗ってもらったし」

「アットホームな雰囲気の会社だったんですね」

「そうだと思います。私は他の会社で勤めたことがないですけど」

「あなたは、ここで何年ぐらい働いているんですか？」

「五年、ですね」

「新卒で？」

「そうです。大学の先輩が勤めていたので、引っ張られて」

「なるほど」小さい会社だと、そういうこともよくあるのだろう。「働きやすい会社でしたか？」

「そうですね」

「社長と宮内さんは、相当仲が悪かったんですか？」岩倉は話を変えた。

「あれは――」直美が一瞬声を張り上げたが、さっと周囲を見回すと、すぐに声を潜めた。「お金の問題ですから、私は詳しく知りません」

「ちなみにあなたの仕事は何なんですか？」

「総務ですから、何でも屋です。総務は三人しかいないので、会社の雑用は何でもやります」

「その中に、お金のことは入っていないんですか？」

「お金の計算は、宮内さんが一手に握っていました。今は別の人がやってますけど」

「宮内さんはどんな人だったんですか？」

「私はよく知りません」直美が目を逸らした。

「二十人ぐらいの会社だったら、全員顔見知りみたいなものかと思いますが」

「そんなこともないです」

「そんなものですか？」

直美は答えなかった。雑談を続けていくのにも疲れてしまったのかもしれない。さっさと帰らないから、いつまでも刑事につきまとわれるのだ、と岩倉は皮肉に思った。

それにしても、雑然とした会社だ。デジタル系企業というと、小洒落た雰囲気なのかと勝手に想像していたのだが、ここにはそういうイメージは一切ない。事務室はごく普通の内装で、色気の欠片《かけら》もなかった。一つだけ目立つのは、各デスクに置かれたパソコンモニターのサイズだ。薄型のディスプレイで、どれもかなり大きい。ノートパソコンとデスクトップ、二台が載っているデスクもあった。さすがにこの辺は、商売柄ということだろう。

「ちなみに、社長の席はどこですか？」見た限り、社長室のような別室は見当たらない。若くして起業し、そこそこ実績を上げている社長なら、自分の好みにカスタマイズした社長室ぐらい準備しそうなものだが。

「そちらです」

直美が指差したのは、六個ほどのデスクが固まった島だった。そこから少し離れたところに、島の方を向くようにデスクが一つ置いてある。デスクも椅子も特に豪華なものではなく、他と同じだった。警察の仕事場で言えば、係長が座るようなポジションである。

「そのデスクですか？　一個だけ離れてる？」

「そうです」直美が面倒臭そうに認める。

岩倉はデスクの前に立った。巨大なモニターが載っているのは他のデスクと同じ。他にはキーボードと電話、メモ帳があるだけだった。綺麗に片づけているというより、仕事のほとんどをパソコンでやってしまうのだろう。メモ帳とボールペンは、補助的な役割を果たしているだけではないだろうか。

「ここは調べたか？」近くにいた一課の後輩刑事に訊ねる。

「捜索済みです」目を赤くした後輩刑事が答える。

「何か出たか？」

「いや、分析はこれからです」

いろいろと押収したのだろうが、この場では調べ切れていないのだろう。仕事で使うものは、概して分析するのにかなり時間がかかる。会社の人間の協力を得ないと、内容がさっぱり分からないものも多いのだ。紙の書類ならともかく、パソコンとなるとはるかに大変だ。とにかく分量が多くなりがちで、しかも整理できずにファイルをあちこちに散らかしている人も多い。いや、澤田の場合はそんなこともないだろうが。パソコンに関しては専門家だろうし。

何気なく、キーボードに触れた。岩倉が使っているノートパソコンとは違い、ストロークが深く、しかし軽いタッチで押しこめ、素早く押し返してくる感じ。早いタイピングをする人には、こういうキーボードの方が合っているのかもしれない。

突然、画面が復帰する。おっと──岩倉は後輩刑事を手招きした。

「これ、起動したか?」

「いえ」

「調べたか?」

「まだです。そのまま押収するように指示されてますので、最後に持って行こうかと」

「スリープだったか……」

その時、岩倉の頭の中でスイッチが入った。小さなスイッチなのだが、やけに音が大きい。何かがおかしい。

そうか、とすぐに思い至った。岩倉は直美を呼び、澤田のパソコンを指差した。

「社長は昨夜、十時過ぎに引き上げた、という話ですよね?」

「たぶん、そうでした」

「その後は、会社には戻っていない？」

「そう思います」自信なげな口調だった。「出退勤は、自動で記録されるわけじゃないので、夜中に来たりしても、分かりません」

「このパソコンなんですが、スリープモードに入ってました。帰る時には電源を落とすのが普通じゃないですか？」

「いえ」短い否定。

「違うんですか？」

「帰る時もスリープモードにするのが、うちの会社の決まりなんです」

「それは変わった決まりに思えますけど……」岩倉は首を傾げた。スリープモードにしておいても、微電流は流れるのではないだろうか。経営があまり思わしくなく、節約が必要な会社だったら、こまめに電源を落とすようにするのが自然だと思う。

「いつでもすぐに仕事に入れるように、スリープモードなんです。時間第一の人ですから」

「プライベートでも？」

「たぶん」

「どうして分かりますか？」

「そんなことを言ってました。パソコンを使い始めてからずっと、よほどのことがない限りは、寝る時もスリープモードにしていたって。基本的にパソコンオタクなんです。寝て、ベッドから抜け出したらすぐに作業できるように……パソコンが立ち上がる時間がもったいない、とよく言ってました」

「そうですか」確かに、電源を入れてから作業できるようになるまでには、そこそこ時間がかかる。

これで違和感の源泉がはっきりした。岩倉は一度廊下に出て携帯電話を取り出し、特捜本部に電話を入れて浅尾を呼び出してもらった。

「まだ会社にいるのか？」浅尾は本気で心配し始めた様子だった。

「ちょっと確認したいんですが、被害者の自宅のパソコン、電源が入ってましたよね？」

「そうだと思うが……それは安原が知ってるんじゃないかな。メールを確認したのはあいつだから」

「まだ取り調べ中ですか？」

「いや、一時休憩してる。今夜はもう、帰そうと思うんだ。監視をつけてな」

「安原に代わってもらえますか？　確認したいんです」

「ちょっと待て」

受話器をテーブルに置く、がたんという音が聞こえた。それから「安原！」と叫ぶ声。ほどなく安原が電話に出た。

「いやあ、参りました。俺、取り調べに向いてないみたいです」安原がいきなり弱音を吐いた。

「それは後で、俺が査定してやるよ。それより被害者の家なんだけど、パソコンの電源は入ってたよな？」

「ええ」

「それでお前は、例のメールに気づいたんだろう？」

「そうです」

「間違いないか？」

「間違いないです」安原の口調は自信に満ちていた。

「お前の前に、誰かが触ってなかったか？」会社のパソコンと同じならば、澤田は自宅のパソコンに、スリープモードから復帰する時のパスワードを設定していなかったはずである。

「触ってないと思いますよ。何なんですか？」

「スリープモードに設定されていた可能性が高いんだ」澤田の癖を説明した。

「それなら、誰かが触って復帰しても、またスリープモードに入るはずです」

「そうか……パソコン、今どこにある？」

「押収したはずですよ」

「調べられるかな？　設定を見れば、スリープモードになっているかどうかは分かるだろう」

「ちょっと調べてみます。連絡しますよ」

「頼む」

電話を切り、岩倉は嫌な予感に襲われ始めていた。もしかしたら特捜本部は、間違った方向へ動いてしまったのかもしれない。前提からして間違っていた可能性がある……。

岩倉は廊下で待ち続けた。煙草が吸いたいな、と思ったがここは我慢だ。五分ほど待っていると、安原が自分の携帯から電話をかけてきた。

「スリープモードは設定されていませんでした」

「間違いないな？」

「ノートパソコンですからね。状況を変えないために、電源を入れたまま押収してきたんですよ。その後はずっと電源を入れっぱなしですけど……設定を変更する人間はいなかったでしょう」

「そうか」

「どういうことですか？」

「これは、殺しじゃないかもしれない」

6

岩倉はオフィスに戻ると、高宮を摑まえて確認した。

「スリープモードの設定？　ええ、そう指示されてました」高宮が認めた。

「問題なかったんですか？」

「別に、問題になるような話じゃないでしょう。仕事を効率的に進めるためですから」

「実は、澤田さんの自宅のパソコンは、スリープモードになっていなかったんです。プライベートでもスリープモードにする習慣がある人だそうですよね？」

「ええ……だから、どういうことですか？　意味が分かりません」

「澤田さんは、パソコンでメールを作っていました。そこには、宮内さんに対する恨みつらみのようなことが書かれていましたが、誰に送ろうとしていたかは分かりません。私は、これは一種の遺書のようなものではないかと思っています」

「遺書？」

「つまり、自殺なんですよ。澤田さんは自殺して、宮内さんが殺したと見せかけようとした。現場を調べた警察官の目に確実に入るように、敢えてスリープモードを解除したんだと思います。そういうものがあれば、警察はまず殺人を疑いますから。究極の嫌がらせです」

「まさか、そんなことが……社長が自殺するなんて考えられません」

「そうですか？　宮内さんの横領トラブルで会社が追いこまれていたんでしょう？　自殺するほど悩んでいたかもしれません。それに、さっきの保険金の話――殺されたとなれば、保険金は満額下りるでしょう。それで会社が立ち直れば――と考えても不自然ではないと思います。しかも宮内さんに罪を押しつけられるかもしれない。澤田社長にとっては、メリットしかないやり方だったのかもしれません」

「そんなこと考えるはずが――いや……」

「あり得ますか？」

「正直、社長はかなりエキセントリックなところがありました。あれ、分かります？」

高宮が、部屋の片隅にあるパーティションを指差した。よくある、肩の高さぐらいまである板が何枚か……そのうち一つは、上部にあるはずのガラス部分が抜けていた。

「あの、ガラスのないパーティションのことですか？」

「社長がブチ切れて、パンチ一発で……本人も手の甲を五針縫いましたけど」

「そういう人だとしたら、発作的に自殺する可能性もあるかもしれません」発作的にというか、実際にはかなり計画的な感じもするが。宮内を犯人にしようと考え、工作していたのだから。

「いや、まさか自殺までは……でも、分からないな。最近の社長は、相当悩んでましたから」

「そうですか——もしもそうなら、宮内さんもいい迷惑だ。でも彼は、アリバイを喋らないんですよ。昨夜は家に帰らなかったみたいですけど、どこにいたのか、話そうとしない。喋れば、すぐに釈放されるのに」

急にがたん、と大きな音がして、岩倉は振り向いた。直美が立ち上がって、荒い息を吐きながら肩を上下させている。

「細木さん？　どうかしましたか？」岩倉は彼女の元に歩み寄った。

「私は……私は……」

「何ですか？」今にも過呼吸になりそうで心配だった。「落ち着きましょう。何が言いたいんですか」

「宮内さんは……」

突然、直美が崩れ落ちた。岩倉は急いで駆け寄ったが、間に合わない。しかし直美は気を失ったわけではなく、床に膝をついてへたりこんでいた。

「細木さん、深呼吸して下さい。ゆっくりとですよ」

言われるまま、直美が深呼吸を始める。肩が大きく上下し、顔に血の気が戻ってきた。

それから彼女はおもむろに、昨夜のことを話し始めた。

既に日付は変わっていたが、目黒中央署に戻った岩倉は、自ら宮内と対峙した。

「自殺?」疲れ切った宮内が、急に甲高い声を上げる。

「その可能性が高いと思います」岩倉は認めた。「いかにも殺しという感じだったんですが……落ちていたナイフについていた指紋は一人のもの――澤田さんの指紋しか発見されませんでした。もしも犯人が澤田さんをあのナイフで襲ったとすれば、その指紋がつきます。手袋をはめていれば、澤田さんの指紋は不自然な形で消えます。後からハンカチで拭えば、指紋はまったく検出されなくなる。つまり、澤田さんが自分でナイフで首を切り、自殺した可能性が高いんです。しかも彼は、予め自分が死んでいるのを発見されるように工作していた。細木直美さん、知ってますね?」

「あそこの社員でしょう」言いながら、宮内は岩倉と目を合わせようとしなかった。

「澤田さんは、昨夜――もう一昨日ですが、彼女に電話をして、昨日の午後に自分の家を訪ねるように指示していた。理由は言いませんでしたが、早く遺体を見つけさせるためでしょう。それで……あなたは、やっていませんね?」

「やってません」

「念のために、アリバイを確認させて下さい。あなたの口から聞ければ、それであなたは釈放です」

「それは……」この件については、宮内の口は相変わらず固い。

「あなたが言いたくないなら、私が言います。あなたは昨夜、一晩中細木直美さんと一緒にいた。要するにあなたは、細木さんと不倫関係にあったんです」

「いや――」

「彼女が認めました」岩倉は告げた。「それなら、あなたがアリバイを言いたくないのも分かります。家族にバレてしまいますからね」

「妻に言うつもりですか？」宮内は怯《おび》えていた。

「警察としては言いません。ただ、あなたがご家族に説明する必要はあるかもしれませんね。それはあなたの問題で、私たちには何とも言えないことです……一つ、教えて下さい。愛人関係というか、あなたは、Ｉジョイントの社内情報を収集するために、彼女を籠絡《ろうらく》したんじゃないですか？　小さな会社ですから、一人スパイがいれば、社内の秘密は全て筒抜けになるでしょう。そうまでして、社内の情報を収集しなければならない理由が、あなたにはあった。横領事件――被害額は四千万円。Ｉジョイントぐらいの規模の会社だったら、大損害だ。しかしあなたとしては、証拠を摑まれないで、何とか逃げ切りたかった――そのために、細木さんを利用して社内の状況を把握しようとした」

「だったら――」

「お帰り下さい。長々とご苦労様でした」

岩倉は頭を下げた。しばらくしてから顔を上げると、宮内は呆然として、口がぽっかりと開いていた。

「澤田さんは、あなたを犯人に仕立て上げようとしたんです。それほどあなたを深く恨んでいた。殺すよりも、人殺しに仕立てて苦しめたい——かなり歪《ゆが》んだ気持ちですが、それだけ恨みが強かった、ということでしょう。何しろ四千万円を横領されて、会社が傾きかけている」

「俺は何も言わない」

「言わなくて結構です。我々は捜査一課——殺人事件などを捜査する部署で、金に関連する問題は基本的に捜査しません。ただし、そういうことを専門に調べる部署はありますし、私には何人も知り合いがいる。ちょっと耳元で囁けば、あなたに会いたいと思う刑事が出てくるでしょうね」

「俺は……」

「取り敢えず今日は、お帰り下さい。今度は警視庁本部であなたを見ることになるかもしれませんが、私は助けませんからね。そこは何とか自分で切り抜けて下さい」

自分はこの男を助けたのだろうか、と岩倉は自問した。一つの穴から別の穴へ連れていくだけかもしれない。

それでも仕方がない。

ワルは所詮ワルなのだ。いつか必ずボロを出して自爆する。そう信じないと、刑事などやっていられないのだ。

7

ああ、結局徹夜か……。

岩倉は欠伸《あくび》を噛み殺しながら、ファミレスを出た。ビルの二階にある店なので、階段を降りることになるのだが、足元が怪しい。一晩徹夜しただけで情けないと思いながら、とうとう大欠伸をしてしまった。

後から降りてきた安原は元気だった。スクランブルエッグにソーセージ、ポテト――ファミレスのモーニングセットをたっぷり食べ、コーヒーを三杯飲んで、エネルギー補充完了、という感じだろう。

「しかし、参りましたね」並んで歩き出しながら、安原が切り出した。

「まいったな。とんだ迷惑だよ」

「ですね……まさか自殺して、それを殺人に偽装するなんて」

「いくら何でも、それで宮内さんを逮捕するようなことにはならなかったと思うけど、少なくとも警察は混乱させられた。宮内さんの横領問題は明るみに出たから、捜査二課が興味を持って動き出すかもしれない。彼も無傷ってわけにはいかないだろう」

「とんだ迷惑ですね」

「ただ、そもそもの原因——恨まれる原因を作ったのは宮内さんだからな」

「後味、悪いですね」安原がうなずく。「でも、これで一応無事に解決したことになるんじゃないですか？　自殺は自殺で結論が出たわけですから」

「まあな」岩倉は右手で顔を擦った。

「七時か……ガンさん、今から一眠りする余裕、あります？」安原が訊ねた。

「無理だな。十時には式場に入らないといけないんだ」

「そんなに早く？　披露宴は午後一時からでしょう？」

「結婚式が十一時半からだから。結婚式や披露宴っていうのは、何かと時間がかかるんだよ」

「そうでしょうね。俺は披露宴までに、一眠りできそうですよ」

「結婚式からの出席じゃなくてよかったな」式には双方の家族しか呼んでいない。こぢんまりとした式になる予定だ。仕事の仲間や友人が集まるのは披露宴から。「少しでも寝ておいてくれよ。俺の知り合いのテーブルが、全員居眠りしてたら洒落にならない」

「一瞬で寝るのは得意なんですよ」安原がニヤリと笑う。「とにかく披露宴会場で会いましょう。ガンさんこそ、披露宴の最中に居眠りしないで下さいよ」

「そこは精神力で何とかするさ——電話だ」

　携帯を取り出すと、妻の名前が浮かんでいた。まだ朝の七時なのに電話してくるとは……昨夜一度電話してから連絡していないので、苛《いら》ついているのかもしれない。

「先に行ってくれないか？　嫁さんから電話だ」

「怒られるんじゃないですか？　本当は、昨夜ちゃんと打ち合わせしておかないといけなかったんじゃないですか？」

「そうなんだよ」岩倉は顔をしかめた。

「じゃあ……さっさと謝っておいた方がいいですよ」

さっと頭を下げて、安原が大股で歩き出した。岩倉は急いで電話に出た。この電話に出損ねると、後でまたうるさく言われるかもしれない。

何で俺はこんなに気を使っているのかな、と苦笑した。まあ、惚れた弱みというやつだ。せいぜい謝って、今日は最高の機嫌でいてもらわないと。女性にとっては、人生で一番大事な日になるはずだから。

隠匿

1

娘の千夏《ちなつ》の手は小さく柔らかく、いかにも頼りない。しかし岩倉剛の手を握りしめる力は意外に強く、頼りにされている実感を抱く。三歳……これから年々、自分の手を握る力は強くなると思う。もっとも、いつまでこんな風にしてもらえるかは分からない。

短い夏休み、岩倉一家は伊豆の川奈に来ていた。ここに、妻の両親が持っている別荘があるのだ。夏冬の休みには、ここを使わせてもらって骨休めすることが多い。海が近いので、千夏も喜ぶ。ただし千夏は、水に触れるのを異様に怖がるのだが。単に、綺麗な海を眺めて喜んでいるだけだ。

海への散歩は、ここに滞在中の朝夕の日課になっている。少し高台にある別荘からゆっくりと坂道を下りて、海水浴場に近いいるか浜公園でだらだらと時を過ごす。近くの海水浴場は、朝から家族連れや若者で賑わっているのだが、この公園にはあまり人がいない。海に突き出す突堤に、釣り客がいるぐらいだった。とはいえ今日は朝から猛烈に暑いので、釣り客もちらほら……三人しかいない。それでも千夏は、その様子を飽きることなく眺めているのだった。誰かが魚を釣り上げると、手を叩いて喜ぶ。一度集中してしまうとまったく動こうとしないので、帰るのが大変だ。帽子は被らせているが、陽射しは朝から強烈なので、熱中症も心配になる。岩倉自身、じりじりと流れ出る汗がポロシャツを濡らすのが不快でならなかった。

何もしない夏休み。これはこれで悪くない。普段は仕事に追われ――家事や子育てには積極的に参加しているとは言えないが――頭も体もフル回転しているから、こういう何もしない時間は実に貴重である。今回は、四日間の予定で別荘に滞在する。明後日には東京へ帰るが、仕事のことを考えると少し気が重い。

岩倉は現在、新設されたばかりの警視庁捜査一課追跡捜査係に所属している。捜査一課の強行班で殺人や強盗などの凶悪事件の捜査を担当していた岩倉は、時効にはなっていないものの「凍りついた」事件を再捜査するこの部署に一時的に横滑り異動してきたのだった。これは自分には向いている――学生時代から古い事件に興味を持っていたから、未解決事件を専門に捜査する追跡捜査係の仕事こそ、天職ではないかと期待していた。とはいえ、発足したばかりの係は、仕事の方針が決まらず、捜査のやり方もノウハウ化されていない。ひたすら過去の捜査資料を読むのが中心なので、いい加減疲れてきていた。

そう簡単に、未解決事件が解決するわけもない。

広報課は大々的に宣伝活動を繰り広げ、各種メディアで新しい部署として紹介された。そのせいかタレコミの電話やメールなどは多いものの、実際に当たってみると外ればかり――想像していたのとはだいぶ違い、最近の岩倉は妙に肩が凝るようになっていた。

「ちょっと向こうで待ってて」

「何？」

千夏が見上げる。この角度が一番可愛いな、と思わず顔が綻《ほころ》んでしまう。自分は家庭生活には向いていない――子どもを可愛いと思うような感覚もなかったのだが、実際に子どもが生まれて、毎日顔を合わせていると、やはり可愛いものだと思う。他人の子どもに対しては、なかなかそんな感情を抱けないのだが。

千夏は素直に、突堤のコンクリート壁に向かって走って行く。壁は千夏の背丈より高いし、近くには釣りをしている人もいるから、危険なことはないだろう。どっちにしろ、ちょっと下がった場所にあるベンチで煙草を吸うだけなのだ。

コンクリート製のベンチに座った瞬間、熱さに尻を焼かれて、弾かれたように立ち上がる羽目になった。タオルハンカチを敷いてから、慎重に腰を下ろす。海を近くで眺めたいのか、コンクリート壁の前でジャンプを繰り返す千夏を見ながら、岩倉は煙草に火を点けた。これもそろそろやめないと……妻には事あるごとに「禁煙するように」と言われているし、懐にも厳しい。自分は安定した給料の公務員、妻も城東大生産工学部の准教授として収入があるから、普段の生活に困ることはないのだが、妻は早く家を建てたがっている。どうやら「夫婦は家を建ててこそ一人前」という、昭和の男のような考えの持ち主らしい。確かに、一箱二百七十円のマイルドセブンも、積もり積もれば財布にダメージを与える。どうせまた値上げするはずだから、どこかのタイミングで禁煙に挑戦すべきだろう。次に値上げしたら三百円になると言われているが、それがいい機会かもしれない。

ゆっくり煙草を吸いながら、千夏の動きを目で追い続ける。コンクリート壁に手をかけて必死に背伸びしているが、それでも顔は壁の上に出ない。飽きたのか、振り返って岩倉の方に駆け寄って来る。岩倉は急いで煙草を携帯灰皿に押しこみ、娘を迎えるために立ち上がった——その瞬間に、ジーンズの尻ポケットに突っこんでおいた携帯が鳴る。妻か……急いで引っ張り出して開くと、小さな画面に浮かんでいたのは上司の名前だった。つい舌打ちしたものの、すぐに気を取り直して電話に出る。

「岩倉です」

「喜久田《きくた》だ。休み中、悪いな」

「いえ……大丈夫です。何かありました？」

「五年前に起きた路上強盗事件、覚えてるか？」喜久田がいきなり切り出した。

「足立区ですか？　新宿ですか？」五年前に起きて未解決のままの路上強盗事件は、二件ある。

「新宿の方だ」

「そっちなら、発生は二〇〇〇年七月八日午前三時頃。新宿三丁目、末広通りで酔っ払っていた三十二歳のサラリーマンが背後から襲われ、頭を強打して重傷を負った事件ですね。財布を奪われて、被害金額は七万五千円」戻って来た千夏が近くにいるのに、と少し気になった。理解できるかどうかはともかく、こんな生臭い話を三歳の娘には聞かせたくない。声を潜めて続ける。「前日が金曜日で、ずっと新宿で呑んでいた被害者が、酔っ払って一人でふらふら歩いているところを襲われた、でしたね」

「さすがガンさんの記憶力だな」喜久田が感心したように言った。

「いやいや……あの事件がどうしたんですか」

「実は、犯人だと名乗り出てきた人間がいる」

「何者ですか？」これも広報効果だろうか、と岩倉は思った。警察は昔の事件も諦めずに追いかけている――それを知っただけで、観念して自首する人間が出てくるのは、おかしくないかもしれない。

「実は、もう逮捕されている人間なんだ。二週間前に同じような路上強盗事件を起こして、今、身柄は渋谷中央署にある」

「同じような犯行を繰り返していた、ということですか」

「そうなるかな。それで申し訳ないんだが、ガンさん、休みを早めに切り上げてくれないか」

申し訳ない、と言われたことに岩倉は軽い衝撃を受けた。刑事になってからずっと殺人事件などの捜査を担当してきた岩倉は、上司から労われた記憶がほとんどない。一度事件が起きれば家に帰れないのも当たり前だったし、休みが飛んでしまうこともよくあった。それできついと感じたことも、上司に恨みを感じることもなかった。しかし暇な追跡捜査係に来て、環境が一変した。以前のようにひたすら事件を追いかける、という状況ではなくなってきたのだ。平日は五時過ぎに仕事が終わり、土日は基本的に休み。夏休みも順調に消化している——取り敢えずここまでは。

「それは大丈夫です」

「休みが潰れた分は、後でまた取ってもらえばいいから——とにかくこっちへ戻って来て、取り調べをやってくれないか？」

「いいですよ」つい軽い調子で請けあってしまった——実は、少しだけほっとしている。

「どうしますか？　今からでも東京に戻れますけど」

「そうしてくれると助かる。渋谷中央署に直接行ってくれるか？」

直接は——行けない。さすがに、ポロシャツにジーンズという格好で取り調べはできないだろう。一度家に帰って、着替えてから出動だ。

「午後一番になりますけど、いいですか」

「それで大丈夫だ。俺も渋谷中央署に行って、情報を収集しておく」

「何か分かったら連絡して下さい」

「分かった。よろしく頼むぞ」

電話を切ると、千夏が岩倉の足の間に入ってくる。抱き上げて「ごめんな、パパ、これから東京へ戻らないといけないんだ」と告げる。

「千夏も一緒に行く」

「明後日、ママと一緒に帰ってきな。今日はおじいちゃんやおばあちゃんに会えるぞ」

「うーん」千夏が体を捻る。子どもの体は柔らかいので、足の間に軟体動物を抱えているような気分になった。

「明後日は一緒にいられるよ」

「お土産は？」

「お土産？」予想もしていないことを言われて、岩倉は言葉に詰まった。「お土産は……千夏がパパに選んでくれよ」

「分かった」

立ち上がり、千夏の手を引いて公園を出る。坂を上がってまた汗をかくのは鬱陶しいが、気分はむしろすっきりしていた。これで、あの別荘から逃げられる。いや、別荘はいいのだが、妻の両親と過ごすのは息が詰まる——。

2

渋谷中央署は、警察における岩倉の「故郷」である。警察学校を卒業して、最初に配属された署。交番勤務で警察官のノウハウを一から学び、この署の刑事課で刑事としての第一歩を踏み出した。本部の捜査一課に上がってからは縁が切れていて、訪れるのも数年ぶりだったのだが、庁舎に足を踏み入れた瞬間、当時の記憶が一気に蘇《よみがえ》ってくる。

刑事課に顔を出すと、刑事課長と話していた喜久田が手招きする。岩倉は刑事課長の席の前で「休め」の姿勢を取った。刑事課長は顔見知りではないが、上機嫌なのが分かる。

「広報課のPR作戦も、効果があったんじゃないか。追跡捜査係がしつこく追いかけていると分かれば、逃げ切れないと諦める人間も出てくるもんだな」刑事課長が嬉しそうに言った。

「そうだといいんですが」

「まあ、本人は自供してるんだから、特に問題はないだろう。五年前の一件に関しては追跡捜査係に任せるから、これから取り調べを交代してくれ」

「渋谷中央署の取り調べの方はいいんですか？」

「うちの調べも順調に進んでいるから、問題ないよ。いつでも代わってくれ」

「じゃあ……」岩倉は喜久田に目配せした。「ちょっとすり合わせをしますか」

「そうだな」

二人は、空いている取調室を借りて、情報を整理した。

逮捕されて五年前の犯行を自供したのは、白川真《しらかわまこと》、三十歳。住所不定、職業は無職となっている。

「住所不定というのは……」

「知り合いの家を転々としている。実は、元Jリーガーなんだ」

「あ、そうか」岩倉は思わず間抜けな声を出してしまった。「今回の事件、新聞で読んでました。白川っていう名前を聞いて、どうして思い出さなかったかな」

「いくらガンさんだって、何でもかんでも覚えてるわけじゃないだろう」喜久田が苦笑する。

「いや、迂闊《うかつ》でした。路上強盗で逮捕なら、当然記事になってますよね」

「俺は覚えてないな」喜久田が首を傾げた。

「後で新聞も確認しますよ。所轄で、スクラップにしているでしょう」

インターネットがこれだけ普及したご時世でも、警察はまだ「紙」にこだわる。部署の一番下っ端の人間が、毎朝関係する記事をスクラップするのは長年の習慣だ。今でも続いているはず——もっとも、追跡捜査係は、それこそが仕事のようなものである。日々発生する事件の情報を押さえておくのも大事なのだ。日本の警察は優秀だから、多くの事件が無事に解決するが、どんな事件が迷宮入りしてしまうかは分からない。そういう時に備えて、日々の事件も常に把握しておく必要があるのだ。

「元Jリーガーっていうのは、どのレベルだったんでしょうね。日本代表とか?」

「さあ」

「俺が読んだ新聞では、所属が書いてあるだけだったはずです」

「この程度の事件なら、犯人が元プロスポーツ選手だって、そんなに詳細に経歴を書くわけじゃないだろう」

「調べられますかね」

「それは大丈夫だろう」

喜久田が、渋谷中央署の刑事課がまとめた資料をひっくり返し始めた。高校在学中に全国大会に出場して注目され、高校卒業と同時にプロ入りした。しかし日本代表に呼ばれるほどの選手ではなく、Jリーグでの出場もトータル二十六試合ほど。二十五歳で契約を打ち切られている。ということは、その直後——あるいは現役の選手時代に犯行に及んでいる可能性がある。

「最近は何をしてたんですかね」

「あちこちで、中途半端に仕事を手伝っていたみたいだ。クラブの黒服、居酒屋の店員、コールセンター……逮捕された時には、何もしていなかった」

「転落の歴史、ですか」つい皮肉を吐いてしまう。

「プロスポーツ選手も厳しいよな」喜久田が同情の表情を浮かべた。「契約金はたっぷりもらえるかもしれないけど、Jリーグだと給料もそんなに高くないんだろう？」

「野球に比べれば……という話は聞いたことがあります。しかも現役生活は短い。淘汰も厳しいんでしょうね」

「やっぱりゴルフだな」喜久田がクラブを握る真似をした。「長く続けるならゴルフだよ」

「でも、プロゴルファーも狭き門じゃないですか」喜久田は趣味がゴルフなのだが、それと金を稼ぐことを一緒にされても困る。

「まあな」喜久田が髪をかき上げる。「まあ、プロの世界に進んでも、引退した後に生活に困る、という話はよく聞くよな」

「犯罪に走る人間もいます。現役時代にはさすがにないですが、引退して変な詐欺事件に手を染めたり――そう言えば、プロ野球でもそういうのがありましたね。去年、元選手がオレオレ詐欺の受け子で逮捕されたでしょう。まだ二十二歳の子でしたけど」

「スポーツ一筋でやってきて、ようやくプロになって夢を叶えたと思ったら、数年で道が閉ざされる――その道一筋でやってきたからこそ、そういう時に、どうしていいか分からなくなってしまうんだろうな。自棄《やけ》になるのも分かるよ」

「そういうことでしょう」岩倉はうなずいた。「かといって、容赦はしませんけどね。とにかく事実関係をはっきりさせます。情状酌量に関してはその後です――取り敢えず、資料を読ませて下さい」

「ああ」

岩倉はしばらく資料の読みこみに専念した。さほど厚いものではないので、短い時間に二度繰り返して読む……それで内容はほぼ頭に入った。白川という容疑者の人となりについてまでは分からなかったが。そういうことはやはり、直接会って話してみないと分からない。

「もう、話せるんですかね」

「大丈夫だと思う。始めるか？」

「ええ」

「しかしガンさん、よく休暇から帰ってこられたな。川奈の別荘にいたんだろう？」

「川奈なんか、すぐ近くですよ」川奈から熱海までは、伊豆急で三十分ほど。そこから新幹線に乗れば、東京まではあっという間だ。通勤圏内と言ってもいい。

「というより、せっかくの別荘ライフをよく諦めたな」

「いやあ」岩倉は苦笑した。「家族三人だけならいいんですけど、今日は嫁さんの両親が来る予定になってたんですよ」

「何だ、上手くいってないのか」

「そういうわけじゃないですけど、堅い人たちなんで……」義父も妻と同じように大学で教えており、専門は機械工学である。日本の基幹産業にも関わる重要な研究を続けているのは分かるのだが、自分の専門のことになると話が止まらないうえに、岩倉には九十九パーセント理解できない。それに、娘が刑事――普通の公務員と結婚したことに関して、今でも納得していない様子である。孫も生まれたのに……その感覚は、程度の差こそあれ義母も同じようだった。娘も研究者の道を歩んでいるし、婿もそういう関係の人間が好ましかった、と思っているのだろう。

　そういうわけで、義父母といると何かと窮屈なのだ。人間関係には比較的淡々としている岩倉にも、苦手なことはある。今回は、思いもかけぬ好機が巡ってきた、という感じだった。

　そんなことは、家族には――妻には絶対に言えないが。数時間前に「急に仕事が入った」と告げた時の、妻の何とも言えない表情が脳裏に残っている。そして捨て台詞。あなたの仕事って、家族の夏休みを潰してまでやらなければならないことなの？

むっとしたが、余計な言い訳をせずに別荘を出て来た。妻は論理的で、しかも気が強い。口喧嘩になったら絶対に勝てないから、岩倉は常に一歩引いていた。千夏がいなかったら、うちの家はかなりやばい状況になっていたかも——既に崩壊していたかもしれないと時々思うことがある。

「では」岩倉は資料をまとめた。「ご対面といきますか」

「悪いな。だけどうちとしては、未解決事件の初めての解決になるかもしれない。そういう大事な事件の取り調べを任せられる人間は、うちにはガンさんしかいないんだ」

「最初の事件としては、あまり派手じゃないですけどね——マスコミ的には」

未解決の殺人事件を解決に導けば、マスコミ受けもよく、世間に追跡捜査係の存在をアピールできるだろう。しかし強盗傷害事件では少し軽い……そこで岩倉は思い出した。

「少し気が早いかもしれませんが、白川が犯人だと特定できたら、被害者のことについてマスコミに情報を流した方がいいと思います」

「そうかい？」

「被害者、相当の重傷だったんですよ。三ヶ月ぐらい意識が戻らないで、その後も退院するのにさらに半年ぐらいかかった。左半身に麻痺は残るし、記憶障害なんかもあって、勤めていた会社にはいられなくなりました。今は何をしているか……いずれにせよ、殺されたも同然、社会的に抹殺されたようなものですよ。被害者の現在を記事にさせれば、事件の重要性が伝わります」

「気持ちは分かるけど、マスコミをそこまで当てにするなよ」喜久田が釘を刺した。「連中は天邪鬼《あまのじやく》だから。自分で掘り出してきた情報だと大々的に報じるけど、警察が投げた情報にはそっぽを向くこともあるぞ」

「そこを上手くコントロールするのも、幹部の役目じゃないですか」

「俺は幹部ってわけじゃないよ」喜久田が顔をしかめる。とはいっても喜久田は追跡捜査係の係長、階級は警部である。マスコミの取材を受けるのも仕事のはずだ。

「それはともかく——対決といきますか」岩倉は立ち上がった。

元プロサッカー選手というから、筋骨隆々だろうと岩倉は想像していた。しかし実際に対面した白川はそれほど背が高いわけではなく——百七十五センチの岩倉と変わらないようだった——Tシャツ一枚の体も、決してがっしりしているとは言えない。中肉中背、ごく普通の体型だった。引退して時間が経つと、筋肉も落ちてしまうのだろうか。

顔も、特に印象に残らない容貌である。逮捕されて時間が経ち、無精髭《ぶしょうひげ》が顔の下半分を覆っているが、それ以外には顔に特徴もない。髭を剃ったら、別れて五分後には顔を思い出せなくなるタイプだ。

相手の正面に座り、両手を組み合わせてテーブルに置く。渋谷中央署時代、この取調室で容疑者と対峙したこともあったな、と思い出す。あの頃は駆け出しで、先輩に「やってみろ」と命じられて見よう見真似で始めてみたのだが、上手くいかなかった……今は違う。刑事になって、既に十年も経っているのだ。

「追跡捜査係の岩倉です」低い声で言って頭を下げる。「今年の春に発足した係で、未解決の事件を専門に捜査する係です……ご存じでしたか？」

「ああ、まあ」白川の口調は曖昧だった。人差し指で頬を掻くと、腕をだらりと垂らす。全てが面倒臭い、という感じだった。

「あなたは今回、五年前に新宿で起きた路上強盗事件について知っていることがある、と申し出たんですね？」

「まあ……そうかな」

岩倉は言葉を切った。出だしからどうもおかしい。「自供した」という話だったではないか。正式に取り調べれば、あっという間に全容を白状し、この件は簡単に片が付くはず——こういうのらりくらりの態度は予想もしていなかった。

「違うんですか」できるだけ冷静に、と自分に言い聞かせながら岩倉は続けた。

「そういうわけじゃないけど……」

「だったらあなたがやったんですか？」

「やってたら――」

「両方の事件で裁かれることになります。五年前の事件も、まだ時効にはなっていませんから」相手に話す気があるのかどうか分からぬまま、岩倉は揺さぶりにかかった。「五年前の事件の被害者は、瀕死の重傷を負いました。入院生活は長引いて、会社も辞めざるを得ず、多くのものを失ったんですよ。今も左半身が不自由なままで、実家に身を寄せてリハビリをしています。これは実質的に殺人と同じだと思いませんか」

「そんなこと言われても……」白川が困ったような表情を浮かべて岩倉を見た。

「そういうことをしてしまったと反省したから、自首したんじゃないんですか？」

「そういうわけでは……」

「はっきりしましょうか」あまりにも曖昧な態度に、岩倉は早くも焦れてきた。元々、そんなに気が長い方でもない。「あなたに有利な点を一つ挙げます。あなたは別件の強盗事件で逮捕されたわけですが、五年前の事件については『自首』の扱いになります。自首と出頭の違いは分かりますか？」

「そういうの、詳しくないんで」

大抵の人はそうだろうな、と岩倉は思った。ここは嚙んで含めるように説明しないと。

「既に容疑者が判明している状態で警察に名乗り出てくることを、出頭と言います。逆に容疑者がまだ分かっていない、あるいは犯罪自体が発覚していない時点で警察に話せば自首になります。自首の方が、裁判での印象がよくなるんですよ。つまり、刑期の長さに直接影響する。自首ならば、我々もその事実をきちんと検察に伝えますし、検察も裁判では重視します。きちんと喋れば、それだけで有利になるんですよ」

「まあ……そうかな」

「あなた、真面目に喋るつもりがないんですか？」岩倉はテーブルの上に身を乗り出した。「警察をからかっている？」

「そういうわけじゃないけど」

「だったら喋るべきですよ。我々も暇ではない。それにあなたには、先日の強盗事件の容疑がかかっていて、その捜査も必要なんです。今はそれを一時中断して、五年前の事件の取り調べを行なっている」

「それは、警察の都合じゃないの？」

「あなたの都合です」岩倉は言い返した。「あなたが喋ったから、こうやって今、取り調べを行なっている。しかしあなたは、はっきり言おうとしない。どうしたんですか？気が変わった？あるいは喋れない事情でもできたんですか？」

「それは、ちょっとねえ」白川が右手をテーブルに置く。人差し指で、天板をコツコツと叩いた。

「ちょっと、何ですか？」

「まあ、いろいろ」

　これは駄目だ。素直に喋るだろうという予想は完全に外れた。こうなったら、ゼロベースで始めるしかない。

「まず、確認します。五年前——二〇〇〇年の七月八日午前三時頃、どこにいたか、教えて下さい」

「そんな昔のこと言われても」

「覚えていない？」

「覚えてない」

「何か見れば確認できますか？　昔の手帳とか、携帯とか」

「手帳なんか持ってないし、携帯は機種変したから。当時のデータは分からない」

「まったく覚えてない？」

「全然」

「当時、何をやってましたか」

「いや、別に」白川がふっと顔を背ける。表情が少しだけ変わっていた——かすかに強《こわ》張《ば》っている。

「あなたは元々、プロサッカー選手でしたよね」

「だから?」急に挑みかかるような口調になって、白川が岩倉を睨む。

「この年のシーズンが始まる直前に解雇されましたよね。何があったんですか」

「単に用無しになっただけでしょう」自虐的な口調に怒りが滲む。

「普通、契約はシーズンが終わったところで決まるものじゃないんですか?」

「いろいろあるんで——サラリーマンじゃないから」どこか馬鹿にするように白川が言った。決まり切った毎日を送っている勤め人には理解できまい、とでも言いたげだった。

「——とにかく、シーズン前に契約しないことになって、その後はどうしてたんですか」

「別に。別にっていうのは、特に何もしてなかったってことで」

「働いてなかった?」

「ぶらぶらしてただけで。でも、全然覚えてない。五年って、相当昔ですよ」

「それは分かりますが、あなたにとっては激動の時期だったでしょう? そういう時に起きたことは、よく覚えているものだと思いますけどね」

「誰もがそんなに記憶力がいいわけじゃないでしょうが」

「とぼけ通すつもりですか?」

「とぼけるも何も、覚えてないんだって」

「だったらどうして、強盗事件を起こしたなんて言い出したんですか? あなたは、他にも同じような犯行を繰り返しているのでは？」

「言うことはないね」

　これは駄目だ――岩倉は思わず、首を横に振ってしまった。この男が何を考えているか、さっぱり分からない。自首する気になったものの、いざ取調室で初対面の刑事と相対したら、急に気が変わった――そんなところだろうか。

　いや、そんなことがあるか？　自首するというのは、容疑者側にすればこれ以上ない強い決意である。これで自分の命運が決まる、と覚悟を固めるのが普通だろう。

「別の容疑がかかりますよ」

「ああ？」

「この自首が嘘だったら――あるいは喋らないつもりなら、警察の業務に対する妨害です」

「そんなこと言われても」白川が溜息をつく。

「あなたね、溜息をついてる場合じゃないですよ」そうしたいのはこっちの方だ。妻の両親から逃れられたのはありがたいが、夏休みが二日短くなってしまった恨みは消せない。「もしも自首が嘘なら、今ここでそう言って下さい。そうでないなら、警察の業務を妨害したことで、本格的に追及しますよ」

「勝手にして下さい」白川が耳をいじった。耳たぶに穴が開いている――ピアスを外した痕だと分かった。

「一時休憩します」

岩倉は立ち上がり、記録係として入っていた追跡捜査係の若い刑事に目配せした。しっかり監視しておけ――取調室を出て、外で待機していた喜久田の前で首を横に振る。

「ガンさん、今のはあまりよくないぞ」喜久田が警告した。「脅しに取られてもおかしくない台詞もあった」

「脅しも何も、あいつはそもそも嘘をついてるんじゃないですか？　俺たちをからかおうとしたのか、他に意図があるのか……どっちにしても、もっと厳しく叩いて、思い知らせてやらないといけませんよ。ふざけた男だ」

「ガンさんの手応えだと、どうだ？　本当にいたずらだと思うか」

「喜久田さんこそ、どう思います？　外でずっと見てたんでしょう？」

取調室の窓はマジックミラーになっていて、外から中の様子を観察できるし、マイクが拾うやり取りも聞ける。

「うーん……」喜久田が腕組みをして唸《うな》った。「まあ、確かにあの態度はおかしいけどな。ただし嘘をついたのか、迷っているかは分からない」

「自首してきたんですから、覚悟は決まってるはずですよ」

「そう言ってから、迷いが生じることもある。俺も、そういう容疑者を見たことがあるよ」

「俺は、警察をからかってるんだと思いますけどね」

「何のために？」喜久田が疑義を呈した。「あいつは、別件の強盗事件で逮捕されている。余計なことをすれば心証が悪化して不利になるぐらいは分かるだろう」

「白川は、今まで逮捕歴はないんですよね」

「ああ」

「だったら、こういう状況で何をしたらどうなるか、基本的に分かっていないんじゃないですか」

逮捕された経験のある人間は、警察とのつき合いを学ぶ。それこそ、死刑を覚悟しなければならないような凶悪犯罪の場合は別だが、そうでなければ取り調べには素直に協力した方が、結局は得になる。警察を馬鹿にしたり、曖昧な供述を繰り返したりすれば確実に心証が悪くなり、裁判でも不利になる。少しでも刑期を短くしようと、警察での取り調べの段階から、あれこれ考えるものだ。

「まあ、初めて逮捕された人間は、警察とどうつき合うか、まったく分からないだろう。自棄になって、警察と喧嘩する気になってしまうかもしれない」

「無謀ですね」

「どうする？　このまま続行するか、渋谷中央署の調べが空いたタイミングでまた取り調べるか……」

「明日、もう一度チャレンジしましょう」岩倉は即座に決めた。「今日このまま続けても、ろくなことにならない。明日になれば、奴の気持ちもまた変わるかもしれません」

「分かった。だったら明日、もう一度ここに集合しよう」

「何か新しい材料があるといいんですけどね」

「今のところは、手持ちの材料で戦うしかないな」喜久田は悔しそうだった。

「何とかしますよ」言ってはみたものの、岩倉とて自信はまったくない。

追跡捜査係に戻って、五年前の資料をまた読み直した。先ほど覚えてしまった通りで、見落としていたことはない。

「ふざけた話だ……」一人つぶやき、荷物をまとめた。さて、今夜は自宅で一人きりになる。考え事をするにはいい環境だが、こう暑いと頭もろくに働かない。先ほど妻に電話を入れ、「このまま夏休みを切り上げて仕事に戻る」と告げた時にむっとされたことも引っかかっていた。何というか……妻は、常に何か小さな不満を抱えている。その後千夏と話して、少しは気分が持ち直したのだが。

しかし、この件は絶対に白黒つけなくてはいけない。できれば白川を犯人として逮捕して――追跡捜査係として、できるだけ早く結果が欲しいのだ。鳴り物入りで発足した新しい組織だから、世間も注目している。実際、資料は完璧に読みこんだ。ここから出てくるものはもうない。やはり、白川と直接対決して、そこからしっかりした自供を引き出すしかないのだ——自分は取り調べ担当には向いていないのではないかと情けなくなってくる。

3

　翌朝一番で、岩倉はまた白川と対峙した。白川は、五年前の事件ではもう取り調べを受けないだろうとでも考えていたのか、露骨に不機嫌な表情を浮かべている。

「またですか」第一声が文句だった。

「自首したのはあなたですよ」岩倉は指摘した。「だから調べるのは当然でしょう」

「言うこと、ないんですけどね」

「気が変わった？」

　岩倉は訊ねた。質問の意味が分からないようで、白川は首を傾げる。岩倉はゆっくりと息を吐き、言葉を続けた。

「自首する気になって告白したのに、実際に取り調べを受ける段になったら気持ちが変わったのか、と聞いているんです」

「いやあ、別に……」またものらりくらり。

「別に、じゃなくて、話す気はないんですか?」

「こっちには選択権はないんで」

「話そうとしたのはあなたでしょう」

「囚《とら》われの身なんでね」白川が肩をすくめる。「自由なんかないんだから。警察が話を聴きたいと言えば話をする。それだけですよ」

「だから、五年前の事件について話して欲しい、それだけです」

「そんなこと言われても」

「話せないというなら、どうして自首したんですか」

「どうしてかなあ」

あまりにもふざけた態度に、急激に怒りが湧き上がってくる。落ち着け、と岩倉は自分に言い聞かせて深呼吸した。ここで怒って爆発でもしたら、全ては水の泡だ。

岩倉は質問のペースを落とした。そもそも「質疑」にもなっていないのだが、質問を繰り出す時に時間を空けて、相手にゆっくり考えさせる。もっとも白川は、ろくに考えてもいないようだった。ただ時間が過ぎ去るのを待っているだけ……。

結局、午前中はほとんど無駄に過ぎ去った。午後には、今回の事件に関連して現場検証での立ち会いが待っているというので、取り調べは中断せざるを得ない。十二時前、岩倉は白川を解放せざるを得なかった。先に取調室を出て、喜久田と一言二言会話を交わしてから刑事課に向かう。

今回の強盗事件は特捜本部にはなっておらず、渋谷中央署だけで対処していた。白川の取り調べも、所轄の刑事が担当している。今回、白川に対応したのは、女性刑事、しかもまだ三十歳だという。初めての所轄で、この年齢で取り調べ担当を任されているということは、かなり優秀に違いない。彼女と話してみることにした。

赤木《あかぎ》真理恵《まりえ》という刑事は大柄で、押し出しが強い。しかし丸顔で穏やかな表情を浮かべているので、容疑者がいかにも信用しそうなタイプである。取り調べ担当は、ルックスや態度も大事だから、いい人選だと思う。

「話さないそうですね」真理恵の方で切り出してきた。

「参った。最初に聞いたのと、まったく話が違う」岩倉は空いている席に座り、煙草を取り出した。そこで、どこにも灰皿がないのに気づく。そうか、渋谷中央署も、庁舎内は全部禁煙になったのだろう。自分がいた頃は、各自のデスクに灰皿が載っていたのだが。

「署内禁煙ですよ」真理恵が遠慮がちに指摘した。

「そうみたいだな」煙草のパッケージをワイシャツのポケットに戻して、首を横に振る。値段が上がらなくても、禁煙を考えるべきかもしれない。喫煙者に対する世間の目は年々厳しくなり、吸える場所も少なくなっているのだ。

「全面否認ですか？」

「否認というか、とにかくまともに喋らないんだ。のらりくらりで」

「確かにそういうところはあります」真理恵が認めた。

「君の方の取り調べでも？」

「結構苦労しましたよ」真理恵が苦笑する。

「ほぼ現行犯なのにな。のらりくらりするだけ無駄だろう」

事件が起きたのは二週間前の土曜日、午前二時頃。渋谷・センター街の外れの細い路地で、四十八歳のサラリーマンが襲われ、持っていたバッグを奪われた。被害者は頭を殴られ、頭蓋骨骨折で全治一ヶ月の重傷。人通りの少ない細い路地だったので、現場を見ていた人はいなかったが、巡回していた制服警官が、歩道にバッグを捨てて立ち去ろうとしていた白川を見つけて職質し、逮捕したのだった。バッグから財布やカード入れだけを抜き、身軽になって逃げようとしたらしい。

「自分が置かれた状況がよく分かっていないのかもしれませんね」真理恵が言った。

「あるいは覚悟ができていないのか」

「まあ……こっちの事件に関しては、結局認めましたけどね。のらりくらりしていたのは最初の三日間ぐらいで、その後は話し始めました」

「じゃあ俺も、じっくりやるとするか」もどかしいことではあるが、それで済むなら粘るしかない。

「ただし、五年前の件で逮捕まで持っていくのは難しいかもしれませんよ」真理恵が指摘する。「本人の話しかないですから。物的な証拠は残っていないんじゃないですか」

「ああ」岩倉は認めた。「凶器も発見されていないし、当時はまだ、防犯カメラもあまりなかった」

防犯カメラは徐々に街中に普及してきていて、犯罪抑止・捜査に大きな役割を持つようになってきているが、五年前は、強盗事件の現場付近に防犯カメラはなかったことは分かっている。

「五年前の事件については、どんな感じで話し出したんだ？」

「いきなりでした」真理恵が手帳を広げる。「五年前に新宿で起きた強盗事件を知ってるかって、切り出してきたんです」

「それで？」

「私は知りませんでした」

真理恵があっさり言った。五年前というと、彼女はまだ渋谷中央署で交番勤務だっただろうが……それじゃ駄目なんだ、警視庁管内で起きた事件は、全て把握しておかないと、と岩倉は内心苛ついた。どこで自分のところに飛び火してくるか分からないのだから――しかし説教する立場でもないと思ったので口をつぐむ。真理恵が淡々と説明を続けた。

「いきなり言われて何のことか分からなかったので、一時取り調べを中断して調べました。そうしたら、五年前の路上強盗事件が未解決のままだと分かって……」

「新宿の所轄に連絡するのが筋だけどな」

「課長が、追跡捜査係に連絡しろって」

「わざわざ、いいボールを回してくれたわけだ」

相手ゴールが無人になっている状況で、タッチすれば流しこめるような楽なパスを出した――考えてみれば恥ずかしい話だ。自分たちで容疑者を割り出したならともかく、人に教えてもらって、取り調べだけを任されたことになる。それなのに口を割らせられないとは。

「その辺の事情は私には分かりませんけど、新宿の所轄も、あんな人を回されたら困るかもしれませんよね」

「確かに困った人間だけど……君に対して自供した時は、素直だったのか？」

「比較的淡々と話していました。いつものペースという感じです」

「その時は、のらりくらりではなかったわけだ」

「取り調べに疲れたのかもしれません」

「逮捕されたのは初めてだから、確かに疲れるだろうな」

　岩倉は以前、妙にインテリの容疑者を調べたことがある。哲学専攻の大学院生が、同居していた恋人を殺して逮捕された事件だ。逮捕されてから一週間が経った頃に彼がぼそりと吐いた台詞──「逮捕は断絶だ」。それまでの生活は一瞬で消えてなくなり、まったく新しい、自由のない日々が幕を開ける。言い得て妙だ、と変に感心してしまったのを覚えていた。

「取り調べの様子、見たか？」

「いえ、新宿の件は、直接はうちの担当じゃないんで」

「現場検証が終わったら、夕方、もう一度取り調べをやるつもりだ。その時、ちょっと覗いてくれないか？　君が取り調べていた時と様子がどう違うか、観察して欲しいんだ。この署で白川に一番詳しいのは君だろうから、そこを見抜いて欲しい」

「分かりました……三時か四時ぐらいには戻ってくると思います」真理恵が携帯を見て時間を確認した。

　所轄の若い刑事に頼るのも情けない限りだが、この際仕方がない。何としてもはっきりさせないと、追跡捜査係に早々バツ印がついてしまう。

　夕方の取り調べでも、まったく進展はなかった。白川の態度は午前中と同じ──いや、少し疲れてはいる。現場を引き回されて、げっそりしたのではないだろうか。昼間、人通りが多いセンター街で、警察官に引き回されて現場検証につき合ったら、間違いなく疲れる。久しぶりに外の空気を吸ったからと言って、気分転換になるわけでもあるまい。

一時取り調べを中断して、岩倉は外に出た。真理恵がずっと、マジックミラー越しに白川を確認し、取り調べの様子も聞いていた。

「どうだった？」

「私が調べていた時と、ちょっと様子が違いますね」

「もう少し素直に喋っていた？」

「ええ」真理恵がうなずく。「あそこまでふざけた感じじゃなかったです」

「君も、あれはふざけた態度だと思うか？」

「ええ。でも、まずいことを言ったと後悔してるんじゃないでしょうか」

「それだったら、はっきり自供を覆《くつがえ》せばいいだけじゃないかな。あれは嘘でしたって言えば、心証は悪くなるにしても、取り敢えず五年前の事件で責任を問われることはない」

「その辺に関しても、迷っているのかもしれませんね」真理恵がうなずく。「どう話して、どう行動したら自分が有利になるか、分かっていないんだと思います」

「正直に言わないと不利になる、とは何度も説明したんだけどな」岩倉は首を傾げた。

「それがどういう意味なのかも理解していないのかもしれません。最初に逮捕された時なんて、そんなものじゃないですか？」

「まあな……」そうは言ったものの、やはり釈然としない。

あの男はいったい、何を考えている？


岩倉は取り調べを再開して、一時間ほど粘った。しかし白川の態度は一切変わらない。混乱してきたのを自覚し、この日の取り調べも打ち切ることにした。何かまったく新しい作戦を考えないと、このままだらだらと時間が過ぎてしまうだけだろう。

取調室を出て、留置担当の制服警官が白川を連れていくのを見守る。横を通り過ぎる時にも、岩倉がまったく存在しないような態度……むっとしたが、そこで声をかけるわけにもいかない。

後ろ姿を見送りながら、岩倉はかすかな違和感を覚えた。何かがおかしい……何だ？

白川が足を引きずっているのだと気づいた。どうやら左足を怪我しているようで、歩くたびに左側にかすかに体が傾ぐ。

「白川って、怪我してるのか？」岩倉は真理恵に訊ねた。

「いえ……そういう話は聞いてません」

「足を引きずってる。見てみろよ」しかし白川は既に、廊下の角を曲がって見えなくなってしまった。

「そうでした？」真理恵が首を傾げる。

「間違いない。今初めて気づいたけど……」岩倉の頭の中で何かがつながった。覚えているはずだが、すぐには引っ張り出せない。一番気持ちの悪い時間だ。しかしやがて、曖昧な記憶がはっきりした形をとり始める。

「白川は元Jリーガーだった」

「ええ。それは分かってますけど……」真理恵の顔に戸惑いの表情が浮かぶ。「それが何か?」

「何で辞めたのかな」

「馘《くび》になったんじゃないんですか? 契約しないっていうと聞こえはいいけど、要するにお前はもういらないっていう意味ですよね。戦力外」

「そうなんだろうけど、ちょっと調べてみるか」

「何をですか」

「どうしてやめたのか、だよ」

「いや、あの……それが何か?」

「古い『週刊ジャパン』の記事、どこかで引っ張り出さないと」

「古いってどれぐらいですか?」

「五年前」

「それは難しいと思います」真理恵があっさり言った。「前に調べ物があって日比谷図書館に行ったんですけど、あそこでも保存期間は三年でした」

だったら国会図書館か……しかしあそこは使い勝手が悪いし、この時間からだともう調べられない。

「誰か、『週刊ジャパン』に知り合いはいないか？」

岩倉たちは、日本で最も売れている週刊誌とつながりのある刑事たちを探すことになった。


夜になって、岩倉が探していた記事が手元に届いた。短信――短い記事だが、内容はほぼ記憶にある通りだった。

「これですか？」真理恵が記事のコピーを手に取った。「全然覚えてません」

「小さい記事だからな」

「これがどうしたんだ」夜になって所轄に合流した喜久田も、怪訝そうな表情を浮かべている。

「これ、実は内偵していたんですよ」

「お前が？」喜久田が目を見開く。

「いえ、所轄が。ただし、チーム側の協力が得られなくて、捜査は途中でストップしましたけどね」

とてもプロチームとは思えないような出来事だった。チーム内で選手同士がふざけて関節技をかけ合い、その結果複数の選手が重傷を負った——警察的には、傷害事件ということになる。この記事が出た後、チームの本拠地を管轄に持つ所轄が密かに動いたことを、岩倉は噂として聞いていた。

「ここには、白川の名前は出てないぞ」

「しかし、白川がチームと契約しない——馘になったのは、この記事が出る少し前だったんですよ」正確な日付は、先ほどチームに確認していた。「この記事が正しいとすると、トラブルが起きたのは一月半ばです。そしてチームは、二月に選手一人の契約を切った。このトラブルの中心にいた責任、それに怪我がかなり重く、回復に時間がかかるから、という理由です」

「つまり、自分で率先してふざけて、結果怪我をしてしまったわけですか？」真理恵が呆れたように言った。「今時、高校生でもそんな馬鹿なことはしないでしょう」

「あるいは中学生でも」岩倉はうなずいた。「馬鹿みたいな話だよ。ただしこれで、一つだけはっきりしたことがある」

「白川が本当に重傷を負っていたら、五年前に事件を起こせたわけがない、ですか」真理恵がぽつりと言った。

どの程度の怪我だったのかにもよるのだが、退団を余儀なくされるほどの重傷だったら、夜中に路上で人を襲うことなどできまい。もちろん、チームを馘になって、金に困っていたかもしれないが。

「その辺、調べられるか？」喜久田が訊ねる。

「手は回せると思います。当時の所轄の刑事に確認してもいいですし、正式な捜査ということでチームに話を聴くこともできるでしょう」

「分かった」喜久田がうなずく。「明日の朝から動こう。それで情報を白川にぶつける――だけど、これで話は最初に戻るぞ。白川が犯人じゃないとすると、この事件の捜査はやり直しだ」

「いや」岩倉には自信があった。「何もなければ、白川は自分がやった、なんて言い出しませんよ」

「つまり？」

「奴は誰かを庇《かば》っているんです」

三人だけの打ち合わせが終わると、真理恵が不思議そうに聞いてきた。

「何であんなに小さな記事を覚えてたんですか？」

「内偵しているという噂を聞いていたからだよ。ある意味特殊な事件だよな」

「その噂だって……立件できてないんですから、私だったらすぐに忘れてます」

「覚えているものは覚えているとしか言いようがないんだ」岩倉は首を横に振った。無理に覚えようとしているわけではないのに、こと事件に関しては、自然に記憶に刻みこまれてしまう。

「そういうの、羨《うらや》ましいです」

「だけど、そんなに役に立つわけじゃない」

「今回は役に立ったじゃないですか」

「でも、白川が犯人じゃないと証明することになってしまった。捜査が一からやり直しになるのは間違いない」

「でも、冤罪よりはましです」

「……そうだな」

うなずき、岩倉は資料をまとめた。明日から再勝負。白川の嘘を暴き――これが罪に問えるかどうかは微妙だ――真犯人にたどり着く。これはやはり、追跡捜査係にとって最初の大勝負だ。

4

白川との三度目の対決は、翌日の夕方まで先延ばしにされた。周辺捜査を続けていく中で、どうしても確認しなければならないことが出てきて、岩倉もそちらに注力していたのである。ある程度目処《めど》が立ったところで、最終的な詰めは喜久田に任せ、岩倉は取調室に入った。白川は、相変わらず内心をうかがわせない無表情で椅子についている。岩倉は取調室の扉を押さえたまま、若い刑事を中に誘導した。それを見て、白川が疑わし気に目を細める。

「さて……狭いところで申し訳ないんだけど、あなたにちょっとやってもらいたいことがあるんだ」

「それは――」

岩倉は若い刑事に目配せして、取調室の狭いスペースに二つのカラーコーンを置かせた。さらに、プラスチックバーをカラーコーンの間に渡す。交通事故などで現場を封鎖する時によく使うものだ。バーの高さは五十センチほどになる。

「立って」

岩倉が促したものの、白川は立とうとしない。意地でも立つか、と思っているというよりは、岩倉が何を狙っているか読めずに、戸惑っているようだった。

「これはテストだ」

「テスト？」

「あなたが本当に犯人かどうか、確認するためのテスト。やらないと、このまま五年前の事件の犯人として取り調べが続く。それでいいのか？」

岩倉を睨みつけたまま、白川が立ち上がる。岩倉は開いたままのドアから、廊下にまで後退した。それで、白川が動くだけのスペースができる。

「それを跳び越してみて。まず、右足で踏み切って」

白川の顔から一気に血の気が引いた。当たりだ、という興奮を何とか押さえながら、岩倉は少し語気を強めて「跳び越して」と繰り返した。

岩倉を睨みつけたまま、白川が三歩だけ助走して右足で踏み切る。ごく軽い身のこなしで、楽々バーを越えた。さすが元Jリーガーというところだろうか……自分の眼前に着地した白川に対して、岩倉は二つ目の命令を下した。

「次、左足で」

白川が一歩詰め寄る。依然として顔面は蒼白で、顔には怒りの表情が浮かんでいた。岩倉は平然とした顔で「どうかしたか?」と訊ねた。白川の背後に回りこみ、バーを跨ぎこして手招きする。

「さあ、跳んでみて」

白川が振り返り、一歩を踏み出す。しかしそこで固まってしまった。

「跳べない?」

白川は唇を噛み締めたまま、動かない。岩倉は肩をすくめ、「やめましょうか」と言った。若い刑事に目配せして、カラーコーンとバーを片づけさせる。

「座って下さい」

白川がのろのろと椅子に腰を下ろすのを見届けてから、岩倉は向かいに座った。白川の額には汗が滲み、依然として顔色が悪い。

「変なことをして申し訳なかったけど、跳べないんだろう？」岩倉は両手を握り合わせた。「あんたは、左膝に重傷を負って、その結果チームを馘になった。その怪我は、今も治ってないんじゃないか？」

白川も両手を組み合わせる。しかしまったく余裕はなく、表情は硬く強張ったままだった。話す気になるかどうか……岩倉は一つ深呼吸した。そこへ喜久田が入ってきて、メモを渡してくれた。調査、完了。この材料で攻めていける。岩倉は話を再開した。

「五年前、あんたたちは練習中にふざけて怪我した――関節技をかけ合って、怪我した選手が何人かいた。あんたはその中の一人だ。そういうことをするのは、まあ、理解できないでもない。体力が有り余っている若いスポーツ選手は、余計なことをしたがるよな。あんたにとって残念だったのは、怪我が致命傷だったことだ。まさか、チームを馘になるとは考えてもいなかっただろう？　残念だったと思うよ」

「あれは――」

白川が口を開く。岩倉は両手を組み合わせたまま、彼の次の言葉を待った。しかし白川はすぐに、口を閉ざしてしまう。額に滲んだ汗は、今や大粒になって流れ落ちていた。

この取調室はエアコンの効きがいまひとつよくないのだが、それにしてもこの汗はひど過ぎる。岩倉はワイシャツの袖を捲《まく》り上げた。

「俺はサッカーのことはよく分からないんだが、あんたも完全にレギュラーだったわけじゃないだろう？　一軍半とか、そういう言い方をするのか？」

「失礼だな」

「気に障ったら申し訳ない。ただ、あんたとしても残念だっただろう。まだ若いのに、引退を余儀なくされたんだから」

「Jリーガーが引退する平均年齢、知ってるか？」

「三十歳ぐらい？」

「二十六だよ。高卒だったら八年ぐらい。理由はいろいろある。戦力とみなされなくなって馘になるか、自分で限界を悟るか」

「しかし、あんたみたいなケースは珍しい。相当やんちゃだったんじゃないか？　高校時代にも、結構問題を起こしてたそうじゃないか」

「そんなことはない」白川がむきになって反論する。

「ちょっと調べたんだよ。警察のお世話になったことこそないけど、結構まずいことをやってたそうじゃないか。チームも、よくあんたを採用したと思う。そういうことはあまり気にしないのか、社会人になれば改心すると思ったのか……結果的に読み違えたんだな」

「あんなのは、よくある話だよ」

「悪ふざけ、か。だけどその悪ふざけで、あんたの人生は滅茶苦茶になったんだぞ。それが今回の一件にもつながっている。生活、苦しかったんだろう？　今までどうやって飯を食ってたんだ？」

「そりゃあ、いろいろ……」

「基本的にバイトだったんだろう？　収入も安定しないよな。田舎に戻ることは考えていなかったのか？」

白川は栃木県出身である。東京から遠いわけではなく、その気になれば実家を頼って生活を立て直すこともできただろう。

「田舎には……帰れない」白川が急に弱気になった。

「どうして」

「プロになるっていうのがどういうことか、あんたに分かるか？」

「分からない」岩倉は即答した。「俺は運動には縁のない生活を送ってたから。それに俺が高校生の頃は、まだJリーグはなかった。野球部も弱かったし、周りにプロスポーツ選手になるような知り合いはいなかった」

「プロになると、周りの見る目が変わるんだ。友だちも家族も……さすがあいつは違うって。それが中途半端にやめたらどうなると思う?」

「今度は馬鹿にされる」

「そうだよ。だから田舎なんかに帰れない。放っておいてくれないか」

「そうもいかないんだ」岩倉は身を乗り出した。「いいか、このままだとあんたは、五年前の事件でも犯人にされる。それでいいのか? 今回の事件と合わせて裁かれると、そう簡単には娑婆《しゃば》に戻ってこられないぞ。時間を無駄にすることになるんだ。それでいいのか?」

「だから、俺がやったんだって!」急に自棄になったように白川が吐き捨てた。「五年前の事件も俺がやった。それでいいだろう!」

「それが、無理なんだな」岩倉は頭を掻いた。

「無理?」

「あんたにはできなかった、っていうことだ」

「どうして」

岩倉は傍に置いてあったファイルフォルダを開いた。一番上に入れてあった写真——プリントアウトしたものだが——を見て、白川にも示す。

「これが何だか分かるか?」

白川は写真を一瞥しただけで、そっぽを向いてしまった。

「説明してくれよ。あんたが五年前の事件の犯人なら、説明できるはずだ」

「拒否する」

「そうか……じゃあ、俺が説明する。これは、新宿の強盗事件の現場写真だ。裏通りで、ここが――」岩倉はビルを指さした。「ビルの裏階段になっている。犯人はそこに潜んでいて、通りかかった被害者に飛びかかった。尾行して襲うよりも、待ち伏せした方が気づかれにくいと思ったんだろう。実際、被害者はまったく抵抗できずに道路に叩きつけられて、さらに何か鈍器で殴られて大怪我を負った。まあ、特別運動神経がなくても、そこそこ度胸があればやれるとは思う。でも、あんたにはできなかった」

「俺がやったんだ！」

「いや、できない。そもそもあんたの膝は今も完治してないんじゃないか？　さっきのハードル、高さは五十センチぐらいだっただろう。右足では簡単に踏み切れたけど、左足では跳べなかった。五十センチを跳び越せないほど、怪我の痛みが残っているんだろう。ということは、五年前はどうだったか……今よりずっとひどかったはずだ。チームにいればきちんと治療を受けられたかもしれないけど、自腹でとなるとそうもいかなかっただろう。満足な治療を受けられず、しばらく松葉杖を使っていたはずだよな？　そんな人が、こういうやり方で人を襲えるはずがない」

「いや……」白川の目が泳ぐ。

「もう一つ」岩倉はファイルフォルダにまた手を突っこんだ。もう一枚の写真——顔写真を取り出す。

「これが誰だか分かるか」運転免許証の写真だ。正面から写しているので、顔の特徴ははっきり分かる。

「これは、あれだ……被害者だろう」

「勘で言うなよ」

「勘じゃない」白川がむきになった。

「今の流れで行けば、被害者だということは勘で分かるだろう。それと、これも見てくれ」

三枚目は写真ではなく似顔絵だった。警察の似顔絵描きはかなりの腕前の持ち主で、被害者や目撃者の記憶を呼び覚まして、非常に正確な似顔絵を描く。しかしこの似顔絵は中途半端なものだった。目と鼻はあるが、口はない。

「被害者は、道路に倒された後、仰向けになった。犯人はそこに襲いかかったから、被害者に正面から顔を見られている。被害者は三ヶ月も意識不明で危ない状態だったんだが、意識を取り戻した後で、何とか犯人の顔を思い出して似顔絵作りに協力してくれた」

岩倉は似顔絵を白川の方に押しやった。白川が嫌そうに背中を反らして距離を置く。

「これはどう見てもあんたじゃないよな。それともあんた、五年前にはこんなに丸顔だったのか？」

目も鼻も違う。白川の目は大きいのだが、似顔絵の方は切れ目のように細いし、鼻の形もまったく違う。被害者が意識を回復した後に作った似顔絵だから、記憶がどこまで当てになるかは分からなかったが、それでもここまで違うと、白川を容疑者扱いするわけにはいかない。それだけではない——。

「あんたの写真を被害者に見てもらったよ。一発で否定された」

「そんな記憶、当てになるかよ」白川が吐き捨てる。

「記憶っていうのは不思議なものでさ」岩倉は少しペースダウンした。「ぎりぎりの状況、追い詰められた状況で見たものは、本人が意識しているよりもはっきり覚えているものなんだ」

「そんなこと言われても困る」

「何だったら被害者と面会するか？　それでもっとはっきりするだろう」

「そんなこと……」

「いや、会う必要はない。あんたは犯人じゃないんだから。五年前にあれだけの怪我を負っていたのにあんな事件を起こせたとしたら、どういう方法を使ったのか、俺も納得できるように説明してくれないか」

白川が黙りこむ。岩倉は腕組みし、無言で彼を見守った。白川はうつむき、肩を丸めている。ほどなく、体が震え始めた。泣き出すかと思ったが、顔を上げると目は乾いている。何とかショックを乗り越えたようだが、岩倉はさらなる一撃を与えることにした。

「弁護士の竹本《たけもと》さん」

白川の身がぴくりと動いた。竹本という名前は、予想以上の衝撃を与えたようだ。

「先週、毎日のようにあんたに面会に来ていた。そんなに話すことはないはずだよな？今回の事件については、あんたの立場はややこしいことにはなっていない。容疑は認めているし、後は裁判での情状酌量だけがポイントだ。この段階で、そんなに何度も弁護士と打ち合わせをする必要はない——別の用事があったんだよな？」

「俺は——」

「竹本さんはメッセンジャーだった」岩倉は白川の言葉を叩き切った。「本人に犯意はなかったと思う。頼まれれば仕事としてやる、それだけだろう。そして竹本さんに依頼した人間は——」

「やめろ！」白川が叫んだ。

「やめてもいいよ」岩倉は声のトーンを落とした。「あんたが喋ってくれれば」

白川が大きく溜息をついた。肩を二度上下させると「しょうがなかったんだ」とつぶやいた。

それは確かにしょうがないだろう。話が進むうちに岩倉も納得した。

5

「柏田《かしわだ》だな?」岩倉は声をかけた。柏田は大柄な男だが動きは鈍そう……自分一人でも対処できると思ったが、実際には十分な戦力を確保してある。トラブルなく身柄を押さえたかった。

「警視庁の岩倉だ。五年前に新宿で起きた強盗傷害について話を聴きたい。御同行願えますか」

「五年前……」

「路上強盗で、被害者が重傷を負った事件だ」

「あれは——俺じゃない」柏田の腰は引けていた。逃げようと後ろを向いたが、そこには喜久田たちが控えている。

「じゃあ、誰がやったんだ?」

「それは、白川——」

「その件は、表に漏れていない。警察内部で抑えられている話だ。何であんたが知ってる?」

追及すると、柏田が黙りこむ。じりじりと後退《あとずさ》りしたが、すぐに喜久田に腕を摑まれた。それで柏田は脱力してしまったようで、膝から路上に崩れ落ちそうになる。喜久田が強引に腕を引っ張って立たせ、岩倉に目配せした。岩倉はうなずき返し、さっさと歩き出した。これから新宿の所轄へ身柄を持っていって、取り調べることになる。岩倉は、与《くみ》し易しと読んでいた。しかけた嘘の一端を自分から明かしてしまうような人間だから、長くは持たないだろう。

柏田は、最初は抵抗の姿勢を見せた。五年前の事件については「まったく知らない」「アリバイは証明できる」と言い張ったのだが、具体的な説明を求めると、何も言えなくなってしまう。少しずついたぶって、じっくり外堀を埋めてもよかったのだが、ここは一気に攻め入ることにした。

「あんたは、白川とは知り合いだ。知り合いというか、高校時代からの腐れ縁だろう。同じサッカー部のチームメートだった。白川はプロ入りしたが、あんたは高校でやめて、卒業後は上京して様々な仕事をしてきた。白川とは、彼がチームを馘になった後で再会して、あれこれ面倒を見ていた。白川は怪我もあったし、仕事も定まらないで生活に困っていたから、あんたの手助けはありがたかったと思う。その頃あんたは、ヤクザの下回りみたいなことをしていたよな？　便利屋というか、下っ端というか。逮捕歴はないけど、いつ何があってもおかしくない状況だったはずだ。金にも困っていたそうだな。

だから新宿で強盗事件を起こした」

「俺は何も言わないよ」

「そうか」岩倉は、白川にも見せた似顔絵を示した。「これ、あんたによく似てるだろう。後であんたの写真を被害者にも見せる。被害者の記憶は、結構鮮明なんだ。あんたが犯人だと、間違いなく指摘すると思う。それで……アリバイは？　五年前のあの日、あんたはどこにいた？　それを証明してくれる人はいるか？」

「クソ」柏田が吐き捨てる。

「あんたもずっと、びくびくしながら暮らしてきたんだろう。時効になるまでは安心できないよな。そんな矢先、うちが——捜査一課追跡捜査係が発足した。この件はかなり大々的にニュースになっていたから、あんたもどこかで見たんじゃないか？　過去の未解決事件をひっくり返して調べる——そんなことをされたら、自分の犯行がバレるかもしれない。時間が経って、ようやく逃げられるかもしれないと思い始めた時に、そのニュースはなかなかのショックだったと思うけどな」

「そんな昔の事件の犯人、捕まるのかよ」柏田が抵抗の姿勢を見せる。

「あんたを捕まえたよ」

「俺は何もしていない」

「じゃあ、どうして白川にメッセージを届けた？　弁護士を使って、何度もメモを差し入れただろう。メモ自体は破棄されているから内容は分からないが、想像はできる。自分の代わりに、白川に自首させようとしたんだろう。要するに、五年前の事件の身代わりだ。白川に罪を押しつけて自分は逃げる——そういう作戦だったんだな」

「何も言わない」

「実際、白川は五年前にあんたに誘われて現場には行った。ただし本人は、手は出していないと証言しているし、それを信じる理由もある」あの足では役に立たなかっただろう。

「何も言わない」柏田が繰り返す。

「そこはじっくりやろうぜ」岩倉はテーブルに身を乗り出した。「あんたはまだ逮捕されていない。時間はたっぷりあるんだ」逮捕してしまうと起訴のタイムリミットがあるから、取り調べの時間が限られてしまう。逆に任意の調べなら、時間の制限はないわけだ。「俺たちは、弁護士はただのメッセンジャーだったと思っている。メモの内容も知らないし、ただ頼まれてやっただけだろう。問題はメモの内容だ」

「そんなメモは——」

「白川は全部読んで、覚えているよ。あんたに脅されて、一度は五年前の事件の犯人は自分だと自首しようとしたんだから、かなり説得力のある内容——脅しだったんだろうな。問題はそこだ。あんたはどういう手を使って白川を脅した?」

全て分かっている。嘘を見抜かれた白川は全面自供したのだ。それでも、やはり柏田本人の口から事情を聴きたい。しかし柏田が何も言おうとしなかったので、岩倉は話を再開した。

「五年前、チームを馘になった後の白川は、あんたとつるんでいた。一時は、白川を家に置いてやったそうだな。その頃、あんたは薬物に手を出していた——自分で使うんじゃなくて、売人だ」

「冗談じゃない」柏田が色をなして言った。「そんなこと、証明できるわけ、ないだろう」

「白川もそれに巻きこまれていたと証言している。その後は、そういう生活とは縁を切ったわけだが……完全にクリーンになれたわけじゃない。だからこそ、今回も金に困って強盗なんかやったんだし。ただし、必死にやり直そうとはしていた。その背後には女性の存在があるよな」岩倉は指摘した。「高校の同級生の女性で、つき合ったり別れたりを繰り返してきたけど、今は関係は安定している。白川はその女性のために立ち直ろうとしたけど、結局上手くいかなかった。あんたは、その女性が白川のウィークポイントだと知っている。これ以上彼女に迷惑をかけるようなことになったら、白川は耐えられないだろう。それであんたは、自分の指示に従わなければ、その女性に危害を加えると脅した。白川は留置場に入っていて、何もできない。だからこそ、あんたの脅しに屈するしかなかったんだ。ひどい手を考えたな」

「何とでも言え」

「いつまでも惚《とぼ》けていてもいいけど、否定は続けられないぞ。弁護士は、自分が何らかのメッセージを届けたことを証言している。白川はその内容を喋った。今、白川の彼女にも証言をもらっている。あんた、実際に彼女に会って脅したんだろう？　その証言が取れれば、十分なんだよ。このまま否定し続けてもいいけど、あんたの立場はさらに不利になる。この辺で、素直に話した方がいいと思うけどな」

「脅すのかよ」柏田の視線が泳ぐ。

「説明してるだけだ」

「こんなの、説明じゃねえだろう」

「そういう風に感じる原因は、あんたに後ろめたい部分があるからだ。今回の脅迫の件、そして五年前の事件、さっさと喋って楽になれよ。これ以上人に迷惑をかけるな」

「クソ……」短く吐き捨て、柏田が髪をかきむしる。

浅はかな話だ、と岩倉は呆れた。自分では散々考えたつもりの陰謀だったかもしれないが、警察は馬鹿ではない。この程度の嘘だったらすぐに見抜く。そうなったら立場がさらに悪くなる、ということが想像できないのだろうか。

今回、白川を犯人にしたて上げようとした件についても、警察に対する業務妨害で立件してやろう。こういう人間は、できるだけ長く、世間から切り離しておかねばならない。

「楽に行こうぜ」岩倉は軽い調子で声をかけた。「これから長くなる。最初から気を張り詰めていると、疲れるからさ。まず、大事な方——五年前の強盗事件の話からいこうか」

「分かったよ、分かった」諦めたように、柏田が雑に言った。「冗談じゃねえよ。何でこんなに早くバレたんだ?」

お前が馬鹿だからだ——しかしそうは言わなかった。いかに容疑者といえども、権利は保障されるべきだろう。人として扱われる権利。


事件解決から二ヶ月後、岩倉は平常運転に戻っていた。未解決事件の資料を読みこむ毎日。これはやはりちょっと違うな、という違和感は拭えない。捜査の最前線で仕事をしていると、どうしても見落とすものが多い、という感覚があった。追跡捜査係でじっくりと過去の事件に向き合えば、泣き寝入りしている被害者を何人も救えるのではないか——そう簡単なものではなかった。あの一件以来、他の未解決事件の捜査も進展していない。

その日の朝、喜久田から人事異動があると教えられた。

「もう、ですか?」発足から半年も経っていないのに人の入れ替えをするのは、気が早過ぎるのではないだろうか。上層部が、「追跡捜査係は仕事をしていない」と判断して、テコ入れする気になったとしたら情けない。「うちの評価、低いんですか」と思わず聞いてしまった。

「いや、本人の希望なんだ」

「こんなところへ？」岩倉はつい、自虐気味に言ってしまった。「まだ海のものとも山のものとも分からない部署ですよ」

「西川《にしかわ》って知ってるか？　西川大和《やまと》」

「ええ。第二強行班捜査にいますよね」捜査資料の収集整備をする部署だ。西川という人間の名前は知っていたし、顔も思い浮かぶが、どういう人間かは分からない。「あいつが希望してここへ？」

「そういうことらしい。来月からこっちへ来るよ――噂をすれば、あいつだ」

追跡捜査係は、捜査一課の大部屋の一角を区切ったスペースにある。並べられたファイルキャビネットが壁代わり。見覚えのある西川が、そこを回りこんで追跡捜査係に入ってきたところだった。

「ご無沙汰してます」

挨拶を受け、岩倉は鷹揚にうなずいた。一緒に仕事をした記憶もないのだが。顔を合わせれば挨拶するぐらいの関係である。

「希望してこっちへ来るんだって？　物好きだな」

「岩倉さんだって、別にここでの仕事を嫌がってなかったでしょう？　この前の一件はお見事でした」

「冗談じゃない」岩倉は鼻を鳴らした。「あれは、向こうから勝手に網にかかってきただけだ。奴の自爆だよ」

「とはいえ、綺麗に事件をまとめたんですから……やっぱり、追跡捜査係はやりがいがありそうですね」

「そうかねえ」岩倉は首を捻った。

「俺は、書類を読む能力には自信があります」眼鏡の奥で西川の目が光った。「追跡捜査係で、そういう能力が生きると思います」

「書類を読んで分かることには限界があるぜ」岩倉は、自分のデスクに積み重ねた捜査資料をうんざりした目つきで見やった。「俺はやっぱり、自分の足で情報を稼ぐ方が好きだな」

「そのきっかけを、書類から摑めますよ」

「その前に、視力が悪化しそうだ」

「目が悪くなったら眼鏡をかければいいんです」西川はどこまでも合理的な男のようだった。「……とにかく、来月からよろしくお願いします。何だったら、書類の方は俺に全部任せてもらってもいいですから」

「ああ、まあ——それでもいいかな」

西川がニヤリと笑って一礼し、去って行った。岩倉は喜久田と顔を見合わせ、つい肩をすくめてしまった。

「変わった奴もいるもんですね」

「あいつは確かに、書類を読みこむ能力では捜査一課で一番だと思う。本人もそういうことに興味があるんだし、適材適所ということじゃないか」

「そういうことはあるかもしれませんね」

岩倉は既に、どうやってここから抜け出そうかと考え始めていたのに。追跡捜査係の活動が軌道に乗るまで、概《おおむ》ね二年ぐらいでいってくれと言われていたのだが、早く元の部署に戻れるなら、その方がいい。

とはいえ、岩倉も個人的に興味を持っている未解決事件はある。警察官になる前、学生時代に近所で起きたバラバラ殺人事件だ。この現場を目の当たりにしたのが、警察官になるきっかけだったのだが……追跡捜査係には、この事件の捜査資料も当然揃っている。

どうせすぐに異動できないなら、その間はこの事件にみっちり取り組んでみるか。岩倉は、ファイルキャビネットの前でしゃがみこみ、資料を探し始めた。途端に、怨念のような気配を感じてたじろぐ。ここに残されているのは被害者の無念の気持ち——それを意識して圧倒されるのだった。

想定外

1

ざわついた一年だった……どうにも落ち着かないのは、間違いなく、三月に発生した東日本大震災のせいである。岩倉剛自身は直接被害を被ったわけではないが、勤務先の警視庁には多大な影響があった。震災直後に被災地に入った同僚もいたし、その後も様々な形での応援活動が続いている。岩倉が勤務する捜査一課としては、比較的事件の少ない年だったのだが、百年に一度の大災害のせいか、どうしても「ざわついた一年だった」という印象が強い。

それがここにきて、本当にひどい一年になりそうだ。十月。岩倉は、周囲の空気を焦がすような熱気と煙の悪臭に耐えながら、火災現場のビルを凝視していた。これは確実に、まずいことになる……現場はＪＲ渋谷駅から歩いて五分ほどの、青山通りに近い雑居ビル。いわゆるペンシルビルの四階の窓から、炎と黒煙が噴き出していた。ビル自体は七階建て。三階から下にいた人たちは避難できたと思うが、四階から上が危ない。こういうビルで、避難経路がしっかり確保できているかどうか。非常階段が荷物などで塞《ふさ》がっていることもよくあるのだ。

消防車が何台も集まって、必死の消火作業が続けられている。しかし鎮火まではまだ時間がかかりそうだった。JR渋谷駅に近いせいか、野次馬が大量に集まっていて、渋谷中央署の制服警官たちが必死に交通整理をしている。青山通りからも火災現場が見えるせいか、広い道路も火事見物の車で渋滞していた。クソが……と岩倉は思わず小声で吐き捨てた。高速道路などで事故があると、車線が塞がれていなくても、見物しようとする車がスピードを落として渋滞が発生するが、あれと似たようなものだ。人の不幸を見て、そんなに楽しいか？

「ガンさん」

声をかけられ、炎の噴き出るビルを凝視したまま右手を軽く上げる。すぐに、後輩刑事の今永《いまなが》が横に並んだ。

「ビルの入居者、確認できました」

「どんな感じだ？」

「一階がコンビニ、二階から七階までは全部飲食店ですね。ワンフロアに店が一つ、という造りです」手帳を見ながら今永が報告する。

「火元は四階だな。そこは？」

「イタリア料理店です。ただし、今日は定休日だそうです」

「そうか……」それで岩倉は少しだけほっとした。定休日で人がいなければ、四階に犠牲者はいないだろう。しかし五階から上は、と考えるとまた眉間に皺が寄ってしまう。「五階から上がどうなっているかは、分からないだろうな」

「そうですね」今永が蒼い顔で答えた。今年捜査一課に来た今永は、小柄で童顔、多少気が弱い。こういう大きな現場に出るのは初めてである。

　岩倉は現在、捜査一課で放火などの事件を担当する火災犯捜査係にいる。本部に上がってからはほぼ捜査一課暮らしなのだが、ずっと殺人事件などの捜査を担当する強行犯係におり、火災犯捜査係に配属されたのは今年の春である。そういう意味では今永と同じ「新人」だ。

　火災の場合、普段は消火作業が優先される。警察は所轄が現場に入り、まずやることは交通整理である。その後は火災原因などについて、消防と共同で捜査をしていく。いずれにせよ、完全に鎮火する前は本部の捜査一課はやることがないのだが、今回は別だった。渋谷の中心部でビル火災ということで、被害が拡大する恐れがある。捜査もいち早く進めねばならない。それ故、夜遅く——午後十時頃の発生だったにもかかわらず、近くに住んでいる刑事には招集がかかったのだった。岩倉も、東急西小山駅近くの自宅から飛んできた。妻には渋い表情をされたが……昨日引っ越したばかりの新居で、今日も一日片づけをしていたのだ。大学教授である妻は、自分の蔵書の整理などで手一杯になってしまい、その他は岩倉に任された。しかし今日一日フルに動いてもまだ片づかず、明日に持ち越し——三連休が引っ越しとその片づけで潰れることは確定していた。

しかし、夜になって急遽《きゅうきょ》呼び出しがあった。状況から、明日も仕事になるのは間違いない。しかも娘の千夏が風邪気味で寝こんでいる。急な呼び出しにも慣れているはずの妻も、さすがに今夜は機嫌が悪かった。言い合いになると必ず負けるので、岩倉はとにかく「申し訳ない」と繰り返し頭を下げ、さっさと家を出てきたのだった。

一一九番通報が午後十時、そして今は間もなく午前〇時。パリン、とガラスが割れる音がして、野次馬の中から悲鳴が上がる。岩倉も思わず首をすくめた。炎はようやく見えなくなっていたが、破れた窓からはまだ黒煙が吹き出している。中に入って確認するにはまだまだ時間がかかりそう——明日の朝になるかもしれない。

改めて周囲を見回す。動いている現場では、状況を全て見ておかねばならない——ふと、自分のすぐ後ろに、明らかに高校生に見える女の子の二人連れがいるのに気づいた。夢中になって、携帯で現場の写真を撮っている。まずいな……もう日付も変わっているのに。九歳になった娘の千夏のことをふと思い出す。彼女たちに向き直り、声をかけた。

「高校生かな？」

二人が困ったように顔を見合わせる。岩倉はバッジを示し、「そろそろ帰らないと駄目だよ。電車がなくなる」と忠告した。二人は何も言わずにいきなり踵《きびす》を返すと、手をつないだまま、猛ダッシュし始めた。

「どうしました？」今永が怪訝そうな表情を浮かべる。

「いや、野次馬の中に、高校生ぐらいの女の子がいてさ」

「こんな時間に？」今永が左腕を上げて時計を見た。「三連休の中日だから、遊んでたのかな……終電、間に合うといいですけどね」

「この辺に住んでる子かもしれないな」実際二人は、駅の方ではなく、桜丘町の坂道を駆け上がっていった。この先は南平台町《なんぺいだいちょう》や鉢山町――高級な住宅街になる。

「夜遊びは感心しませんね」

「家の近くでこんな火事が起きたら、見に来たくなるだろうけど」

規制線と制服警官の警戒のせいで、燃えているビルにはあまり近づけない。それでも百人ぐらいの人が集まっているだろうか。多くの人が携帯を頭上に掲げるようにして写真を撮っている。これだけ携帯電話が普及すると、今は誰もがカメラを持ち歩いているのも同然だ。しかし、あまり褒められた感じじゃないな。

しばらく野次馬の観察を続けたが、そのうち消防の方が慌ただしくなり始めた。

「ほぼ鎮火みたいですね」今永が言って、消防の広報担当を探しに行った。大きな火災の現場では、広報担当者が出動してマスコミ対策などに当たる。本当は、現場を仕切る司令長に話を聴きたいところなのだが、消防活動の指揮で忙しい。それ故、広報担当者から情報を仕入れることもしばしばだった。

救急車が何台か、現場に到着する。消防が現場を調べるのはこれからだが、生存者はいるのだろうか……岩倉はにわかに胸のざわつきを覚えた。

ほどなく今永が戻って来た。表情は暗い。

「どうだ？」

「やばそうですね。五階から上の三店舗は全部営業中でした。脱出した人もいるんですが、逃げ遅れは確実にいます」

「そうか……」犠牲者が出ているのは間違いない。ビル火災だと、炎というよりも煙による一酸化炭素中毒での死亡が多い。それぞれの店に客はどれぐらいいただろう。いずれにせよ、救出活動にも時間がかかるはずだ。岩倉は徹夜を覚悟した。

午前四時過ぎ、ひとまず遺体の収容が終わった。現場で確認できた限り、犠牲者は五人。負傷者は一人もいなかった。出火直後に逃げ出した人は全員無事だったが、少しでも逃げ遅れた人は亡くなった、ということだ。

それが確認できた時点で、岩倉は捜査本部が置かれることになる渋谷中央署へ引き上げた。本部から来ている数人の刑事と一緒に道場に入り、布団を貸してもらって仮眠を取る。なかなか寝つけないが、懐かしい感じもある。渋谷中央署には何かと縁があるのだ。そもそも警察官人生のスタートがこの署だったし、その後本部勤務になっても、ここで起きた事件に関わることが何度もあった。

結局、二時間ほどうとうとしただけで、布団から抜け出す。家に電話を……と思ったが、まだ午前七時前である。三連休最終日だし、引っ越しの疲れもあるから、妻も千夏も当然寝ているだろう。電話で起こすのは忍びなかった。

最初の捜査会議は午前八時半に設定されている。それまでに朝飯を済ませておくか……渋谷を訪れる機会は多いのだが、この街の変化は著しい。一年ほど来ないと、ランドマーク的なビルがなくなり、新しいビルの工事が始まっていたりする。岩倉にとっては懐かしい東急文化会館が取り壊され、今は来年オープン予定の渋谷ヒカリエの工事が進んでいる。渋谷中央署付近も、常に工事中で騒がしい。しかし……この辺には、昔から手軽に朝食を取れる喫茶店がなかった。この時間でもやっているのは、明治通りの向こう側にある立ち食い蕎麦屋ぐらいだ。表参道方面へ少し歩けば朝食のセットを供する牛丼屋があるのだが、緩い坂が長く続くので、歩いて行くのも面倒臭い。

結局、近くのコンビニエンスストアか、と溜息をつきながら歩き出す。サンドウィッチとコーヒーぐらいで十分なのだが、これが妻にバレたら嫌な顔をされる。結婚したばかりの頃、時間がなくて食事は立ち食い蕎麦などで済ませることもあると告げると、「みっともない」と言われたのだ。どうも妻は、立ち食いというのはひどく下品な行為と思っているらしい。義父も大学教授で、非常に厳格な家庭で育ったせいだろう。とはいえ、警察官をやっていると、どうしても時間がなくて、立ったままコンビニ飯というのが避けられないことがある。機嫌を損ねるのも嫌なので、岩倉は外での食生活については、妻に喋らないことにしていた。

馴染みのコンビニエンスストアに歩いて行く途中、チェーンのコーヒーショップを見つけた。こんなところにあっただろうか……幸い、オープンは朝の七時だ。開いたばかりの店に入ってモーニングセットを頼む。サンドウィッチと小さなサラダ、ヨーグルト。栄養バランスはいい感じがする。それに熱いコーヒーで、何とか眠気を追い払った。

食べながら、携帯電話でニュースをチェックする。昨夜の火事についてはまだ「一報」で、詳細は載っていない。犠牲者の数についても「複数の死者が出ていると見て、消防、警察で確認を急いでいる」だ。失火だろうが放火だろうがかなり面倒な捜査になることは間違いない。ビル火災というのは、原因の特定が難しいものなのだ。

それにしても、携帯でニュースを見るのにもすっかり慣れてしまった。岩倉が警察官になった二十年前は、毎朝新聞各紙の社会面を読んで事件・事故のニュースを頭に叩きこむのが日課だったが、今は毎朝の通勤電車の中で携帯を見れば済んでしまう。最近よく見るようになったスマートフォンなら画面が大きいから、もっと便利になるだろう。

さて……気合いを入れ直さないと。睡眠不足はどうしようもないが、それで仕事の能率が落ちるほどの歳ではない。

四十三歳。そんな風に言い聞かせなければならない年齢だ。

2

死者、五人。解剖の結果待ちだが、死因は一酸化炭素中毒と見られている。下から火が迫る中、逃げ場をなくして煙に巻かれる――こんな死に方はしたくない、と岩倉はつくづく思った。

五階、中華料理店。犠牲者は店員と客が一人ずつ。六階、和風居酒屋。犠牲者は客一人。最上階の七階はバーで、犠牲者は店員が一人だった。この四人は、それぞれ店内、あるいは店の前で亡くなっている。その他に、三階と四階をつなぐ階段の踊り場で、一人の死亡が確認されていた。

五階から上で犠牲になった人たちに関しては、身元は分かっていた。遺体の損傷はそれほど激しくなく、所持品などもほぼそのまま残っている。現在、家族らが呼ばれて、正式に確認が進められていた。

問題は、三階と四階の間で亡くなっていた一人だった。火元と見られる四階のイタリアンレストラン「アズーロ」の一番近くにいたが、火傷はほとんどなく、やはり煙に巻かれての一酸化炭素中毒が死因と見られている。しかし「アズーロ」は、昨日は休みで、店員も客もいなかったので、この店から逃げ出した人間でないのは明らかだった。もっと上階の店から下へ脱出しようとして、途中で力尽きたのか。

当面、この犠牲者の身元確認が重要な作業になる。岩倉もその仕事を割り振られ、まず防犯カメラのチェックから始めることにした。

ビルの三階から下は火災の被害は少なく、特に二階と一階はほぼ無傷だった。一階のコンビニエンスストアには防犯カメラがあるので、すぐに映像を入手してチェックを始める。最近は街角のあちこちに防犯カメラが設置され、犯罪捜査に役立つようになってきているが、確認する方は大変だ。特に夜間の映像は暗く、見ているだけで目が疲れてくる。

岩倉は渋谷中央署の小さな会議室にパソコンを持ちこみ、今永と一緒に画面に集中した。取り敢えず、一一九番通報があった時刻から一時間前の午後九時から見始める。

このコンビニエンスストアの防犯カメラは道路側を向いており、店の前を通過する人の姿を捉えていた。午後九時台でもまだ人通りは多く、ひっきりなしに行き来がある。しかし午後九時五十分、岩倉は初めての異変に気づいた。

「ちょっとストップ——戻してくれ」

今永がパソコンを操作する。カラーだが解像度の低い画面の中、一人の男がビルの前を通り過ぎるのではなく、中に入っていった。それも、エレベーターではなく非常階段に向かう。

「この人だ」岩倉は画面に人差し指を向けた。

「そのように……見えますね」今永も同意する。

岩倉は画面を静止させたまま、凝視した。ふくらはぎぐらいまで丈がある黒いコートにジーンズ、首にはマフラーかストールを巻いている。足元はブーツ。ジーンズが少しめくれて、編み上げのブーツは少なくとも足首までの長さがあるのが分かる。この格好が、既に怪しい。昨日は十月にしては暖かい一日で、日中の最高気温は二十三度近くまで上がっていたはずだ。最低も、確か十七度。薄手には見えるが、コートが必要な気温だったとは思えない。

荷物は持っていなかった。コートのポケットに手を突っこんだまま、ビルの非常階段に向かっている。顔は……斜め上方から撮影されているので、はっきりとは分からない。しかし丸坊主にした髪型は、遺体と共通している。

「他に防犯カメラはないかな。違う角度から見れば、もう少し顔がはっきりするかもしれない」

「手配しますね。あの辺、防犯カメラも多そうですから、何か見つかるかもしれません」

その日、岩倉たちは終日防犯カメラのチェックに追われた。しかし祝日とあって、会うべき人に会えず、作業は遅々として進まない。それでも夕方、何とか決定的な手がかりを摑んだ。

火災が発生したのは、午後十時前。その少し前に、近くの居酒屋に男が立ち寄っているのが分かったのだ。現場近くの複数の防犯カメラに男の姿が映っていて、時間軸を遡って動きを追跡したところ、この居酒屋にたどり着いたのだった。岩倉はしょぼしょぼする目に目薬をさし、何とか視力と意識を鮮明に保つ努力をした。寝不足な上に、パソコンの小さな画面を見続けていたので、目が本当にきつい。

午後六時、岩倉は夜の営業が始まったばかりの居酒屋にいた。これまで入手できた防犯カメラの映像から、一番顔が鮮明な写真を切り出してきている。写真を見た店長が、すぐに反応した。

「ああ、菊山《きくやま》さんね」

「お客さんですか?」話しぶりからそうだろうと判断する。

「ええ」

「間違いないですか」念押しする。

「常連さんです。週に二回か三回はランチに来ますね」

「そんなに頻繁に?」桜丘町付近は小さな会社や専門学校などが多く、それに合わせるように飲食店も軒を連ねている。

「そうですね。お気に入りなんでしょうけど」

「ここのランチ、そんなにいいんですか？」今永が、ややピントの外れた質問を発した。

「もちろん美味《うま》いですよ。それに六百円からありますから、この辺だと格安なんです」

「それは確かに安い」今永が納得したようにうなずく。「最近は、いつ来ましたか？」

「昨夜」

「昨夜？」岩倉は思わず店長に詰め寄った。「昨夜、何時ぐらいですか」

「九時過ぎ……九時半に近かったかな」店長が壁の時計を見上げる。こうやって話している間にも、祝日にもかかわらずどんどん客が入ってくるので、人気の店なのだと分かる。

「一人ですか？」

「ええ、いつも一人ですよ」

「昨夜はお酒を？」

「いや、食事をしていきました。うちは、酒抜きで食事をしてもらってもいいようにメニューを揃えてますから。夜も美味いですよ」

「そうですか……何か話はしました？」

「いや、天気の話ぐらいで。昨日、結構暖かかったでしょう？　それなのにコートを着ているから、どうしたんですかって聞きました」

「何と答えましたか?」

「今日は夜遅くなるから、寒いかもしれないって」

確かに遅くなった。問題のビルに入って行って、火災に巻きこまれたのだから。店長が怪訝そうな表情を浮かべて「菊山さん、どうかしたんですか?」と訊ねる。

「ここだけの話にして欲しいんですが」岩倉は声をひそめた。「実は昨夜、亡くなったんです」

「え?」店長の眉間に皺が寄る。

「ここを出てからすぐだと思います」

「すぐって、まさか、そこのビルで起きた火事じゃないでしょうね」

岩倉は無言でうなずいた。途端に店長の顔から血の気が引く。二度、続けてうなずき、さらに首を横に振った。

「じゃあ、本当にうちを出てすぐだったんじゃないですか」

「そうなりますね」

「参ったな……俺も火事、見に行ってたんですよ。ひどかったですよね」

「そうですね」

「まさか、菊山さんがあんなところにいたなんて」

「昨夜、どんな様子でした？　普段と変わった感じはなかったですか」

「いや……まあ、あんな時間に食事に来るのは変ですけどね。ランチか、夜の早い時間に一杯呑みに来るのが普通なので。何で昨日に限って、遅い時間に食事に来たのかな、とは思いましたよ。でも昨日はお客さんが多くて、ちょっと話しただけですけどね」

「よくランチに来るということは、この辺にお住まいか、働いている人ですか？」

「だと思いますけど……」急に店長が自信なげな態度になった。

「菊山さんの下の名前は分かります？」

「下ですか？　ちょっと待って下さい」店長は、他の店員に確認しに行った。常連の割にはフルネームを知らない――いや、そんなものかもしれない。クレジットカードなどを使えば、店員の目にもフルネームが入るかもしれないが、現金払いになると、そういうこともないかもしれない。しかし店長はすぐに、菊山のフルネームを教えてくれた。

「菊山泰治《やすはる》さんですね。ちなみに、この近くで働いているみたいですよ」

「どこですか？」予想していた以上の情報が出てきた。

「ええと、セレクトショップなんですけど、『イーストパーク』ってご存じですか？」

「いや……この辺のお店なんですか？」桜丘町は会社や専門学校、飲食店の街である。他に目立つのは数軒の楽器店ぐらいで、アパレル関係の店はあまりない。

「この先に牛丼屋があるの、分かりますか？」

「ええ」

「そこの角を右の方へ――インフォスタワーへ向かう坂道の途中です」

「それなら分かります。ちょっと探してみます」

二人は居酒屋を辞した。すぐに今永が携帯を取り出し、渋谷中央署の捜査本部に連絡を入れる。菊山泰治という名前で免許証をチェックするよう、小声で頼んだ。これで何とか身元を確認できるだろう。

「イーストパーク」はすぐに見つかった。確認すると、菊山は今日は出社していないという。若い店長はかなり怒っている様子だったが、火事で亡くなったらしいという話をすると、途端に蒼褪《あおざ》めた。

「昨日の火事、ご存じでしたか？」岩倉は訊ねた。

「いや、うち、八時に閉めるんで……今朝のニュースで知りました。菊山、あんなところにいたんですか？」

「今、確認中です」

「飯でも食ってたんですかね？　あのビル、飲食店ビルでしょう？　特に四階のイタリアンが、安くて美味いって評判なんですよ。『フードランク』で四点がついてますから」

「それはないと思います」問題のビルに入る前に、馴染みの居酒屋で食事を終えているのだから。「ちなみに、フードランクの四点っていうのは、点数として高いんですか？」

口コミサイトの「フードランク」の名前は聞いていたが、岩倉自身は利用したことがない。家族で外食する時は自宅近くの行きつけの店だし、警視庁の仲間たちと呑みに行く店も決まっている。

「五点満点で、四点がつく店なんか、ほとんどないですよ。三・五だったら、まず間違いないでしょう」

「そんなに評判のいい店が、この辺にあったんですね」渋谷駅近辺の店というと、「安くてそこそこ美味い」を売りにしているところが多い。絶品の店がある街、というイメージではない。

「俺も行ったことありますけど、値段の割に美味いですね。コスパがいいというか」

話がレストランに関する雑談になってきたので、岩倉は話を引き戻した。

「昨日、菊山さんに何か変わった様子はなかったですか？」

「いや、普段通りに働いて、八時過ぎに引き上げましたよ。だけど、本当に死んだんですか？」

「今、それを確認中なんです」

「まさか、火事なんかでねえ……」店長が力なく首を横に振る。

「菊山さん、どんな人だったんですか？」

「働き始めたばかりなんで、まだよく分からないんですけど……うちに来たの、一ヶ月前ですから」

「バイトですか?」

「バイトです」

「ちなみに、年齢は?」

「二十二。アパレル関係であちこちでバイトしてたみたいですけど、ちょっと腰が定まらない男で……いや、亡くなった人の悪口を言っちゃいけないけど」

「住所とか、家族構成とか分かりますか?」

「家族のことは知りませんけど、住所は分かりますよ」

店長がパソコンを覗いて調べてくれた。自宅は川崎市中原区——最寄駅は、東横線の元住吉辺りだろう。渋谷へ通うには悪くない場所だ。

「ここ、実家なんですかね」

「いや、一人暮らしだと思いますよ。田舎は長野かどこかじゃなかったかな。あんまり自分のことを喋るタイプじゃなかったんで、はっきり分かりませんけど」

その後も岩倉は店長を質問攻めにしたが、菊山に関する情報はあまり入手できなかった。店長が言うように、自分のことを積極的に語る人間ではなかったようだ。もっとも、働き始めて一ヶ月で、まだ店に馴染んでいなかっただけかもしれないが。

引き出せるだけの情報を引き出して、二人は店を出た。まだ確認の必要はあるが、最後の被害者は菊山泰治でまず間違いないだろう。これから渋谷中央署に戻って、菊山の家を調べる準備をしなければならない。できれば、DNA鑑定で確定させたいところだ。歯ブラシなどが押収できれば、それで十分だろう。

「今永、家宅捜索《ガサ》の準備をするように、捜査本部に連絡を入れてくれないか?」

「分かりました。それ、今日中にやるべきでしょうねえ」今永が溜息をつく。さすがに疲れが見えた。

「できるだけ早くやらないと……若いんだから、しゃきっとしろよ」

「俺、寝ないと駄目なタイプなんですよね」今永が目を瞬かせた。

「そんなの、誰でも同じだよ。とにかく、最優先で調べないと」

今永が歩きながら携帯を取り出す。話しているうちに、急に声が大きくなった。

「マジですか!」

あまりにも慌てた様子だったので、岩倉は彼の肩を叩いて立ち止まらせた。そのまま、一軒のパブの前に移動する。今永は電話での会話がなっていない——と苛ついた。重要な内容だったら、いちいち復唱して、周りの人間とも情報共有しないと。いや、こんな場所で、捜査の秘密を大声で喋るわけにはいかないか。

電話を終えた時、今永の顔色は明らかに変わっていた。

「ヤバいです」

「何が分かった？」お前の感想はいいからさっさと結論を――しかし今永の話を聞いた途端、岩倉も「ヤバい」と思った。

菊山が、放火犯である可能性が浮上した。

3

夕方になって解剖結果がもたらされ、それによって菊山＝犯人の可能性が出てきたのだという。

ポイントは、右手の火傷だ。

菊山は、右手の指先から甲にかけてだけ、二度の火傷があった。岩倉は遺体を確認する暇もなく走り回っていたので、この話は初めて聞いた。そして火傷の痕からはライターオイルが検出されている。そして所持品――バーベキューなどで使う火口《ほくち》の長いライターの他に、ライターオイルが確認できたのだ。二つとも、コートのポケットに入っていた。

いかにも、放火しに来た感じがする。この話を聞いて、岩倉は「イーストパーク」に引き返し、店長に再度話を聴いた。菊山は煙草を吸わないことが分かった。ライターもオイルも無用なはずである。

そこから捜査は一気に動き出した。菊山の身元の確認。交友関係の捜査、放火されたビルに入っている店からの事情聴取。菊山を割り出した岩倉と今永は、捜査本部へ戻らずに、そのまま東横線で元住吉へ向かった。菊山が一人暮らしをしているマンションに着いたのは、午後七時半。幸い、マンションのロビーに「賃貸の問い合わせ」の看板がかかっていたので、そこに電話を突っこんで不動産屋と話をする。すぐに話が通じて、駅前の店から店員がやって来た。それとほぼ同時に、鑑識のチームが到着する。

「亡くなったという話ですが」岩倉と同年輩、四十代に見える店員は、渋い表情だった。店子が事故などで亡くなったとなると、後始末が面倒なのだろう。

「今、身元の確認中です。部屋から、鑑定ができる材料を持ち出すことになります」

「そうですか……」

「本人がいないので、立ち会っていただきたいんですが、大丈夫ですか?」

「そうですね」店員が携帯を取り出して画面を見た。何を確認したのか分からないが、「まあ、大丈夫です」とうなずく。

「本来は、もう仕事終わりの時間ですか?」

「ええ、まあ……店は八時までです」

「ここ、ワンルームマンションですか?」建物を見上げながら岩倉は訊ねた。

「ええ、学生さんや独身のサラリーマン向けの物件です」

「広さは?」

「八畳ですね」

「だったら、三十分もかからないと思います。おつき合いいただけますか？」

「分かりました」

さほど遅くならないことが分かって安心したのか、店員がうなずく。

八畳だというフローリングの部屋は、きちんと整理整頓されていた。というより、物があまりない。ベッドに二人がけのソファ、ローテーブルにテレビ、それにチェストが一つ……床も綺麗に掃除してあり、埃《ほこり》一つ落ちていない。どうやら几帳面で清潔好きな男だったようだ。現場で合流した鑑識のスタッフ三人も入ったので、部屋が狭く感じられた。

クローゼットを開けた今永が、「わ」と短く声を上げた。

「どうした？」

「いや、服が……」

見ると、それほど狭くはないクローゼットの中は、服で一杯だった。夏物冬物問わずにここにかけているのだろうが、それでもこの量は凄まじい。岩倉が二十二歳の頃など、このクローゼットの五分の一のスペースで、持っている服を全部収納できただろう。

「アパレル関係で仕事してると、服が多くなるんだろうな」

「どうします？　ここを調べるだけでも相当時間がかかりますよ」今永が面倒臭そうに

言った。

「後回しにしよう。明日でいいと思う。まず、ＤＮＡ鑑定に使えそうな検体を探してくれ」

「洗面所ですね」うなずき、今永が玄関に近い場所にある洗面所に向かった。すぐに、証拠品袋に歯ブラシを入れて戻って来て、鑑識のスタッフに渡す。

「洗面所も綺麗なものでしたよ」

「これなら、中を調べるのも楽そうだな。何か変わったものはなかったか？」

「いや、特には」

今永の目は信用していいだろう。今まで何度か一緒に現場を踏んでいるが、見逃しはまずなかった。こういうタイプの人間はいるものだ——教えても、刑事の「目」は鍛えられるものではない。部屋をざっと調べたが、怪しいものは何も見つからなかった。

「放火につながりそうなもの、ないですね」今永が小声で言った。今のところは確かにその通り……部屋にはパソコンなどはなかった。押収するものもあまりないだろう。

「そう言えば、携帯は見つかってないか？」

「聞いてないですね。今は、携帯を持っていない人なんかいないと思いますけど——特に若い人は」

「逃げる時に、どこかに落としたかもしれない」

もしもそうなら、仮に見つかってもどうしようもないかもしれない。焼け方は四階の店が一番激しかったので、携帯も焼けてしまった可能性がある。

「現場、もっと精査する必要がありますね」

「そうだな」岩倉はうなずいた。

「面倒ですねえ」今永が溜息をつく。

「火事の——放火の捜査はいつでも面倒さ」岩倉も、放火事件に関してはプロではない。基本的な知識はあるが、今永を指導できるほどの経験もなかった。「まあ、うちの係にはベテランが揃っているから、勉強させてもらう感じでいこう」

「ですね」今永がうなずく。

まだ作業を続けている鑑識を残して引き返す途中、岩倉は小さな違和感に悩まされていた。菊山がどんな人間かは分からないが、放火した動機は何だろう？　東京の片隅で、セレクトショップで働いているような人間が、どうしてイタリアンレストランに放火する？　あまりにも唐突な行動ではないか。

翌日、岩倉は改めて火災現場に入った。惨憺たるもの——ビルの基礎構造にまでは影響はないものの、四階から五階にかけての焼け方はひどく、元に戻すには相当の時間と金がかかるだろう。

菊山が倒れていた三階と四階の間の踊り場付近は、特に焼け方がひどかった。原因は明確――階段に段ボール箱などが積み重ねてあったのは、焼け残りの調査で分かってい た。雑居ビルではよくあることだが、店に入りきれない荷物などを、階段や廊下を倉庫代わりにして置いてしまう。ビルで火災が起きると、煙と炎は階段を伝って上へ上へと上がっていくケースが多い。そこに燃えやすいものが置いてあると、階段部分が煙と炎の煙突になってしまい、避難が困難になる。今回も、各店の責任が問われることになりそうだ――たとえ放火であっても。

まだ焦げくさい臭いが漂っており、歩くと灰が舞い上がる状態なので、マスクは必須だ。既に鑑識作業は終わっているので、現場を荒らさないようにと慎重になり過ぎる必要はないが、どうしても足取りは丁寧になる。

「結局、携帯は見つからなかったようですよ」今永が言った。

「燃えたか、そもそも持ってこなかったか……携帯を契約しているかどうかは、確認できるかな」

「今、キャリアの方に聞いているそうです。でも、ちょっと時間がかかるようですよ」

「捜査なんだけどな」岩倉は思わずこぼした。

「しょうがないんじゃないですか？　最近、この手の問い合わせは多いみたいだし」

「誰でも携帯を持つ時代だからな」

「ガンさんなんか、携帯が鬱陶しいんじゃないですか？　人生の途中で携帯が出てきた世代でしょう」

「人をジイさんみたいに言うなよ。俺だって、携帯がないと仕事にならないんだから。でもお前は、携帯があるのが当たり前の世代か」

「高校生の頃には、もう普通になってました。俺が手に入れたのは、大学に入ってからでしたけどね」

「高校生で携帯は早いだろう」

「当時は、ですよ。今は高校生だって、携帯がないと話にならないでしょう。学校では、対応に困っているようですけど」

「詳しいな」

「妹がまだ高校生なんですよ。授業が始まる前に没収、だそうです」

「それ、結構厳しくないか？」

「一応、そこそこいい私立なんで」

　妹の自慢をしてもしょうがないだろうが……今永は嬉しそうだった。岩倉には妹はいないが、千夏が大きくなれば、やはりいい学校に行かせて、できるだけ選択肢を広げてやりたいと思う。今のところ、中学校からエスカレーター式で大学まで行ける私立の学校が、候補になっていた。普通の公立中学・高校を出た岩倉からすると、そういう私立の学校へ通うのは非常に特別なことに思えるのだが、妻は「東京では普通」と言う。まあ、千夏は成績がいいから、親としては少し背中を押してやるのも悪いことではないだろう。共稼ぎだから学費も何とかなるはずだ。千夏自身はまだ九歳だから、私立の中学を受験することなど考えてもいないようだが。

一時間ほどかけて、四階から最上階の七階まで、階段を調べた。マスクを通しても焦げくさい臭いが襲ってきて、軽い頭痛がしてくる。しかも収穫ゼロ——こういうことはよくあるとはいえ、徒労感は強い。

三階と四階の間の踊り場に戻り、菊山が倒れていた場所を再度確認する。そこから四階へ上がり、火元になった「アズーロ」を調べる。出火当日は休みだったので中には入れず、菊山は出入り口の前に段ボール——おそらく階段から持ってきたものだ——を重ね、そこにライターオイルをぶちまけて火を点《つ》けたものと推定されている。おそらく、予想していたよりも火の回りが早かったのだろう。煙に巻かれ、踊り場までは何とか逃げたものの、最後は一酸化炭素中毒で死亡した——そういう筋書きは、まったく不自然ではない。人間は、周囲が見えなくなるとすぐにパニックになるのだ。店の出入り口から非常階段のドアまでは五メートルほど。そしてエレベーターのドアはすぐ目の前である。店は休みでもエレベーターは動いていたわけだから、少しでも冷静さがあれば、簡単に逃げられたはずなのに。手が激しく燃え上がったせいで、パニックになってしまったのかもしれない。

「自殺も考えておいた方がいいですかね」

今永が持ち出した可能性を、岩倉は吟味した。焼身自殺は場所を問わない。人目につかないビルの階段で——と考えても違和感はない。しかし遺体の状況が、その可能性を否定する。

「焼身自殺だったら、自分の体に火を点ける。油を被って、ライターの火を近づければ、それで終わりだ」岩倉は顔の前でパッと掌を開いた。「しかし遺体の火傷は手だけだぜ。火を点けたのが、自分の腕に燃え移って——という感じじゃないか？」

「ということは、単純に放火ですか」

「単純な放火じゃないけどな。わざわざこんなところに入りこんで火を点けたんだから、何か明確な目的があったとは思うんだが……」岩倉は、自分の思考が早くも隘路《あいろ》に入りこみ始めたのを意識した。あまりにも材料が少ないが故に、想像はすぐに壁にぶつかってしまう。「まあ、取り敢えず本人の周辺捜査を進めるしかないな」

「時間、かかりそうですね」

「覚悟はしておいた方がいい。それと、菊山の動機がはっきりしても、捜査はそれで終わりじゃない。この階段……ビルの所有者の責任も問われることになる」

「これだけ階段を倉庫代わりに使っていたら」今永が周囲を見回した。「消防的にも問題ですよね」

「消防とは合同で調査を進めていく感じになるだろうな」そういう意味で、火災犯捜査係の仕事は、捜査一課の他の係とは性格が違う。他の係が、外部の官庁と協力してやっていくことなど、滅多にないのだ。

岩倉と今永は、菊山の周辺捜査に集中した。しかし捜査は遅々として進まない……わざわざ菊山の出身地の長野まで出張して、生い立ちから丸裸にしたのだが、犯行につながる材料が見つからないのだった。

菊山は長野市内の高校を卒業後、東京の服飾系の専門学校に進んだ。そこで働きながら、実地研修ということだろうか、セレクトショップや古着屋でバイトをしていたことが確認できたが、全ては追い切れていない。実家には一々、バイト先のことなど報告していなかったのだ。

専門学校時代の友人、バイト先の同僚などに話を聴いていったが、菊山はやはり社交的な人間ではなかったようだ。自分のことはあまり話さず、仕事は可もなく不可もなく……しかし、「イーストパーク」の前に勤めていた古着屋の同僚が、意外な証言をしてくれた。

「店、出すつもりだったみたいです」羽鳥《はとり》という、菊山と同い年の男が打ち明けた。

「もう、ですか？」

店でバイトしていたのも、将来自分が店を出すための準備だったことは簡単に想像できる。仕入れや店のレイアウト、接客などを学んで、自分の店の参考にしたい——極めて真っ当な準備だろう。しかし、二十二歳で店を出すのはかなり早いのではないだろうか？　それを指摘すると、羽鳥も首を傾げた。

「そうなんですよ。いつも金がないって言ってたくせに、すぐにでも店を出せそうに話してたから」

「例えば、渋谷界隈でセレクトショップなんかを出店するのに、いくらぐらいかかりますかね？」

「相当高いですよ」羽鳥が携帯をいじった。「俺も前に調べたことがあるけど、十坪の物件でも家賃三十何万円とか……場所にもよりますけどね。そもそも保証金が十ヶ月分とかかかるから、とんでもない額です」

「契約するだけでも三百万円ぐらいかかるわけですか」商売も大変だ、とつくづく思う。

「当然、商品もちゃんと揃えないといけないから、初期費用で一千万円とか用意しないと駄目じゃないですかね」

「そんなに貯金してたんですかね」

「いや、それはないんじゃないかな。バイトだって、そんなに必死にやってたわけじゃないし、金はなかったと思いますよ」

「何か金の当てでもできたんですかね」

「どうですかねえ。そんなに簡単に金は貯まらないでしょうけどね」

実際、金はなかったはずだ。自宅の捜索では現金は見つからなかったし、銀行の口座の残高は二十万円ほど。遺体で発見された時に持っていた財布の中身も、五千円ほどだった。もちろん、警察で確認できていない隠し口座などがあった可能性もあるが、普段の生活ぶりを見ても、金がある気配はまったくなかった。最後に食事をした居酒屋に頻繁に通っていたのも、ランチの価格がこの辺りでは一番安いレベルだったからだろう。

事件発生から八日後の月曜日、岩倉はそれまで収集した情報を、改めて捜査会議でまとめて報告した。どうにも歯切れが悪い……他の刑事たちが食いついてくるような情報がないのだ。そのまま終わらせてしまうのが惜しく、羽鳥に聞いた情報を最後に出した。

「近々、金が入ることを予想していた動きがあります」

実際、菊山は本気で店を出そうとしていた形跡があった。自宅マンションを仲介してもらっていた不動産屋に、東横線沿線で適当な店舗用の物件がないか、相談していたことが分かったのだ。都内では、小さな衣料品店向けの物件はいくらでもあり、不動産屋では多くの候補を出したのだが、まだ具体的に現場を見に行ったりしたことはないということ。

「金が入る当て——具体的に何かあるのか？」係長の片岡《かたおか》が疑わし気に言った。

「そこは、これからの捜査次第なんですが」我ながらだらしない報告だ。

「取り敢えず、当たってくれ」あまり期待していない様子で、片岡が指示した。

まったく情けない。捜査一課で既に十五年ほど、ベテランと呼ばれる立場になっているのに、この程度の報告しかできないとは……本来は、若手の刑事たちをリードしていかねばならないのに、まったくそれができていない。火災関係の捜査は本職ではないとはいえ、情けなかった。

「ガンさん、今日は早めに引き上げたらどうですか」夜の捜査会議が終わると、今永が気を遣って言ってくれた。

「そうもいかないよ」疲れを意識しながら岩倉は言った。「今の手がかりを、もう少し突っこんで調べたい」

「でも、今日これから会える相手はもういませんよ」事情聴取すべき菊山の知り合いはリストアップしている。しかし、都内にいて比較的簡単に話が聴けそうな相手には、もう当たってしまっていた。専門学校時代の友人の中には、帰郷して就職した人も多く、全員を網羅して話を聴くには、長期間の出張が必要になりそうだ。取り敢えず電話での事情聴取を進めることにしているが、電話だとどうしても底の浅い話しか聴けない。何か新しい手がかりはないか、じっくり考える必要があった。そして岩倉の場合、考え事は自宅ではなく職場でないと無理なのだ。この時間に帰ると、当然千夏もまだ起きているので相手をしなければならないし、その後は妻の小言も……妻は、特捜ができたりして岩倉の帰りが遅くなると途端に機嫌が悪くなる。岩倉の体のことを心配しているからではなく、自分の時間がなくなるからだ。城東大生産工学部の教授である妻は、実験などで忙しい。泊まりこみになることも珍しくなく、子育ては夫婦にとってなかなか難しいテーマだった。妻の両親が千夏の面倒を見てくれることも多い。今回引っ越したのも、妻の実家に近い街を選んだということだ。これが、岩倉としてはなかなかきつい。義父母は悪い人たちではないのだが、妻と同じ大学教授とあって義父は堅いし、義母も冗談が通じない人だ。そもそも、大学に残って研究生活を続ける娘が、どうして一介の公務員である岩倉と結婚したのか、理解していない節がある。面と向かってそう言われたことはないが、喧嘩した時に妻の口から聞かされたことがあった。警察官は、公務員の中では給料は悪くないし、世の中の安全を守っているという誇りもあるのだが、妻や義父からすると、社会的にあまり意義のない、つまらない仕事に見えるのかもしれない。

妻がきつい割に、千夏が優しい子に育ってくれているのだけが救いだったが……今は、千夏との触れ合いだけが岩倉にとっての癒しだ。ただし、その時間も満足に取れないのが悩みなのだが。

今永は先に帰した。泊まりがけで始まった捜査は既に一週間を超え、さすがに若い今永も疲れていたのだ。岩倉は外へ出てコーヒーを仕入れ、捜査本部に戻った。

ふと思いつき、コーヒーを飲みながら「フードランク」で「アズーロ」を検索してみた。点数は最初に聞いていた四ではなく、四・一。やはり相当ハイレベルの店のようだ。口コミを見ていくと、味に対してはほぼ満点評価。問題は「店内の雰囲気」だけだった。やはりあの狭いビルだと、居心地がよくないのだろう。「背中と背中がくっつきそうなほど狭い」「広い場所に店を出したら五点」などという投稿があった。飲食店というのは本当に難しい……味がよければそれで問題なし、というわけでもないのだ。岩倉などはまったく気にしないが、店の雰囲気を重視する人も少なくないのだろう。岩倉も一度「アズーロ」の中を見てみたのだが——まだ営業は再開していない——あの狭苦しさは相当なものだ。岩倉自身はイタリア料理の店にはほとんど縁がないが、客がカウンターで肩を寄せ合って食べる焼き鳥屋を彷彿させる窮屈さだった。こういうごちゃごちゃした雰囲気だからこそ美味くなる、ということもあると思うが。

「フードランク」ではなく、普通に検索して店の評判などを調べていく。ほぼ絶賛の嵐だった。その中で一件だけ辛辣な批評があった。「凡庸」「他の店のパクリの味」「いくら何でもあの狭さはない」と散々な言いようである。

個人のブログなのだが、堂々と名前と顔を出している。岩倉はその顔に見覚えがあった——田子春生《たごはるお》。どこで観たのかと記憶を探ってみると、すぐに出てきた。先週の金曜、捜査本部でテレビを見ていたら、NHKの昼の番組に出てきたのだ。内容は覚えていないが、顔と名前は間違いない。

田子本人に関して調べてみる——最近人気の、辛口のレストラン評論家のようだ。最初は個人のブログ——先ほど岩倉が見ていたものだ——で書き始めたのだが、それがマスコミに注目され、雑誌に書いたり、テレビ出演まで果たすようになった。ただし、評判はあまりよくない。実際に店に行って満足した人の中には、「舌がおかしいんじゃないか」「因縁をつけている」と田子を批判する声もある。そして「二枚舌」と批判する人もいた。ブログでは暴れ回るのに、テレビになると急にトーンが落ちて、貶《けな》していた店を褒めたりする。まあ、NHKに出演して、店の悪口を喋りまくるわけにはいかないだろうが。こういうのは二枚舌というわけではなく、その場の状況に応じて臨機応変、と称するべきではないだろうか。

ただし、毒舌評論家として世に出た人が、テレビだと急にソフトになるのは、やはり違和感がある。

田子の噂を見ていくうちに、急にスウィッチが入った。田子の顔はテレビで見たが、その前にどこかで会っていないか？　いや、会話を交わしたわけではないが、テレビ以外の場所で見た記憶がある。どこだったか……しっかりしろ、と自分を叱咤《しった》した瞬間、思い出した。

捜査本部共用のサーバに接続し、現場写真を閲覧する。現場と言っても、火災現場そのものではなく、その周辺——集まった野次馬たちの写真である。

放火事件では、犯人が現場へ戻って来て様子を確認することがある。そのため、放火が疑われる事件では、とにかく野次馬の写真を撮影するのが火災犯捜査係の仕事だった。夜、携帯などで撮った写真なので、写りは今ひとつよくない。最近は携帯のカメラも高性能化しているが、やはり昼間のようなわけにはいかない。

しかしそのうち、一枚の写真に目が止まった。田子——眼鏡をかけ、キャップを被っているが、ブログに掲載されている写真と一致した。念の為拡大し、ネットで拾った他の写真と照合してみる。間違いない。田子はあの日、現場にいた。

いや、だからどうしたんだ、と自分で手綱を引く。田子もある種の有名人と言えるだろうが、そういう人が火災現場にいても不自然ではない。たまたま通りかかって火災に気づいたら、足を止めてしまうのはおかしくないだろう。

念の為、田子の名前で免許証を検索する。あった——免許証記載の住所は、武蔵野市だった。渋谷からはだいぶ離れているが、はるか彼方というわけではない。それに田子にとっては食べ歩きが仕事なわけだから、飲食店の多い渋谷にいるのは、特におかしな行動とは思えない。

気にするな、と自分に言い聞かせたが、鋭く刺さった棘《とげ》のように、どうしても忘れられないのだった。

4

さらに数日が過ぎ、週末——捜査本部はここまで休みなしで動いてきたので、この週末は、刑事たちも交代で休みを取ることになった。ほっとしている自分に、少しだけ嫌気が差す。岩倉が警察官になった頃は、まだ隔週週休二日だった。土曜日に働くのも当たり前だったし、当直勤務があるから、普通のサラリーマンのように暦通りに休めたわけではなかった。しかし捜査一課勤務が長くなり、週休二日にも慣れてしまった。基本的に捜査一課の刑事は、特捜本部事件がない限りは暦通りの勤務なのだ。そしていかに事件の多い東京とはいえ、そんなにしょっちゅう特捜本部が立つ事件が起きるわけではない。

金曜の朝、週末のローテーションが発表された。岩倉は土曜日に出て、日曜が休み。日曜はせめて千夏と一緒にいて、どこかに遊びに行ってもいい。

さて、今日はどうするか——田子の件は頭の片隅にあったが、急いで捜査するまでの必然性は感じられない。引き続き菊山の動機の捜査だな、と決めかけたところで、どうしても意識が田子から離れられないことに気づいた。実はその後もネットで調べて、田子と「アズーロ」の間にトラブルがあったという噂が流れていることが分かったのだ。

田子は自分のブログだけでなく、雑誌にも「アズーロ」の悪口を書いていた。その雑誌の連載も「辛口甘口」のタイトル通りにきつめの評価が売りなのだが、「アズーロ」に関してはブログで貶《おとし》めていたレベルでのひどい評価だった。普通は、同じ店のことを紹介するにしてもブログから雑誌、テレビの順番で過激度が減じていきそうなものだが、「アズーロ」に関してはその原則は適用されていない。

どうにも気になり、今永に話してしまった。

「そんなこと、調べてたんですか」今永がかすかに非難するように言った。

「ネットで見てただけだよ。トラブルのネタがあるなら、潰しておいた方がいいんじゃないか」

「上に報告しないでいいですか?」

「もう少しはっきりしてからでいい」

「分かりました――どうします?」

「この店――『アズーロ』の人に話を聴いてみないか?」

「勝手にやって大丈夫ですかね」今永が声をひそめる。「あのビルに入居している店には、もう話を聴きましたよ。別の刑事が後でまた話を聴く――疑われませんかね」

「それが普通の捜査だよ。クロスチェックみたいなものだ。嫌がられたら、そう説明すればいい」

「はあ」

「とにかく、この『アズーロ』の経営者に連絡を取ってくれ。できれば今日、これから会いたい」

「了解です」今永はフットワークの軽い男だが、この件に関しては乗り気になっていない様子だった。それも当たり前かもしれない。いきなりこんなことを言われても、簡単に納得できるものではあるまい。刑事の勘としか言いようがないが、これについては岩倉も説明できないし、仮に話したとしても今永も納得しないだろう。

それこそ、経験を積み重ねていくしかないのだ。


「アズーロ」のオーナーシェフ、水沢《みずさわ》は、三十三歳。その年齢で自分の店を出して、高い評価を得ているのは大したものだと思う。菊山も、二十代前半で自分の店を出そうとしていたのだが、レストラン出店にかかる費用は、セレクトショップよりも多額ではないだろうか。

「店の方、再開の目処は立たないんですか?」岩倉は無難な話題から切り出した。

「煙の被害が、思ったよりひどいんです」水沢は深刻な表情で打ち明けた。「焼けてるところは交換すれば何とかなりそうなんですけど、店全体に煙の臭いが染みついちゃって……内装の会社と相談しているんですけど、壁紙だけじゃなくて壁板も代えなくちゃいけないかもしれないという話でした」

「となると、数百万――」

「もっと、かもしれません」水沢が溜息をついた。「まさか、こんな目に遭うとは思いませんでしたよ」

「どうする予定ですか？」

「まだ決めてません。修復するのにきちんと見積もりを取って、それがあまりにも高ければ、あそこは潰しちゃおうかなって……縁起も悪いですから」

「大変な災難でしたね」

「まったくです」

「火事で亡くなった人の中で、一人だけ客でも店の関係者でもない人がいるんですけど、何かご存じないですか？」

「いや、まったく知らないですね。前にも聴かれましたけど」

「そうですか……」

それにしても、話しにくい。水沢は、自分が経営している別の店――表参道にあるカフェだった――を面会場所に指定してきたのだが、ビルの二階にあるこの店は、青山通りに向かって一面が窓になっており、日差しが遠慮なく射しこんでくる。秋とはいえ、これだけ窓が大きいと、真夏のような暑さになってくる。スーツの上着を脱ぎたいところだが、話の腰を折りたくないので、何とかそのまま続けることにした。

「しかし水沢さんも、お若いのに店を二軒も出して、すごいですね」

「いや、ここはちょっと出資してるだけですから。本拠地はあくまで『アズーロ』です」

「自分のお店は、あそこが最初なんですか」

「ええ」

水沢がうなずく。爽やかなタイプ——長身ですっきりした顔立ち。短く整えた髪が清潔な印象を与える。細身のジーンズに少しゆとりのあるシャツという服装だった。シャツはどこかで見た記憶がある……胸のロゴマークに気づいた。岩倉が以前事情聴取したセレクトショップ「イーストパーク」のロゴである。店オリジナルのシャツということか。まだ若いのに、どこか落ち着いた雰囲気がある。それなりに苦労しているのでは、と岩倉は想像した。

「水沢さん、まだ三十三歳でしょう？　その年齢で、都心にお店を出すのは、相当やり手ということですよね」

「いや、私、キャリアが十五年以上ですから——今年で十八年です」

「そんなに？」

「今時流行《はや》らないかもしれませんけど、中卒です」さして恥じる感じでもなく、水沢が打ち明けた。「高校へは入ったんですけど、水が合わなくて……それに、親父が亡くなったんですよ。呑気に高校へ行ってる余裕もなくなったから、取り敢えず金になる飲食の世界へ行こうかな、と。昔から興味はありましたし」

「じゃあ、ずいぶん若い頃から修業されてたんですね」

「そうですね」うなずいて水沢が認める。「国内で店を何軒か回って、二十二歳でイタリアへ行きました」

「本場でも修業されたんですね」なかなかのバイタリティだ。

「ええ。そこで五年――ピザ屋から本格的なレストランまで、結構あちこちで勉強しました。それで日本へ戻って来て、ピザレストランの店長に雇ってもらったんですけど、ピザだけっていうのはねえ」

「ピザも立派なイタリア料理でしょう」

「イタリアだと、ピザの専門店は安いんですよ。日本で言えばラーメン屋みたいな感じです。もちろん私もピザは大好きですけど、一生ピザだけ焼いてやっていくつもりもなかったので……それで、金を貯めて独立したんです」

「ラーメン屋みたいなものだったら、そんなに利幅も大きくなかったんじゃないですか」

「日本だと、格好をつけたピザレストランにすれば、利幅は大きいんですよ」水沢が皮肉っぽく言った。

「そうですか……しかし、オープンしたばかりなのに、残念でした」

「まったくです」

「評判も良かったですよね。『フードランク』で四超えの評価っていうのは、相当高いんでしょう？」

「いや、まあ、ああいうのはあまり当てにならないので」水沢が苦笑しながら首を横に振る。

「あれだけ好意的なレヴューばかりというのは珍しいですよね。中にはきつい批判をする人もいたみたいですけど」

「そうですか？」

「田子春生さんとか。辛口の飲食店評論家ですけど、言いがかりみたいな批判をしてましたよね」

「そうでしたかねえ？」水沢が首を傾げる。

「ご存じない？」

「田子さんは知ってますけど、うちのことなんか書いてましたっけ」

「ご存じない？」岩倉は繰り返し訊ねた。頭の中には疑問符が浮かんでいる。

「ええ」

「そうですか――それでは」

「よろしいんですか？」

「ええ、結構ですよ。またお会いするかもしれませんけど」

岩倉は立ち上がり、さっと頭を下げた。その時ふと、小さな事実に気づく。これは関係あるか――分からない。しかし、手持ちの材料として取っておいてもいいだろう。役に立たないと思われたことが、後になって相手に致命傷を与える材料になることもないではないのだ。

ビルを出ると、岩倉は立ち止まって二階の店を見上げた。水沢の姿が見えるわけではないが、何故か上から監視されている感じがしてならない。

「どうかしました？」今永が訊ねる。

「いや……彼、嘘をついてたな」

「田子さんと揉めてたことですか？　確かに、あんなにはっきり否定するとは思わなかったですね」

「嘘をつくには、理由があるんだよ。調べるぞ」

「どうやって？」

「現場だ。現場には常に、ヒントがある」

「ああ、えらい剣幕でしたよ」火災に遭った雑居ビルの五階――「アズーロ」の上階に入っている中華料理店のオーナー、松宮《まつみや》があっさり認めた。でっぷりした体型で、いかにも飲食店を経営している、というタイプ。店の被害はそれほどでもなかったが、客と店員が一人ずつ亡くなっているので、まだ店は再開していなかった。店としてきちんと謝罪して、遺族が納得してから営業を再開するつもりだという。そんな日が来るかどうかは分からないが。しかし彼は、店を始められる日がくると確信している様子で、今日も自ら陣頭に立って片づけを続けていた。店員たちが掃除をしている店内で話を聴くのは落ち着かないが、仕方がない。

「揉めている現場を直接見たことはありますか?」

「いや、それはないですけど、相談されました」

相談……松宮は、見た感じでは五十歳ぐらい。いかにも飲食業のベテランという感じで、頼りになりそうではある。

「どんな話でした?」

「あれは因縁だってね。俺も見たけど、確かに書き過ぎだと思う。個人の趣味でやってる素人のブログとかなら大した影響はないけど、仮にも評論家として雑誌やテレビに出てる人だからね。影響力は大きいでしょう」

「確かに——実際に、店の営業に支障が出たりしたんですか?」

「ああ。だいぶ客足が減っていた」

「そうなんですか？」どうも呑みこめない。たかがレストランの評価ではないか。本当にそんな影響があるものだろうか。

「うちもやられたことがあるよ」松宮が声をひそめた。

「この店で、ですか？」

「いや、西麻布店。二年ぐらい前かな、ブログで書かれてから、急に悪評が広まってね。元々評判のいい店で、お客さんとの間にトラブルもなかったのに——要するに因縁ですよ」

「そんなに適当なブログだったんですか？」

「東京浜田《はまだ》連合って知ってる？」

「広域指定暴力団ですよね」

「田子はそこと繋がっているっていう噂があるんだ」

岩倉は思わず目を閉じた。これは……ネットを使った新手の脅迫のようなものなのか？　いや、むしろ古典的な手口かもしれない。ネットを使っているのが目新しいだけではないだろうか。

「例えば——金を要求してくるんですか？　悪口を書かない代わりに？」

「うん……」松宮が嫌そうな表情を浮かべる。「そういう要求に屈してしまったのは情けない話だけど。うちは、みかじめ料なんかも払わないで、ずっとやってきたんですよ。

それが、たかがブログに書かれただけでねえ」

「被害額はいくらだったんですか」

「二十万」

岩倉は思わず腕組みをした。二十万払えばこれ以上悪口は書かない——性質《たち》は悪いが、ばれにくい犯行とも言える。二十万円払えばトラブルから解放されると思えば、払ってしまって警察にも相談しないのは、いかにもありそうな話だ。警察としても、二十万円の被害のために動くかというと、微妙な感じである。

「念のために言っておくと、警察には話してないよ」

「水沢さんはどうだったんですか？」

「彼は……払うとか払わないとか、そういう段階を超えていた」

「どういう意味ですか？」

「手遅れだったんだよ」松宮が力なく首を横に振る。「評判はあっという間に広まって、客足もガクンと減った。二年前と比べれば、田子の影響力もずっと強くなったってことなんだろうね。どうにも気に食わないけど」

「それで、水沢さんは？」

「何度か田子と話し合いをしたみたいだよ。実はあの日も……火事が起きた日も」

「その話し合いはどうなったんですか？」

「結果は聞いていない。あんなことになってしまったから——しかし、奇妙だね。タイミングが良過ぎるんじゃないかって、ずっと思ってたんだ」

「どうして警察に言ってくれなかったんですか」岩倉は思わず文句を言った。

「いやいや、ただの想像だから」松宮が慌てて言い訳する。

しかし彼の話は、岩倉をさらに一歩前へ進めるのに十分な力を持っていた。

5

火事の捜査は時間がかかる——それは分かっていたが、年を越すとは思ってもいなかった。事実関係の積み重ねが、殺人事件などと比べてもかなり大変だということを実感する。

一月四日。冬休み明けの日、岩倉は田子に対する事情聴取を始めた。直接面会するのはこれが初めてである。彼の名前が捜査線上に上がってから、ずっとブログを読み、雑誌やテレビへの登場も注目して見ていたのだが、火事の前とペースが変わることはなかった。当然と言うべきか、「アズーロ」の火災については一切触れていない。

岩倉の事情聴取は、その火事のことが中心になった。まず確認しなくてはいけないのは、火災当日、野次馬に混じって見物していたこと。そしてその日、彼は水沢と会っていたと思われた。

田子は、事実関係をあっさり認めた。自分には関係ない——自分の行為が罪に問われることはないと確信しているようであったが、岩倉は彼と東京浜田連合の関係については、敢えて口に出さなかった。実はここの確認が一番面倒だったのだが……暴力団担当の刑事の協力も仰ぎ、田子と東京浜田連合の関係を慎重にチェックしていた。関係ありかどうか、非常に微妙な結論になったが。田子が、浜田連合の組長と個人的な知り合いなのは間違いない。しかし暴力団の構成員かというと、ノー。組のしのぎに積極的に関わっている証拠もなかった。ただし、あちこちで組長の名前を出していることは確認できている。要は、虎の威を借る狐、という感じだったのだろう。

暴力団犯罪を担当する組織犯罪対策部はこの件に興味を持っている。捜査一課の捜査本部との話し合いで、田子に対する捜査は組対三課が進めていくことが内々に決まっていた。暴力団の資金源は年々絞られているのだが、人気のブロガーを上手く使って、ちょっとした収入源にしている可能性もある。ある意味惨めな感じでもあるが、暴力団というのは金を稼ぐためにはなりふり構わないものだ。田子にとっても、小遣い稼ぎになっていたのは間違いないだろうし。しかしそれも、これで終わりかもしれない。岩倉は何も言わなかったが、田子が捜査を恐れているのは明らかだった。

この事情聴取を終えて、岩倉は水沢と対決する予定を整えた。

連休明けの一月十日、久しぶりに水沢と面会する。場所は今回も、表参道のカフェ。

結局「アズーロ」は閉めることになり、今は封鎖されている。内装を大幅に変えないと、新しく貸すこともできないという。

しかし水沢は、それほど落ちこんだ様子ではなかった——岩倉が予想した通りだった。既にこちらは様々な材料を仕入れていて、一気に攻め落とす準備はできている。

夕方近く、客の少ない時間帯の店内で、岩倉は水沢と対峙した。

「率直に伺います」早速切り出した。「田子さんをご存じですね？　評論家の田子春生さん」

「ええ。ひどい目に遭いましたよ」水沢が今回はあっさり認めた。「ブログで滅茶苦茶書かれて、大損害でした。お客さんが一気に減っちゃって……たかがブログって思ってたんですけど、とんでもない影響力ですよね」

「何度か、話し合いを持たれていたとか」去年事情聴取した時、彼が嘘をついていたことには触れなかった。責任問題を追及し出すと、話が先へ進まなくなる。

「ええ」

「話はまとまったんですか？」

「いや……」水沢が首を横に振った。「あの人、裏に誰かいますよね？　暴力団とか。そういう噂を聞いてます」

「はっきりしてはいませんけど、確かにそういう話は聞きますね」岩倉は認めた。

「ヤバいとは思いましたけど、こっちも引き下がれなくて」

「火事が起きた日も、会ってましたね？　それは田子さんも認めています。水沢さんとしては、何を要求したんですか？」

「大したことはないです」水沢は肩をすくめた。「こっちとしては、ブログの内容を訂正して欲しいと、それだけですよ。きちんと訂正してもらえば、客足も戻るかもしれないから。でも、あの人は『あくまで個人の感想だから』の一点張りで、訂正も削除もしないと、平然としてました」

「金を要求されませんでしたか？　ブログで批判的な記事を書いて、それを取り消す見返りに金を要求する――そういう被害が確認できています」

「いや、それは……」水沢が力なく首を横に振った。

「それどころではなかったんですね」岩倉は指摘した。「田子さんの批判のせいもあるでしょうし、何か他の要因があったかもしれませんけど、『アズーロ』の経営状態は厳しかったんでしょう。実際、資金がショートしかけていたんじゃないですか？　銀行との話し合いも上手くいかずに、かなり苦しい状況になっていたと聞いています。田子さんに金を払うような余裕もなかったんじゃないですか」

「それは……警察の人には関係ないでしょう」水沢の口調が頑《かたく》なになった。

「そうですね。あくまで民間の話です。しかし、事件が絡んでくるとなったら話は別ですよ……確認させて下さい。放火される一ヶ月ぐらい前に、火災保険をアップグレードしていますね？」

水沢の顎にぐっと力が入った。的確な一撃をヒットさせたと確信して、岩倉はまくしたてた。

「田子さんのブログのせいもあって客足がガタ落ちしてしまった時期です。そんなタイミングで保険をアップグレードしたのはどうしてですか？」

「念のためです」水沢が言い訳した。「古いビルなんでね。万が一火事が起きたら大変でしょう」

「あなたたちが、あのビルを危険にしていたんですよ」岩倉は指摘した。「階段を倉庫代わりに使っていた。あれで、避難経路が遮断されて、五人も犠牲者が出たんです。この件は、これから消防も追及すると思いますよ」

「それについては、もう厳しく言われてます」

「あなたに関しては、それだけではないですね。そもそも放火したのはあなたなんですから」岩倉はずばり指摘した。

「何を――」水沢が目を剝いた。「それは失礼過ぎませんか？　いくら犯人が見つからないからって、俺に押しつけなくても。うちは被害者なんですよ」

「その割に、保険金がおりませんね。保険会社とも話したんですが、向こうも火災の状況に疑念を抱いています。それはお分かりですよね？　我々も、保険会社と同じ疑念を持っています」

「私には関係ない」

「亡くなった菊山泰治さん――知り合いですね」

「いえ」

「本当に？」

「知らないものは知らない」

「嘘ですね」岩倉は決めつけた。「この前――去年の十月にここでお会いした時にあなたが着ていたシャツ。覚えていますか？」

「そんな昔のこと――何ヶ月も前にどんなシャツを着ていたかなんて、覚えてませんよ」

「『イーストパーク』というセレクトショップ、ご存じですよね？　『アズーロ』のすぐ近くにある店です。あなたが着ていたシャツは、あの店のショップオリジナルだ。あなたと会うちょっと前に私もあの店に行って、そういうシャツを見ています」

「そんなの……いや、あれは誰かにもらったんです。誰だったかは忘れたけど」

「水沢さん、無理な嘘はやめましょう。嘘をつけばつくほど、追いこまれますよ」

「私は別に――」

「あなたが『イーストパーク』で何回か買い物をしているのは確認できています。常連とは言いませんが、店にとっても顔馴染みのお客さん、ということですよね」

水沢が黙りこむ。額には汗が滲んでいた。

「亡くなった菊山泰治さんは、『イーストパーク』で働いていました。あなたと顔見知りだったことは、他の店員から確認できています。彼は周囲に、『近く自分の店を出す』と話していたそうですが、資金源については謎でした。アパレルの店を開くにも、かなりの金額が必要ですよね？」

「それは……私は知らない」水沢は急に弱気になっていた。一気に、反論するだけの気力を失った様子だった。

「この話を聞いた時に、彼がどこから資金を調達するのか、不思議に思いました。しかし、あなたとつながっていることが分かったんです。あなたが菊山さんを雇って、店に火を点けさせたんじゃないんですか？　狙いは保険金。しかし、さすがに愛着のある店に自分で火を点ける気にはなれなかった。万が一バレたら大変なことになりますしね。人に任せて知らんぷりして金を受け取っている方が、確実だし安全です」

「俺は——そんなことはしていない！」

「あなたが否定しても、調べていけば分かることです。そうなったらもう、逃げ場はないですよ。今なら、あなたが自分から進んで供述したことにしてもいい。その方が、罪は軽くて済みます」

「取り引きか？」

「いえ、アドバイスしているだけです」岩倉は言った。「一般的には、自首ということになります。その方が、検察や裁判官の印象はよくなりますよ」

「俺を逮捕するのか？」

「喋ってくれれば」

「喋らない――」

「それなら、もうしばらくしてから、逮捕状を持って来ます。その場合は自首にはなりません。あなたの立場は悪くなります。ですから――」

「――ああ、分かったよ」水沢が声を張り上げ、周囲を見回した。急に声をひそめると「ちょっと場所を変えていいですか？　バックヤードがあるので」と言い出した。

彼に言われるまま、店の片隅にあるドアを開ける。倉庫兼事務室という感じで、甘い香りが漂っていた。このカフェはスイーツも人気なのだ。

小さなテーブルを挟んで対峙する。組み合わせた水沢の手は小刻みに震えていた。

「いくら渡す約束になってたんですか？」

「二百万」

「保険金が入るのを当てにしていたんですね？」

「ああ。あの店は、もう駄目だった。飲食店は、引き際が大事なんですよ。失敗する人は大抵、辞め時を間違ってる。田子のせいでミソがついてしまったから、さっさと辞めるのが一番だったんです」

「問題は、菊山さんも煙に巻かれて亡くなってしまったことだ。あれは計算外だったんじゃないですか？」本当は、水沢自身のせいでもあるのだ。階段をきちんと片づけておけば、菊山は無事に逃げ出せたのではないだろうか。

「その通りです」水沢が急に素直になって頭を下げた。

「では、菊山という人間を使って火を点けたことは認めますね？」

「今更否定してもしょうがないみたいですね」

落ちた――岩倉はすっと背筋を伸ばした。ただしこの男は、まだ事の重大性を認識していない。あれから三ヶ月が経ち、日々あの火事について考え苦しんできた――そう見えないのがどうにも嫌な感じだ。まるで、火事自体を忘れてしまったようにも見える。もちろん嫌なことだから、少しでも早く忘れたいと考えるのもおかしくはない。

「俺……どうなりますか」

「これから署にご同行願います。そこでさらに詳しく話を聴くことになります」

「逮捕ですか」

「そうなると思います。重大事件ですから」

「重大――」

「人が五人亡くなっています。これが殺人事件だったら、間違いなく死刑になるような重大事案です」

「死刑――」水沢が瞬時に蒼褪めた。

「量刑については、私には何も言えません。警察官には刑期を決める権利がないので」

「そうですか……家族に会っていいですか?」

「申し訳ないですが、すぐに署に来ていただきます」一切同情を見せてはいけない。家族に最後の挨拶――そうなる可能性は否定できない――もさせずに逮捕するのはどうか……人情派の刑事なら、家族に一目会わせるぐらいのことはするかもしれないが、岩倉はそこまで優しくない。それに、一刻も早くこの事件をまとめたかった。

「では」岩倉は立ち上がった。「ご同行願います」

「残念です」水沢ものろのろと立ち上がる。「家族に何て言ったらいいんだろう」

岩倉は何も言わなかった。言えなかった。水沢の家族は、この数分間で崩壊することが決まった。しかし水沢以外の人間はそれを知らない。いや、水沢も理解しているかどうか。

警察官になってちょうど二十年になる。自分は今まで、いくつの家族を破壊してしまったのだろう、と岩倉は考えた。

庇護者

1

四十代後半にして、生まれて初めての芝居見物だった。

岩倉剛の唯一の趣味は、古い事件をひっくり返して個人的に調べることだ。警察外部の人間から見れば、味気ないことこの上ないだろうが、退職後には未解決事件を分析する本をまとめるのが長年の夢である。そのため、暇な時間には事件関連の本を読んでいることが多く、映画にもほとんどいかないし、劇場に足を運んで芝居を観る機会に至っては、今までまったくなかった。だいたいこういうのは、最初は誰かが誘ってくれないと行かないものだから……今回は、警視庁内の年下の友人で、刑事総務課に勤務する大《おお》友鉄《ともてつ》の誘いだった。

終演。面白いか面白くないかは分からなかったが、岩倉は周りの人に合わせて立ち上がり、拍手を送った。もう一度腰かけると、隣に座る大友が「すみませんでしたね」といきなり謝った。

「何でお前が謝るんだ？」

「今日は、出来がよくなかったですね」

「そうか？　俺には出来不出来は分からないけど」

「初日だけを見て判断するのは粋じゃないんですけど、今日はばたつき過ぎでしたね。本当は、一ヶ月の公演だったら、初日と中日、それに千秋楽と三回観て、芝居が完成していく様子を確認するのが、観る方の楽しみでもあり礼儀なんですよ」

「お前、普段からそういう面倒臭いことをしてるのか？　刑事総務課はそんなに暇なのか？」

「いや、さすがにそこまでは」大友が苦笑した。「そういうのは、定年後の楽しみに取ってあります」

「お前の定年なんか、ずっと先じゃないか」岩倉の方は既にカウントダウン間近――間もなく五十歳になる。

「まあまあ……少しはストレス解消になりました？」

「よく分からない」岩倉は正直に言って首を横に振った。「ちょっと難しい芝居だったな」

「実は、古典なんですけどね」大友が人差し指で頰を搔いた。「初演が一九六〇年で、それ以来いろいろな劇団が取り上げてきましたから。アマチュア劇団でもやるぐらいの定番なんですよ」

「お前もやったのか?」大友は学生時代に、劇団で活動していた。

「ええ」大友が認めた。「脚本が多面的に解釈できるし、やる方の力量が問われる芝居なんです……とにかく今日は、少しバタついてました。さて、行きますか」

「しかし、俺なんかが楽屋に行っていいのかよ」岩倉は少し及び腰だった。仕事のことならどこまでも図々しくなれるのだが、初めて芝居見物をして、その足で大友の知り合いの楽屋を訪ねるとは……大友は今でも、昔の演劇仲間とつながりがあり、知り合いが舞台に出る時は終演後に楽屋を訪ねるのが「礼儀」なのだという。

「いいんですよ。こういう機会、ないでしょう?」大友は慣れた様子で、バックヤードに向かった。大きな劇場なのだが、裏はひどく混み合っている。舞台衣装のままの俳優たちが行き来している中に紛れこむと、岩倉は急に非現実感を覚えた。

大友が楽屋のドアをノックしようとしたところで、声をかけられた。

「大友さん?」

「ああ」振り向いた大友が、緩い笑みを浮かべる。声がした方を見ると、先ほどまで舞台に立っていた女性——女優がいた。すらりとした長身で、舞台用の濃いメークとパンツスーツという衣装のせいか、宝塚の男役のようにも見える。いや、岩倉は、宝塚の男役の実態は知らないのだが。

一瞬見た感じでは、衣装のせいもあって男性っぽい印象を抱いたものの、実際には女性の色気が滲み出ている。歳の頃は二十代後半から三十歳ぐらいだろうか。そうだ、彼女は舞台では男性に性転換した女性の役を演じていた。大友情報では、この芝居は初演が一九六〇年。その頃としては、かなり大胆な設定だったのではないだろうか。

「今日、観てたんですか？」

「観てたよ」

「初日にわざわざ来るなんて、趣味悪いですね」女性が苦笑する。

「いや、よかったよ。君は難しい役だったけど、ちゃんと馴染んでた」

「どうも」彼女が岩倉の顔をちらりと見た。

その瞬間、岩倉は自分の中で何かが動くのを感じた。彼女は自分とそれほど身長が変わらず、視線の高さもほぼ同じになる。彼女がさっと一礼した――それは普通の挨拶だが、その後、ほんの少し長く、岩倉の顔に視線を向け続けた。

「ああ、職場の先輩の岩倉さん――岩倉剛さん。こちらは赤沢実里《あかざわみのり》さん」大友が彼女を紹介してくれた。

「後輩？」岩倉は訊ねた。

「直接の後輩じゃないですよ」実里が笑みを浮かべたまま言った。「知り合いの知り合いで知り合いになったみたいな」

「なるほど」岩倉は表情が緩まないように気をつけてうなずいた。何だか……ここは格好をつけないとまずいような気がしている。

「大友さんの先輩っていうことは、あの業界の人ですか？」実里が訊ねる。

「そうですよ」「あの業界」という言い方に、岩倉はつい苦笑してしまった。

「あー……大友さん、私、ちょっと相談があるんだけど、いいですか？」実里が急に真剣な表情になった。

「いいけど」

「あ、一緒で大丈夫ですよ」実里がまた岩倉に笑みを向けた。

「じゃあ、その辺でいいかな？」大友が、廊下に置かれたベンチを指さした。

「OKです」

三人は、ベンチに並んで腰を下ろした。実里が真ん中で、正面を向いて話し出す。少し低いその声は、耳に心地好かった。舞台での発声は、普段の喋り方にも影響するのだろうか。

「羽村《はむら》君、見ましたよね」

「ああ、羽村翔《しよう》？　悪くなかったよ。今回が、『ウィザード』を卒業してから最初の舞台だろう？」

「そう。張り切ってるんだけど……」

「彼がどうした？」

「ストーカー被害に遭ってるみたい」

「マジか」大友が目を見開く。

「はっきりしないんだけど……マネージャーさんから聞いただけですから」

「まずいことになりそう？」

「分からないけど、ちょっと気になって。本人も心配はしてるみたいなんです。今日も一回、台詞飛ばしちゃったんですよ」

「そうだったかなあ」大友が首を捻る。

「観てる人には分からないかもしれないけど。こういうこと、珍しいんですよ。芝居の素養はしっかりしてる子なのに」

「そう……だね。僕は初めて観たけど、アイドル上がりとは思えない」

「アイドル上がりって……」実里が苦笑した。「警官崩れみたいな言い方しなくても」

「いや、彼のことは詳しく知らないんだ」大友が言い訳した。「でも、舞台に影響が出るようだと、結構深刻な問題かもしれないね」

「ちょっと相談に乗ってくれたりしません？　あくまで非公式にですけど……正式に警察に届け出たりすると、いろいろ面倒になるでしょう」

「それは――」大友が岩倉に視線を向けた。「ガンさん、どうですか？」

「俺？」

「今、ガンさんのところは暇じゃないですか。昼間勝手に動き回っていても、問題ないでしょう」

「確かに何もないけどさ……」警視庁捜査一課強行犯係に所属する岩倉は、仕事に関しては緩急の差が激しい。殺人事件などが起きて特捜本部ができると、ずっと詰めっきりになり、休みもなくなってしまうのだが、そうでない時は本部で「待機」なのだ。

「僕は九時五時で、仕事中は外へ出られないですから」刑事総務課に勤務する大友の仕事は基本的に事務作業で、勤務時間内は本部に張りつけになっている。

「いいけど、こっちはいつ事件が起きるか、分からないぜ」

「ガンさんだったら、一日二日で何とかできるんじゃないですか」

「馬鹿言うな。ストーカーの捜査は難しいんだぜ」

「普通の人ならね。ガンさんは別でしょう」

「あの……もしかしたら岩倉さん、すごく優秀なんですか？」

実里が遠慮がちに訊ねたが、考えてみればかなりズケズケした質問である。岩倉はうつむいて苦笑を隠した。

「経験だけは十分ですよ」優秀か、と訊かれて「そうだ」とは認めにくい。「ベテランですから」

「こんなお願い、図々しいって分かってますけど、できたら内密に何とかできないかなって思いまして……お願いできませんか?」

「いいんですよ。やりましょう」岩倉は即座に答えた。

「いいんですか?」実里がびっくりしたように目を見開く。

「確かにちょうど暇なんで……暇な状態が長いんですよ。何かしておかないと、腕が鈍《なま》りそうだ」

「じゃあ、お願いします」実里が頭を下げた。「私、ちょっと着替えてきますから、詳しいことはその後で」

実里がいなくなると、大友が「本当にいいんですか」と確認してきた。

「やれって言ったのはお前じゃないか」

「すみませんね……刑事総務課の人間としては、ちょっと手を出しにくいもので」

「本当は、これぐらいだと所轄マターだぜ」

「そこを本部の刑事さんがやることで、信頼性も高まるでしょう」

「無事に解決できれば、な」

「彼女、どうですか?」大友が唐突に訊ねた。

「どうって、何が?」

「ガンさんの好みじゃないですか」

「ああ？　そういう話なら、お前の方が必要じゃないか」大友は妻を事故で亡くし、一人で子育てをしているシングルファーザーだ。周りの人間は、再婚を勧めていろいろな話を持ってくるのだが、本人は頑として受け入れようとしない。一時、捜査で知り合った女性とつき合っていたという噂も聞いたことがあるのだが。

「僕はいいんですよ。ガンさんこそ、もうフリーなんだから……ストレスも溜まってるでしょう？」

岩倉の夫婦関係は破綻し、この春からとうとう別居が始まった。私立中学に通っている娘が、エスカレーター式で進学できる高校を卒業するまでは離婚しないということで話がまとまっているが、実質的にはもう夫婦とは言えない。そういうわけで岩倉は久しぶりの独身生活を満喫しているが、侘《わび》しくないと言えば嘘になる。最近事件がなくて暇なせいもあって、時間を持て余しているのだ。

かといって、新しい女性とつき合う気にはなれない。まだ離婚は成立していないのだし、娘のこともある。

しかし、初対面の実里にはいきなり惹きつけられた。彼女には何か特別なものがある。「女優」という職業の人と話すのは初めてだったのだが、女優オーラのようなものではなく、まったく別の魅力がある……いやいや、余計なことを考えるな。これは警察官としてのちょっとした市民サービスなのだ。大きな事件になるとは思えないが、真摯《しんし》に取り組むのみ。

何でも真面目にやれば、必ずいい結果が出る――そんなことはないと経験上分かっていたが、そう思わないと刑事などやっていられない。

2

岩倉は、問題の羽村とは直接言葉を交わさなかった。代わりにマネージャーの清水南美《しみずみなみ》という女性と話す。実里が言っていたよりも事態は深刻なようで、南美の表情は終始晴れなかった。

「相当ひどい被害なんですか?」

「物理的な被害はないんですけど、家がバレてしまって……翔は神経質なんですよ。だいぶダメージを受けています」

「なるほど。新しいスタートを切ったばかりだし、いろいろ気になりますよね」

「できるだけ穏やかに始めたかったんですけどね」

羽村翔は、十代半ばからアイドルグループ「ウィザード」で活躍し、二十五歳になった今年、グループから卒業していた。事務所と揉めたりスキャンダルを起こしたりしたわけではなく、本人がアイドル活動に限界を感じた、ということだった。グループ在籍時から舞台を経験していて、今後はそこで勝負しよう、という気になったらしい。グループ卒業後初めての大仕事ということで、本人も張り切っているし、芸能マスコミもそれなりに注目している。

しかしそこに、ストーカーの影がさした。最初に気づいたのは、舞台稽古が始まった一ヶ月前。稽古終わりで帰宅すると、自宅マンションの前で、一人の女性が待ち伏せしていたのだ。「サイン下さい」というありがちな切り出し方でアプローチしてきたという。その時は南美が一緒で、何とか断ったというが、その後も三日続けて家の前での待ち伏せが続いた。

それで一旦待ち伏せは途切れたものの、その後、その女性はさまざまなところに姿を現すようになった。関係者しか入れないはずの劇場の通用口、翔が友人と食事をしているレストラン、スポーツジム……まるで行動を全て監視し、予定を完全に把握しているような様子だった。

「正体は分からないんですか?」

「分かりません。いつも、振り切るので精一杯なんです」

「サインをくれという他に、何か要求はあるんですか?」

「握手を求めたり……そういうのは普通のファンの行動なんですけど、常に尾行したり、待ち伏せしたりしているのは、常軌を逸していると思います」

「確かに」岩倉はうなずいた。

「誰なのか割り出して、忠告すれば何とかなるかもしれませんが、私たちにはそういうノウハウがないんです。小さい事務所ですから」

「羽村さんは、独立して事務所も移籍されたんですか?」

「別に揉めたわけじゃないですよ」南美が慌てて説明した。「前の事務所は、アイドル事務所ですから……本格的な芝居に関しては弱いんです。うちは小さい事務所ですけど、舞台に関しては昔から強いですから」

今回も、独立後のデビューとしてはいい扱いだ、と大友も言っていた。「円遊社《えんゆうしゃ》」という演劇集団の主催なのだが、その人気は絶大で、チケット入手は常に困難だという。著名な脚本家や演出家など「裏方」が立ち上げた劇団で、上演の度に俳優を集めてくるのだという。キャスティングされることは、俳優側にも名誉なことになっているそうだ。かといって完成された俳優だけでやるわけではなく、経験の少ないアイドルに挑戦の場を提供することも珍しくない。

「円遊社にも迷惑をかけるわけにはいかないので、何とか穏便に解決したいんです」

「とにかく、ストーカーの正体をはっきりさせましょう。それからどうするかは、また相談するということでどうですか」

「強行的な手段を取る必要はないですか?」南美が心配そうに訊ねた。

「それは、相手の正体が分かってからでいいでしょう。正体を知られると、それだけで危険だと思って身を引く人もいますから」

「そうなんですか？」

「そういうケースもあります。ストーカーの心理は様々ですけどね。とにかく、こちらに任せて下さい。状況が分かり次第、報告します」

岩倉はタクシーを手配した。この劇場があるビルの地下には駐車場があり、羽村には送迎の車がつく。まず、彼の「出」を確認してから、タクシーで尾行するつもりだった。このタクシー代は誰にも請求できないが、羽村の自宅マンションは渋谷だというから、ここからならさほど料金はかかるまい。

午後九時四十五分、羽村と南美がエレベーターを降りて駐車場に出てくる。二人は何か話し合いながら、待たせておいたミニヴァンの方へ向かった。車へ乗りこむのを確認して、岩倉は駐車場に待たせておいたタクシーに乗りこむ。尾行ではなく、羽村の住所を告げ、そちらへ向かうように頼んだ。

移動中、羽村について少し調べてみる。ネットでも膨大な情報が流れていた。それなりに売れているアイドルグループに在籍していると、ウィキペディアの情報量だけでも大変なものになるようだ。

今回の舞台前に行われたインタビューの記事も確認した。円遊社側も、アイドルを卒業して本格的な俳優を目指す羽村を後押しするつもりのようで、演出家と一緒のインタビューだった。

　まあ、こういうのが本当なのか、演出なのかは岩倉には分からない。芸能界とつながりのある大友なら、何か分かるかもしれないが、今はそんなことを話している場合ではないだろう。

　劇場を出て十分ほどで、タクシーは目的地に到着する。国道二四六号線のどこかで追い抜いたようで、先に着いてしまった。念のため、タクシーをその場に待たせる。一分後、羽村を乗せたミニヴァンも到着。ドアが開いたが、羽村はすぐに姿を見せず、南美が先に降りてきた。周囲を見回し、誰もいないことを確認してから、車内に首を突っこんで羽村を呼び出す。今日は待ち伏せはなしか……それではこちらは、手がかりを得られないのだが。

　しかし、羽村が車を降りた瞬間、どこからか一人の女性がさっと近づいて来た。半袖の白いカットソーにジーンズという軽装で、小さなバッグを斜めがけにしている。小柄で、特に害はない感じなのだが……小走りに車に駆け寄って行くと、羽村は表情を引き攣《つ》らせて、車に戻ってしまった。南美が彼女を食い止める。加勢が必要かと岩倉は車に近づいたが、ストーカーの女性はあっさり引き下がった。

　これなら大したことはないな、と思ったが、こんな形で毎日近づいて来られたら、確かに神経が参ってしまうだろう。

南美と目が合う。彼女は困ったような表情を浮かべて首を横に振った。岩倉は彼女にうなずきかけ、タクシーをリリースすると、去って行く女性の後を追いかけ始めた。女性の方では、岩倉に気づく様子もない。ストーカーの中には、妙に神経質で、周りの様子をしきりに気にする者もいるのだが、彼女はそういうタイプではないようだった。

羽村の家は渋谷の外れ――京王井の頭線の神泉駅の近くにあるマンションなのだが、女性は神泉駅には向かわず、渋谷駅の方へ向かって歩き出した。せかせかした歩調で、小柄な割には足が速い。この時間でも渋谷は賑わっており、見失わないように尾行するのに、結構気を使った。

女性は田園都市線のホームへ向かい、電車に乗った。どこまで行くつもりか……用賀だった。駅を降りる人は多かったが、当然渋谷ほどは混んでおらず、今度の尾行は楽だった。住宅街を抜け、歩いて十分ほど。国道二四六号線を渡った先にある一戸建ての家が、彼女の自宅のようだった。

家に入る時に、一瞬顔が見えた。二十代半ばぐらいだろうか。地味な顔立ちで、犯罪を起こすようなタイプには見えない。いや、彼女の感覚では、目をつけたアイドルをストーキングするのは、犯罪ではないのかもしれない。ただ人気者に会いに行く感覚、ということか。

ストーカー行為は、相手がどう感じるかによるのだが。

彼女が家の中に消えてから、表札を確認する。「吉原《よしはら》」だけで、家族それぞれの名前までは分からない。しかし確認するのはそれほど難しくないだろう。大した手間はかからなかったな、とほっとする。名前を割り出したら、その後どうするかは、南美たちとまた相談すればいい。あまり手荒なことはしたくない……警告して、それで収束してくれればいいのだが、と岩倉は祈った。

翌日、岩倉は所轄に電話を入れて、「吉原」の家族構成を確認した。幸い、連絡カードに記入があったので、両親と娘の三人家族だと分かった。ストーカーと見られる娘は吉原麻奈美《まなみ》、二十五歳。職業までは分からない。

そこまで確認して、岩倉は南美に連絡を入れた。

「もう分かったんですか?」南美は本当に驚いているようだった。

「それほど難しいことじゃなかったですよ。住所も分かりましたし、連絡先を割り出すこともできると思いますが、どうしますか?」

「大事《おおごと》にはしたくない——その方針は変わりません」

「こちらからは攻めない、ということにしますか? もしも向こうが接近してきたら、名前を出してみるとか。正体がばれていると思うと、それだけで引く可能性もあります。

今まで、自分の名前はアピールしていないんですよね？」

「ええ。プレゼントなんかに名前を書いた手紙を入れてくることもあるそうですけど、今回はそういうことはありませんでした」

「あなただけで、対処できますか？」

「自信はないですけど……そこまで岩倉さんにご面倒おかけするわけにはいかないですよね。いつ、どこに現れるか分かりませんし、ずっとくっついていてもらうのは不可能ですよね」

「一度、あなたの方から名前を出して忠告してみて下さい。それで駄目なら、私の方で次の手を考えます」

「……そうしますか」

南美の本音は、「全部岩倉に押しつけたい」だろう。しかしこちらがあまりにも手を出し過ぎると、それはそれでまずいことになる。今のところは、事件化したわけではないし、あくまで民間のトラブルに過ぎないのだ。

「ちょっと待ってもらえますか」

南美の声が遠ざかる。どうやら別の電話に出たようだ。戻ってこない……待つのは馬鹿馬鹿しいが、こちらから切るわけにはいかない。どうしようかと迷い始めた瞬間、南美が「すみません」と言って戻ってきた。

「今、翔と話したんですけど、一度話をしてくれませんか?」

「羽村さん本人と?」

「ええ。心配性なので、私が言っても不安は解消されないみたいです。岩倉さんが話してくれたら、安心できると思うんですが」

さすがにそれはこちらの仕事ではないと思ったが、乗りかかった船だ、と考え直す。ボランティアは最後までボランティアとして、きちんとやり抜こう。

「どうしますか? 今日の終演後にでもうかがいますか?」

「できれば。あの、何でしたら、食事でもしながらどうですか」

「構いませんよ」少しほっとして、岩倉は落ち合う時間を決めた。九時半からだから少し遅めの夕飯になるが、それでも悪い気分ではない。最近はずっと一人での食事が続いているのだ。最初は気楽でよかったのだが、ずっと同じことが続くとさすがに侘しくなっている。大勢が食事をしている店で、一人きりで食べるほど寂しいことはない。自炊すればいいのだが、料理がほとんど作れない岩倉にはハードルが高かった。

さて、何を食べさせてもらえるか……話の内容よりも、食事の方が気になった。

チェーンの蕎麦屋か。

蕎麦は嫌いではないのだが、話をする時は、もう少し落ち着いた、いい酒が揃っている店の方が適しているのではないだろうか。だいたいこの店は、この時間でも結構客が多くてざわついている。静かに話をするにはよくない環境だ。

しかし羽村たちは慣れた様子で、予約してあった席についた。店の一番奥にあるので、目立たないと言えば目立たない。

初めて間近で羽村の素顔を見たのだが、何とも頼りない感じだった。もちろん今風のすっきりとしたイケメンであるのは間違いないのだが、体つきが細過ぎる。背は高い——百八十センチ近くありそうだ——が、体重は五十キロ台かもしれない。こんなに細くて、よく舞台で激しく動き回れるものだ、と岩倉は感心した。

「ご面倒おかけしてすみませんでした」料理と酒を頼む前に、羽村が頭を下げた。頭の下げ方が堂に入っているというのも変だが、まるで致命的なミスを犯した若い会社員が謝罪する「演技」をしている感じもある。

「いや、時間に余裕があったので。ボランティアですよ」岩倉は鷹揚に答えた。

「心配性なもので……」

「もしかしたら昔、変なことでもあった?」

途端に羽村の顔が暗くなる。嫌そうな表情を浮かべてうなずいた。

「アイドル時代?」

「はい」

「やっぱり、つきまとわれたんですか」

「ありました」

それが嫌な記憶で残っているのか。きつい経験は、トラウマに変化して残ってしまうのかもしれない。

南美が店員を呼び、料理を注文した。酒は……軽いものにしておこうと、岩倉はビールを頼んだ。今日も三十度を超える最高気温だったから、ビールがちょうどいい。結局三人とも生ビールにした。

「俳優一本で勝負するようになって初めての舞台だから、緊張してるんでしょう」岩倉は軽く会話を転がした。

「岩倉さん、舞台はご覧になったんですよね」羽村が探るように訊ねた。

「初日にね。初日に観に行くのは趣味が悪いそうだけど」

「まだ芝居が固まってませんからね。一ヶ月の公演なら、半分を過ぎたぐらいで、ようやく作品として完成する感じです」

「でも、初日までにリハーサルは入念にやってるんでしょう?」

「客席の反応で舞台は変わっていくんです。それが芝居の楽しみだと思うんですけど……すみません、まだそんなこと言える立場じゃないですけど」

「いやいや、あんな大きな舞台に立って芝居をしてるだけで、大したものだと思うよ。

素人の感想で申し訳ないけど」

「でも、観に来る人は素人ですから」

「観るプロもいるんじゃないかな」それこそ大友のような。大友のように舞台を観まくっていれば、いろいろと細かいことに気づくようになるだろう。

料理が次々に並び始めたので、岩倉はその後、無難な会話を選んだ。食べながら、呑みながらでは、事件に関係するシビアな会話は無理だ。

「ここ、芝居の関係者が多い店なんですよ」南美が小声で切り出した。

「そうなんですか？」

「上で芝居をやっている時は、だいたいはねた後で誰か来てますから」

「今日は？」

「いないですね」店の中をざっと見回して羽村が言った。ビールの酔いが回ってきたのか、多少はリラックスしているようだった。

三人ともせいろで締めてお茶をもらい、岩倉はようやく本題に入ることができた。

「昔のことがあって、心配なんですか？」

「ええ」

「昔も警察沙汰になったりした？」

「いえ……結局いつの間にか消えちゃったんですけど」

「その時は、正体は分かったんですか」

「ええ。プレゼントとかすごくて……名前も書いてありました。プレゼントはありがたいんですけど、待ち伏せされたりすると、神経がピリピリします」

「それがずっと続くと——」

「休養しました。怪我ということにして」

「そんなに大変だった?」あまりにも神経質過ぎる感じがした。

「気が弱いのは自分でも分かってます。でも、こっちから攻撃に出るわけにはいかないし、だったら僕が引っこむしかないですよね」

「ああ……でも、アイドル時代に休養なんて、大変だったでしょう。キャリアにブランクができてしまう」

「しょうがないですよ」羽村が寂しげに笑った。「それぐらいしか方法がなかったですから。事務所も警戒してましたし」

「向こうが手を出して、物理的な被害が出たりすれば、警察に任せればよかった。最近は、警察もストーカー被害に関しては真剣に捜査するようになってるから」

「そこまでじゃなかったんですよねえ」羽村が首を捻った。「毅然としてればよかったのかもしれないけど、それができなかったのが失敗ですね」

「人気商売だから、激怒するわけにもいかないしね」

「そもそも激怒なんかできないですよ」

こんな弱気で、俳優としてやっていけるのだろうか。大友が言っていたが、特に舞台関係では、まだまだ厳しい演出家も多いという。俳優の演技をとことん引き出すために、精神的に追いこむような叱咤激励も珍しくないそうだ。弱気――というか優しい性格では、そういうやり方にはついていけないのではないだろうか。

もっとも、実際にどうなのかは岩倉には分からない。芝居に関しては完全に素人なのだから。

「とにかく、今回はあまり大袈裟に考えないで……物理的な被害もないんですから。それにこちらはもう、向こうの正体を知っている。警告することもできるし、いざとなったら警察が乗り出しますから」

「それも困るんですけどね。警察沙汰になったら……」

「確かにあまり格好のいい話じゃないね」岩倉は認めた。「スキャンダルがご法度というのは、私にも理解できます。なるべくそうならないように、気をつけましょう。まあ、一度警告しておけば、それで何とかなるんじゃないかな」

ストーカー行為をする人の性格は様々だが、中には弱気な人間もいる。正体を知られたと分かった瞬間、大変なことをしたと実感して姿を消してしまう人間も珍しくない。

麻奈美もそういうタイプであって欲しかった。

芝居のスケジュールは無事に消化され、千秋楽を迎えた。岩倉はその後羽村に会うことはなかったが、南美とは何度か連絡を取っていた。岩倉が名前と住所を割り出して以来、麻奈美は一度も接触してきていないという。もしかしたら、自分が探られていることに敏感に気づいたのかもしれない。

「いずれにせよ、何もなければそれでよしとしましょう。こちらから余計なことをする必要はない。刺激すると、かえって危ないことになるかもしれない」

「そうですね。とにかく、今回はお世話になってしまって……無事に千秋楽を迎えられそうです。何とお礼を言っていいか」

「羽村君はどうしてますか？」

「何とか乗り切れそうです。俳優としていい第一歩を踏み出せました。岩倉さん、お礼に食事でもどうですか？」

「それは改めてにしましょう。今日は千秋楽——舞台関係者の打ち上げもあるでしょう？」

「ええ。それでは、またご連絡差し上げるということでよろしいですか」

「お待ちしています」

3

悪い気分ではなかった。仕事ではなくボランティアとはいえ、困っていた人を助けることができたのだから。この場合、食事ぐらい奢《おご》ってもらっても悪いことはないだろう。決して賄賂ではない。単なる厚意だ。

翌朝、岩倉はいきなり底に叩き落とされた。きっかけは一本の電話である。かけてきたのは、捜査一課の後輩刑事・宮尾《みやお》。申し訳なさそうな声で、いきなり言い訳から始めた。

「朝っぱらからすみません。俺も今、叩き起こされたばかりで」

「そういうのはいいから、どうした？」この男は普段から、言い訳が多いのだ。

「殺しです。現場に集合、という指示です」

「場所は？」

「東急田園都市線の用賀ですね」

「用賀？」その瞬間、嫌な予感に襲われる。すっと思い出した住所を告げた。「もしかしたら、用賀一丁目九番地じゃないか？」

「何で知ってるんですか」

「被害者の名前は吉原麻奈美だな」

「ガンさん、何でそれを……」

「とにかく現場に行く。自宅でいいんだな?」

「はい」

ベッドから抜け出して壁の時計を確認する。午前五時……普段より一時間半ほど早い起床だった。

まずいな、と嫌な予感が走る。どういう事件なのかは確認しなかったが、羽村に疑いがかかる恐れもあるのではないか? 羽村の名前が出たら、自分が「ボランティア」としてかかわってきたことが明らかになってしまうかもしれない。そうなると、いろいろ面倒なことになる。

先手を打つべきかもしれない。

しかし、どうやって?


現場は、麻奈美の自宅のすぐ近くの路上だった。通報は、午前三時半過ぎ。「女性の声で悲鳴が聞こえた」と一一〇番通報があり、所轄の当直担当者が駆けつけると、若い女性が倒れていた。すぐに病院へ搬送されたが、到着時死亡を確認——胸と首に刺し傷があり、殺人事件と断定され、本部の捜査一課にも出動要請が出た。

話は単純だった。しかし、面倒なことに変わりはない。

岩倉が現場に着くと、既に係長の竹下《たけした》が来ていた。難しい表情で、現場を調べる鑑識の様子を見守っている。

「係長」

「ああ、ガンさん」岩倉の顔を見ると、少しだけほっとした表情になる。

「ちょっといいですか」

「何だ？」

「内密の話が」

岩倉は、竹下の腕を引いて、近くの路地に入った。

「実は、被害者を知っているかもしれません」

「ああ？」竹下が目を剝いた。「ガンさんの知り合いなのか？」

「そういうわけじゃない――俺は知ってますけど、向こうは知らないと思います」

「意味が分からん」

岩倉は事情を説明した。竹下の眉間の皺が次第に深くなる。

「ガンさん、それはバイトなのか？」

「知り合いから頼まれて、ボランティアですよ。もちろん、費用は発生していません」

「ガンさんに限って、バイトや副業はしないだろうけど……とにかく、被害者はストーカーだったのか」

「本人に直接ぶつけたわけじゃないですけどね。その現場は、俺も見てます」

「ストーカー行為は、結局どうなったんだ?」

「一応、このところはつきまとわれることはなくなっていたようですけど……」

「状況的に、通り魔や強盗の可能性もある。しかし、その俳優さんには話を聴かないといけないな」

「いや、彼は関係ないでしょう。いわば被害者ですよ」

「もしかしたら、被害者転じて加害者になったかもしれない」

「俺の感覚では、ありえないですね」

「その決めつけは駄目だぞ、ガンさん」竹下が釘を刺した。「初動捜査は通常通りに行うが、それで何も出てこなかったら、復讐説も考えた方がいいだろうな。今日、明日は通常の捜査をして、その後事情聴取をしないと。ガンさん、その俳優さんとは連絡が取れるのか」

「直接は無理ですね。マネージャーには電話できますが」

「その件、頼むことになるかもしれない。頭の片隅に置いておいてくれ」

「はあ……」嫌な仕事だ。しかし、仕事は仕事。その時になったら、気持ちを切り替えなければならない。

二日後、朝の捜査会議が終わった直後、岩倉は竹下に声をかけられた。

「ガンさん、やっぱりその羽村という俳優を呼ぼう」

「いや、しかし……」

「ここまで、何の手がかりもない。強盗や通り魔の線は捨てられないが、そろそろ別の方向へ捜査の手を広げてもいいだろう」

「彼は、人を殺すようなタイプじゃないですよ」一緒に呑んだ時の、気弱な様子を思い出す。どれだけ追いこまれたとしても、あの男が暴力的な手段に出るとは考えられない。

「それは、ガンさんの個人的な印象だろう。とにかく話を聴いてみようじゃないか。今まで、被害者の交友関係でも、おかしな線は出ていない。こういう時は、少しでも手がかりになりそうなことを追いかけていくしかないんだよ。そんなの、捜査の基本中の基本だろうが」

「……分かりました。話は俺が聴きます」

「今回は宮尾に任せよう」

「宮尾？　あいつはまだ経験が足りませんよ」

「いや、あいつには取り調べ担当の素質がある。俺はこれから、あいつをうちの係の取り調べ担当に育てたいんだ。倉《くら》さんの引退も近いしな」

この係で、岩倉より年上なのは、係長の竹下と、取り調べ担当の倉田《くらた》だけだ。捜査一課では、各係に取り調べ担当が一人いて、逮捕した容疑者の取り調べは完全に任されている。取り調べは一種の特殊技能とみなされているのだ。

「宮尾は、倉さんにはかなわないですよ」

「それを言ったら、俺だってガンさんだって倉さんにはかなわないだろう。今、捜査一課で取り調べの達人といえば倉さんだ。大友鉄が戻ってくれれば別だがな」

大友も取り調べの名人と言われている。どんなに頑固な容疑者でも、大友の前に座ると自然に話し出してしまう……明らかに一種の特殊能力だ。

「とにかく、係の取り調べ担当は固定しなくちゃいけない。長い目で見た場合、宮尾を鍛えるのが一番いいんだ」

「俺じゃ駄目なんですか」

「ガンさんは、その俳優さんと知り合いだろう？　知り合いが担当するのは駄目だよ。客観的になれない」

「まあ、そうですね」要するに、厳しい取り調べができなくなるということか。それは確かにそうなのだが……岩倉自身、自分が羽村を絞り上げている場面が想像できない。

「記録担当に入ってサポートするぐらいならいいけど、主役は宮尾だ。すぐに準備してくれ」

「……分かりました」

羽村より先に、南美がパニックになるのでは、と岩倉は懸念した。

予想通り、特捜本部の置かれた署を訪れた南美はパニックになった。車から降りるなり、いきなり岩倉に激しく詰め寄って来たのだ。

「どういうことですか！　まさか翔が殺したとでも言うんじゃないでしょうね」

「そういう話じゃありません」言ってから、岩倉は唇の前で人差し指を立てた。

「……何ですか？」

「大きな声を出すと目立ちます。警察署には新聞記者も来ますから、気づかれるとまずいでしょう」

「それは――」南美の顔から血の気が引いた。「分かりました。あの、私も同席して構いませんか」

「それは困ります」

「翔一人で？　それは駄目です。一人じゃ何もできない子なんですから」

「もう二十五歳ですよ？　立派な大人でしょう」

二人はしばらく言い合いを続けたが、この状況で南美が勝てるわけもない。結局、事情聴取が終わるまで駐車場で待機、ということで話がまとまった。

「二時間ぐらいで解放してもらえますか」南美が頼みこんだ。

「何かあるんですか」

「打ち合わせです。ＣＭの関係で、代理店とスポンサーとの顔合わせです。これは絶対に外せません」

「取り敢えず、二時間はもらえますね？」

「ええ」嫌そうな表情で南美が言った。

岩倉は周囲を警戒しながら、羽村を二階の刑事課に連れて行った。マスコミ関係者に見られたらまずい……最近の警察《サツ》回りは、所轄にまめに顔を出すわけではないのだが、それでも用心するに越したことはない。取り敢えず誰にも見られなかったと確信し、羽村を会議室に入れる。本当は取調室を使うべきなのだが、岩倉は強硬に反対した。彼は容疑者ではない。あくまで参考人として事情聴取するだけではないか。

「こういうのも、参考になるかもしれないよ」羽村を落ち着かせようと、岩倉は軽い口調で言った。

「参考、ですか？」

「そのうち、刑事ドラマに出るかもしれないじゃないか。実際に警察官がどんな話し方をするか、ここで経験しておくのもいいんじゃないか」

「こういう経験は、あまりしたくないですけどね」羽村の声は暗い。

それはごもっともなのだが、それぐらい軽い気持ちでいてもらわないと。

会議室には、既に宮尾が待ち構えていた。何も言わずとも、張り切っているのは分かる。宮尾自身、取り調べ担当を希望していて、倉田にくっついてしょっちゅう話を聞いているのだ。今まで身につけた知識を実践に活かすチャンスだと思っているのだろう。

「捜査一課の宮尾です」

羽村が座るなり、宮尾が切り出した。一度座った羽村が慌てて立ち上がり、深々と一礼する。そこまで頭を下げなくていいのに……と岩倉は不安になった。このままだと、宮尾に完全にペースを握られてしまう。

取調室では、記録担当は容疑者と取り調べ担当に背中を向ける。しかしここは会議室なので、岩倉は対面している二人を正面から見られる位置に陣取ってノートパソコンを立ち上げた。

「始めます。お名前と生年月日、住所からお願いできますか」

羽村が低い声で話し始めた。岩倉は彼の声が聞き取れず、少し近づくことにした。羽村は早くも額に汗をかいている。Ｔシャツから突き出た細い腕は頼りなく、かすかに震えているようだった。

「吉原麻奈美さんという女性をご存じですね」

「いえ、知っているというか、知らない……直接は知りません」

「知ってるんですか、知らないんですか」宮尾が早くも追い詰めるように身を乗り出す。

「直接は知りません」羽村が繰り返した。「名前は知っています。でも、どういう人かは全然知りません」

「何をした人ですか」

「あの……ストーカー……」

「何ですって？」

宮尾が大袈裟に耳に手を当て、首を傾げる。相手を馬鹿にしたようなその動きを見て、羽村が顔を引き攣らせながら身を引いた。岩倉は早々に介入しようと思ったが、さすがにいくら何でも早過ぎる。

「……ストーカーです」小声で羽村が言った。

「この女性が、あなたを追い回していたんですね」

「はい」

「具体的な被害は？」

「それはないです」

宮尾が、ちらりと岩倉の顔を見た。岩倉が羽村の相談に乗っていたことは、当然宮尾も知っている。その目つきを見た限り、彼がそれを快く思っていないのは明らかだった。

「それでもあなたは、嫌な思いはしましたね」

「それは……はい。つきまとわれると、それだけで不快だし不安です」

「三日前――三十一日の夜から一日の朝にかけて、どこにいましたか」

「え？」

「三十一日の夜から一日の朝にかけて、です」宮尾が繰り返した。

「三十一日は舞台の千秋楽で……」

「三軒茶屋で行われていた芝居、ですね」

「はい」

「終わったのは？」

「午後九時です」

「その後どうしました？」宮尾が矢継ぎ早に質問をぶつける。

「打ち上げでした」

「場所は？」

「三軒茶屋のイタリアンレストランです」

「店の名前は？」

それまで普通に答えていた羽村が一瞬口籠る。テーブルに置いたスマートフォンに手を伸ばし、伏目がちに宮尾を見た。

「見ていいですか」

「どうぞ」

羽村がスマートフォンを操作し、店名を告げた。岩倉はそれをメモすると同時に、パソコンで店名を検索した。この店は実際に、三軒茶屋にある。羽村が訪れていたかどうかは確認できるだろう。

「打ち上げは何時から何時まででした？」

「十時から十二時……二時間ですね」

「その後は？」

「二次会でした」

宮尾が手帳から顔を上げた。メモしていた気配はないが……しかし、宮尾のごく自然な動きに、羽村がびくりと身を震わせる。落ち着け、と岩倉は陰ながら応援した。宮尾はまだ、きつい質問を一つも出していないぞ。

「二次会の場所は？」

「それは……」羽村が口籠る。

「どこですか？　三茶？」

「いえ、渋谷だった……と思いますけど」

「覚えてないんですか？」

「すみません」羽村がうなだれるように頭を下げる。「酔っ払ってまして」

「家に帰ったのが何時か、覚えてますか？」

「すみません、それも……」羽村がみるみる元気を失っていく。自分が窮地に追いこまれつつあることは意識しているようだ。

「次の日――一日には仕事はなかったんですか?」

「オフでした」

「どこにいたか、何時に家に帰ったか、確認はできませんか?」

できる、と岩倉には自信があった。一瞬見ただけだが、羽村のマンションはかなり高級な物件である。当然防犯カメラもあるはずで、その映像を確認すれば羽村の出入りが分かるだろう。

「それは……分かりません」羽村の顔は目に見えて蒼くなっていた。

「では、一日の午前〇時から朝にかけて、どこにいたか、何をやっていたか、証明できないんですか?」

「分かりません」羽村が繰り返し言った。既にかなり追いこまれている感じである。

宮尾はなおも、犯行時刻前後の羽村の行動を確認し続けた。しかし羽村の記憶は戻らず、まったくまともな答えが返ってこない。そのうち、こめかみを汗が流れ始めた。

「羽村さん、酒は弱いんですか」岩倉は思わず助け舟を出した。

「はい。みっともないですけど……」

「呑んで意識がなくなることもある?」

「すみません。そういうこともあります」

「一次会が終わった時、誰と一緒に店を出たか、覚えてますか？　マネージャーさんは一緒でしたか？」

「たぶん……」

「宮尾、五分休憩してくれ」岩倉は割って入った。

「何なんですか」宮尾が鋭い視線を向けて抗議してくる。

「確認する」

岩倉は立ち上がってスマートフォンを手にし、南美に電話を入れた。彼女は待っていたように反応した。

「千秋楽の夜の羽村さんの行動を確認したいんですが。終わってから三軒茶屋のイタリア料理店で打ち上げだったんですよね？」

「ええ」

「その後は？　二次会はどこだったか分かりますか」

「たぶん、三宿《みしゅく》のバーだと思います。私は行ってませんけど」

「誰か一緒だった人は？」

「それは分かりません」

バーの名前を確認して電話を切った。宮尾はずっと黙ったままで、依然として岩倉を睨みつけている。岩倉は冷静な声で、羽村にバーの名前を告げた。

「たまに行くバーです」羽村が認める。

「その日行ったかどうかは？」

「覚えてません」羽村が力なく首を横に振った。

時間一杯、二時間近く事情聴取が続いた。しかし宮尾は、有益な情報を絞り出せなかった。終わって羽村を車に送り届けた後、嚙みついてくる。

「何なんですか、ガンさん。相手を庇って……弁護士じゃないんですよ」

「はっきりしないことは、決めつけない方がいい。間違いの元だ」

「分かりますけど……怪しいですよ。ストーカーに悩まされて、逆襲したとは考えられませんか？」

「彼が深夜に三宿のバーにいたかどうか、家に何時に帰ったか、それは確認できる。これ以上突っこむなら、そういうことを調べてからだな」

結果は——羽村不利、と竹下は翌朝の捜査会議で判断した。羽村は三宿のバーに、午前一時前に姿を見せた。そこを出たのはたぶん二時半頃。自宅マンションの防犯カメラには、午前五時頃にふらつきながら入っていく羽村の姿が映っている。つまり、午前二時半から五時まで、二時間半ほどのアリバイがないわけだ。ちょうど犯行時刻と重なる。

「家宅捜索《ガサ》をかけましょう」宮尾が勢いこんで言った。

特捜本部の大勢がそちらに傾きつつあるのを察知して、岩倉は「ちょっと待って下さい」と声を上げた。宮尾が、うんざりした視線を送ってくる。岩倉は立ち上がった。

「羽村は、気の弱い男です。ストーカー被害に遭っても、警察に相談するのを恐れていた。そして心の動揺が演技にも出てしまうような人間です」

「ガンさん、いつから演劇評論家になったんだ」

竹下がからかうように言ったが、岩倉は無視した。

「とにかく、少し被害者の周辺を調べさせて下さい」

「羽村を叩く方が早いぞ」

「被害者周辺の捜査は、まだ十分じゃないと思いますよ」

「ま、好きにしてくれ」竹下が、あっさり岩倉をリリースした。

毎度のことだ。特捜本部の方針は、何かのきっかけで一気に決まってしまう。多少の疑問点などがあってもスルーされ、後で無理に帳尻合わせされることも珍しくない。

岩倉はそれが我慢できなかった。誰かがストップをかけないと、とんでもない冤罪事件が起きてしまったりする。

こうやって一人の戦いが始まることはよくある。結果は勝ったり負けたり……いや、これは勝ち負けの問題ではない。

一人の人間の人生がかかっている。

4

「じゃあ、麻奈美さんは、『ウィザード』時代から羽村さんを追いかけていたんですか」

岩倉は手帳から顔を上げた。目の前には、麻奈美の会社の同僚、高木《たかぎ》絵梨《えり》。同期入社で、二人とも羽村のファンということで意気投合したのだという。

「そうですね。結構長いですよ」

「あなたも羽村さんのファン?」

「いえ、私は『ウィザード』箱推しなので」

「箱推し?」

「誰か個人じゃなくて、グループ全体のファン、という意味です」そんなことも知らないのかと言いたげな表情で絵梨が説明した。

こういうことに関しては、岩倉はてんで弱い。世の父親たちは子ども経由でアイドルの情報を入手したりするのかもしれないが、岩倉の娘は、そちら方面にまったく興味がないのだ。

「今でもかなり入れこんでいたんですね」

「そうですね。今回の舞台も楽しみにしてましたから」

「彼女が、羽村さんをストーキングしていたのは知っていますか?」

「まさか」絵梨が目を見開く。「そこまでは……いや、そんなこともないですかね。羽村さん単推しだったし」

「それは箱推しに対する単推し、ですか」

絵梨がうなずく。表情は暗い。同僚、そして友人が殺されて、警察に事情を聴かれているのだから、動揺しない方がおかしい。

「ストーカーなんて、全然気づきませんでした」

「会社で、様子がおかしかったりということはなかったですか?」

「ないです。趣味は趣味で、仕事とは切り離してましたから」

「そんなものですか?」

「そうしないと、生活の百パーセントがアイドル中心になってしまうでしょう。そうなったら生活崩壊ですよね」

今度は岩倉がうなずく番だった。熱心ではあるが、社会人として節度のある趣味だったと言うべきだろうか。

「こういう世界のことはよく分からないんだけど、相手をストーキングするほどのめりこむことは、よくあるのかな」

「そんなことないですよ」絵梨が慌てた様子で首を横に振った。「お金も続きませんし、他にもやることはありますしね。でも、中には……」

「そういう人もいる？」実際、麻奈美がそうだった。毎日のようにつきまとっていたら、普通の生活も送れなくなるのではないか。「麻奈美さんがそうだったんじゃないですか」

「そんなこともないですよ」

「仕事に差し障るようなことは？　お金も続かないじゃないですか」

「仕事は普通にしてました。元々、そんなに追いまくられるような仕事ではないので」

麻奈美と絵梨は、食品メーカーの同じ職場——市場調査部門で働いている。今日の事情聴取も、「五時を過ぎたらいつでも大丈夫」ということで、会社のすぐ近くにあるカフェで会っていた。

「それに麻奈美は実家暮らしですから。私と違って、給料は全部趣味に注ぎこめるんです」

「あなたは、一人暮らし？」

「はい。東京は、家賃が高いから大変です」絵梨が寂しげな笑みを浮かべた。「やっぱり、実家暮らしの人は、使えるお金の額が違いますよ。麻奈美もそうだし、玲那《れな》なんかも……」

「玲那さん？　その人は？」

「同僚です。やっぱり羽村君のファンで」

「同じ会社に、そんな熱心なファンが三人もいるなんて、不思議ですね」

「え？　何でですか？　ウィザードは武道館をいつでも満員にできるぐらいの動員力があるんですよ？　百人いたら、三人ぐらいファンがいてもおかしくないでしょう」

世の中には、自分の知らないことがいくらでもある、と岩倉は反省した。今更、アイドルについて学んでも、仕方ないかもしれないが。


翌日、二日続きで同じ会社の女性社員と会ったのだが、昨日とのあまりの違いに、岩倉は一瞬言葉を失った。絵梨は普通の会社員という感じだった——化粧は控えめ、服装も地味なグレーのスーツ——が、木谷《きたに》玲那という女性は、食品製造会社という地味な職種の社員らしくない派手な見た目だった。髪には金色にメッシュを入れ、露出の多い夏服を着ている。会社でこの格好をしていたら、周りの人は目のやり場に困るのではないだろうか。何しろスカートが、膝上二十センチだ。幸い、座って岩倉と相対した時には、下半身はテーブルの下に隠れてしまったが。外見のことには触れないようにしよう、と岩倉は決めた。

「麻奈美に何があったんですか？」

「それは今、調べています」

「噂で聞いたんですけど、翔が警察の取り調べを受けたって……本当ですか？」

「捜査途中のことについては、何も言えません」

まずいな、と思いながら岩倉は言った。羽村に対する事情聴取は、まだ一回しか行われていない。現時点では、依然として容疑者でもない。それなのに、こんな情報がどこから漏れたのだろう。当然、捜査一課の上層部には「殺人事件に関して人気アイドルを事情聴取した」という情報は入っている。それが新聞記者に流れてもおかしくはない。ただし、この程度の話では新聞は書かないものだ。代わりに、知り合いについ話してしまったり、ということは考えられないでもない。

「翔はそんなこと、しませんよね」

「今の段階では、彼はストーカーの被害者です」

「麻奈美がストーカーしていたっていうんでしょう？　それ、本当なんですか？」

「事実です。羽村さんがかなり神経質になっていたのも間違いありません」

「麻奈美、そんなことするタイプじゃないのに……」

「そうなんですか？　羽村さんが『ウィザード』を卒業してから、それまでよりもしつこく追いかけ回すようになった、と聞いていますけど」

「うーん……」玲那が顎に人差し指を当てた。「あの子とはあまり話したこと、ないんだけど、何かあったのかな」

「例えば？」

「ライバルとか」

「ファン同士の間で、そういう関係があるんですか？　あなたも？」

「あ、私は推し変したんで」

またアイドル用語か……同じグループの中で「推し」が「変わった」ということだろうと推測し、そのまま話を続ける。

「まだ『ウィザード』のファンではあるんですね」

「元々翔のファンだったんですけど、何でしょう……卒業が決まったら、急に憑《つ》き物が落ちたみたいになって」

「それは、『ウィザードの羽村翔』だからファンだった、ということですか」

「まあ……噂なんですけど、変な話を聞いたんです」

「また噂ですか」この人はどれだけ噂が好きなのだろうと岩倉は呆れた。SNSで流れてきた、根も葉もない話を事実だと信じこんでしまうタイプかもしれない。

「でも、この噂は信憑性《しんぴょうせい》が高いと思いますよ」

「SNSの情報とかですか？　そんな、どこの誰が流したか分からないような情報
――」

「違います」玲那が急にむきになって反論した。「ファンの間だけで流れる話ですから、普通にSNSで入ってくる情報や、スポーツ紙なんかが書く情報よりも、よほど信用できると思いますよ」

「なるほど……その噂って、何ですか」

「翔は、つき合っている人がいて、それで脱退じゃなくて実質的に馘《くび》になったって」

「『ウィザード』は恋愛禁止なんですか？　今時そういうのは、流行らない感じもしますけど……」そもそも人権問題のような気もする。

「恋愛禁止じゃないですけど、問題を起こしたらまずいでしょう」

「何の問題？」

「相手を妊娠させたりとか」

「ええ？」まさか、その相手が麻奈美ということはないだろうな……少なくとも解剖結果では、麻奈美は妊娠していないことが明らかになっているが。

「噂ですよ、噂。でも、いかにもありそうな話なんですよね」

「相手は？」

「浜崎美英《はまさきみえ》って知ってます？」

「いや……聞いたことがない名前ですね」

「地下アイドルですよ。今何してるかは分かりませんけど、二、三年前までは都内のライブハウスなんかに出演してました。翔はその子を妊娠させて、揉めて、その責任を取る形で卒業したって……」

「『ウィザード』って、一流アイドルですよね？」

「もちろんです」玲那が胸を張った。

「その一流アイドルと地下アイドルの間で、出会いとかあるんですか？　住む世界が違うような気もするけど」

「中学校の同級生らしいんです」

「なるほど……」

そういうことならつき合いがあってもおかしくない。男性の方は国民的アイドルになり、女性は地下アイドルとして地味な活動を続けていても、昔からの知り合いという絆は強いだろう。芸能人同士というより、幼馴染みの感覚だったのではないだろうか。

「それで、卒業のタイミングで、結構ファンは離れたみたいです。だから翔も、舞台の方に力を入れるようにしたんじゃないかなって……よくあるでしょう？　不祥事を起こしてテレビから消えた芸能人が、再起を期すために舞台から始める、みたいな。嫌な人は観にいかなければいいわけですから、テレビとは事情が違うでしょう？　スポンサーの意向も関係ないし」

「なるほどね……」こういう話にはできるだけ関わりたくない、と思う。魑魅魍魎《ちみもうりょう》の世界というか、一筋縄では解明できないような気がする。

しかし、ここは調べていかねばならない。羽村がトラブルを抱えていたとしたら、それこそ事件のきっかけだったかもしれないのだ。

調べてみると、浜崎美英という女性は、既にアイドル活動を辞めて、実家の商売を手伝っていることが分かった。杉並にあるコンビニエンスストア。

店を訪ねると、美英はちょうど店番をしているところだった。話を聴きたいと言うと、一瞬目が泳ぐ。噂は本当なのだろう、と岩倉は予想した。

美英はレジを学生らしいアルバイト店員に任せ、岩倉と一緒に外に出た。美英は、岩倉と顔を合わせようとしない。岩倉はすぐに本題を切り出した。

「昔、アイドル活動をしていたそうですね」

「もうやめました」美英が即座に答える。

「どうして？　もったいないな」コンビニエンスストアの制服を着ていても、どこか華やかな雰囲気がある。長身でスタイルがよく、歌い踊っていたら派手で目立つだろう。

「そんな、上手くいくものじゃないです」美英が消え入りそうな声で言った。

「何年ぐらいやってたんですか？」

「七年……八年？」

「高校の頃から？」

「はい」

「今はやめて、実家の仕事を手伝ってるんですね」

「そうです」美英がしきりに指先をいじった。「あの、それが何なんですか?」

「率直に伺いますけど、あなた、元『ウィザード』の羽村翔さんと知り合いですか? 知り合いというか、中学校の同級生」

無言。話しにくい話題だな、と分かったが、ここで止めるわけにはいかない。岩倉はさらに突っこんだ。

「羽村さんと交際していたという噂があるようですね? 本当なんですか?」

「その件については、言いたくありません」

「言えない、ということですか? そのせいで羽村さんが『ウィザード』を卒業したから?」

「言えません」微妙に言葉を変えて、また否定した。

「その件について、今どうこう言うつもりはないですよ」岩倉は笑みを浮かべた。「お前の笑顔には大した効果はない」と若い頃から馬鹿にされていたのだが、それでも何とか彼女の緊張を解いてやりたかった。「ただ、羽村さんが面倒な事件に巻きこまれている。私は、彼は何もやっていないと思っていますが、疑っている人間もいる。彼が何もやっていないなら、無実を証明してあげたいんですよ」

「でも……」

「今も彼と連絡は取り合っているんですか?」

「……はい」ようやく認めた。

「彼が『ウィザード』をやめたのは、あなたが原因なんですか?」

「翔は、そうは言ってません」

「そうですね。あくまで『次のステージを目指す』『本格的に舞台に挑戦したい』ということでしたね。でも、大変な勇気が必要だったんじゃないですか? 『ウィザード』はトップアイドルで、人気の面でも収入の面でも、羽村さんが辞める理由が見つからない。せっかく苦労して手に入れたトップアイドルの座を、どうして捨てたんですかね」

「翔は舞台をやりたかったんです」

「公式には、そういうことになっていますね」岩倉は少し意地悪な聴き方をした。「でも、舞台に挑戦するなら、もっと後でもよかったんじゃないですか? きちんとしたベースがあれば、三十歳になってからでも再スタートが切れるでしょう。こういう時は、何かトラブルがあったと考えてしまう」

「私は知りません」

「あなたが原因じゃないんですか?」

再び指摘すると、美英がピクリと身を震わせる。当たりだ、と岩倉は確信した。

「あなたと交際していたことが原因で、『ウィザード』を卒業した、という噂が流れているそうですね。羽村さんは、アイドルとしての立場よりも、あなたを選んだんじゃないんですか」

「私は……」

「今もつき合っているんですか？」妊娠の噂は嘘かもしれないが、交際が続いている可能性は高そうだ。羽村も、アイドルをやめてしまえば、堂々と彼女とつき合えるはずだ。彼女が「翔」と下の名前で呼んでいるのはその証拠ではないか。

「私は……」

「羽村さんをストーキングしていた女性が殺されました……度を過ぎたファンという感じですけどね」

「翔は何もしていません！」

いきなり美英が顔を上げ、岩倉の目を真っ直ぐ見た。それで岩倉の中で疑念が一気に膨らんできた。

「何かしたとは言ってませんよ」

それで美英が黙りこんだ。唇を硬く引き結び、二度と話さない、と強く決意したようだった。岩倉は一歩踏みこんだ。

「先月の三十一日から今月の一日にかけて、何をしていましたか？」

「仕事です」

「ここで？」岩倉はコンビニエンスストアの看板を見上げた。

「はい」

「家族経営といっても、当然勤務の記録はつけていますよね？　そうしないと滅茶苦茶になる」

「仕事してました」美英が繰り返す。声からすっかり感情が抜けている。

「じゃあ、勤務記録を見せてもらえますか？　それで確認します」

「それは……」

「行きましょう」岩倉は入り口に向かった。自動ドアが反応して開く。レジについていた若い女性店員がこちらをちらりと見た。

「駄目です」

「何が駄目なんですか？」

「私は……」美英がうつむく。

「三十一日の夜から一日の朝にかけて、どこにいましたか？」

「言えません」

「どうして」

沈黙。岩倉はさらに突っこみ、「吉原麻奈美さんという女性を知っていますか？」と訊ねた。反応はない。

「知ってますね？」

「……邪魔者です」唐突に美英が認めた。

「あなたたちの交際に関して？」

「あの人は……おかしいんです。本物のストーカーです」

「どうして名前が分かったんですか？」

「翔が教えてくれました」

　自分の責任だ、と岩倉は瞬時に悟った。吉原麻奈美の名前を割り出したのは自分である。それが翔から美英に伝わり……。

「あなたが殺したんですか？」自分の恋人をストーキングし、自分たちの恋愛を邪魔する人間。こじれた感情がエスカレートすれば、殺そうと考えてもおかしくはない。

「違います」

「だったら――」言いかけて、岩倉は口をつぐんだ。

　最悪だ。羽村の無実を信じて動いていたのだが、話はまったく逆の方向へ転がりつつある。

　明らかなミス。これは今さらどうしようもない。

　自分のミスを言い訳するより、事件を解決する方が先決だ。

　岩倉は、隣に美英を立たせたまま、特捜本部に電話を入れた。係長の竹下と話す。

「すぐに羽村翔を引いて下さい」

「ああ？　どういうことだ？」

「彼が犯人である可能性があります」

「話が全然違うじゃないか」竹下がむっとした口調で言った。「ガンさん、無実説だっただろう」

「状況が変わったんです。詳しくはそっちへ戻って話しますが、とにかく準備をして下さい」ちらりと美英を見る。逮捕の話が出てきて、逃げ出すかと思ったが、その場で固まったまま動けなくなっている。

「どういうことなんだ」

「今はちょっと話せません。関係者を一人、そちらへ連れて行きます。特捜できちんと調べます」

「間違いないのか？」

「九割の確率で」美英の言葉を全て信じるとすれば。後は羽村が認めるかどうかだが、美英を庇うために自供する可能性が高い。

女のために、キャリアを全面的に変えた男なのだ。

「とにかく……今夜の捜査会議で謝りますよ」

「別に謝る必要はないぜ」竹下が慰めるように言った。「捜査をミスしたわけじゃない。

あくまで単なる過程だ」

「そうなんですけど、俺的には自分が許せないんですよ」

「いいからさっさと帰って来い」竹下が厳しい口調で言った。「オッサンの反省の弁を聞いても、まったく気持ちよくない。俺もガンさんも、反省しても後に活かせない歳なんだから」

5

「何だか申し訳なかったです」実里が、本当に申し訳なさそうに言った。

「いや、こちらこそ」岩倉は頭を下げた。「こんなことになるとは思わなかった」

蒲田のガールズバー。実里は、舞台の仕事がない時はこの店で働いているのだという。役者さんもなかなか大変だ……。

事件が無事に解決した後、岩倉は彼女に全てを報告する義務があるように感じていた。自分をこの事件に引きこんだのは、彼女なのだから。

「まさか、彼があんなことをするなんて……私が余計な気を利かせて岩倉さんに話さなければ、こんなことにならなかったと思います」

「誰の責任でもないと思う」実際岩倉も、警察内部で責任を問われることはなかった。あくまで親切でやったことで、その結果までは責任を負えない、ということで話はまとまった。

「でも、仲間を追いこんだみたいな感じがして」実里が唇を嚙む。

「一度共演しただけでしょう？　仲間とは言えないんじゃないかな」

「一度でも同じ舞台に上がれば、それでもう仲間ですよ」

「演劇の世界は、そういう感じ？」

「そうですね。だから、やっぱりショックです」

岩倉は無言でうなずき、ハイボールを口に含んだ。比較的静かなガールズバーで、客も少ない。実は、経営者が元々劇団を主宰していた人で、ここで働く女性も芝居に関わる人が多いのだという。急に予定が入っても上手く調整してもらえるし、「バイト先としては最高なんですよ」というのが実里の弁だった。

今回の事件の根底にあったのは、やはり羽村と美英の関係だった。

二人は本当に、羽村が「ウィザード」在籍時からつき合っていた。美英の妊娠に関しては「根も葉もない噂」と二人揃って否定したが、羽村が彼女のために「ウィザード」を卒業したのは間違いない。事務所の方針で、グループ在籍時には結婚は許されなかったのだ。この件で羽村と事務所は何度も話し合ったが、互いにまったく譲り合わず、結局羽村がグループを卒業することで決着がついた。羽村としては、卒業してほとぼりが冷めた頃——一年か二年間隔を置いて、結婚するつもりだったという。

しかしそこに現れた不安要素がストーカーだった。羽村は元々気が弱く、この件を非常に気にして美英にも相談していた。美英は、羽村が「ウィザード」をやめた経緯からも、一種の保護意識を持っており、「私が話をつける」と言っていたのだが、相手の正体が分からない状態ではどうしようもなく……そこに偶然現れたのが岩倉だったわけだ。美英は、羽村の将来を掩護《えんご》する意味で、麻奈美と話して決着をつけようと決め、千秋楽の夜、三軒茶屋の劇場に姿を見せた麻奈美の後をつけた。麻奈美は、羽村の前にこそ姿を見せなかったものの、結局毎日劇場へは来ていたのである。

美英は用賀の自宅まで麻奈美を尾行し、家に入った麻奈美を呼び出して、近くの公園で詰問した。話は平行線を辿ったまま長引き、数時間に及んだ。業を煮やした美英は、その場から羽村に電話をかけて呼び出した。既に二次会の店にいた羽村だが、話を聞くとタクシーを飛ばして、すぐに二人のところへ向かった。

そこから先は、まだ状況がはっきりしない。羽村が相当酔っていたのは間違いなく、現場での記憶が曖昧なのだ。一方美英は「麻奈美が刃物を持っていた」「それを取り上げようと三人で揉み合いになっている時に、間違って刃物が刺さってしまった」と証言している。ただしこれは、信憑性の低い話である。麻奈美の遺体には複数の傷があり、「揉み合い」では説明がつかないだろう。

羽村は黙秘を続けている。アイドルから本格的な俳優への第一歩を踏み出した羽村の逮捕は大きな衝撃をもって受け止められ、芸能マスコミが押しかけて、特捜本部の置かれた所轄は大騒ぎになっている。

いずれ、状況ははっきりするだろうが、岩倉の胸には重いしこりが残った。自分が余計なことをしなければ、そもそもこんな事件は起きなかったのではないか？　いずれはトラブルになっていたかもしれないが……正式に警察に相談し、ストーカー行為に対する忠告を行うことで、悲劇は防げたかもしれない。調子に乗ってボランティアなどと引き受けてしまったのが失敗だったのだ。

二十五年以上も警察官を続け、世の中の酸いも甘いも分かっているつもりだったのに、まだまだだ。自分には、これからさらに成長する余地がある。

「本当にごめんなさい」実里が頭を下げる。「私もお節介でしたね」

「責任があるとしたら俺だ」岩倉はうなずいた。「若い人が三人も人生を無駄にしたんだから、気が重いよ。これからできるだけのことはするつもりだけど」

「私にも、何かできること、ないですか？」

「考えることじゃないかな」岩倉はグラスの縁を指先で撫でた。「忘れずに考えて、二度とこういうミスは犯さないようにする――でも、それが正しいかどうかは分からない」

「きついですね」

「きついね」

それでも実里は穏やかな笑みを浮かべていた。

「岩倉さんぐらいのベテランでも、やっぱり悩むんですね」

「事件は一つ一つ違うからね……何年やっても慣れないよ」

「岩倉さん、何歳なんですか？」

「四十九になった」

「じゃあ、私とちょうど二十歳違いですね。そんな感じもしないけど」

「いやいや、下手したら親子だよ」岩倉は思わず苦笑した。

「お子さんは？」

「中学生の娘がいるけど……今、別居中。いろいろあってね。娘が高校を卒業したら、離婚することになると思う」

「そうなんですか？　岩倉さんも、いろいろ大変なんですね」

「長く生きてると、余計なものが体につくからね。無駄なことは一切考えないで生きていけたらいいと思うけど、なかなかそうはいかない。あなたは？　女優さんもいろいろ大変でしょう」

「うーん」実里が顎に指を当てた。「あまり大変な感じはしないんですよね。基本的に能天気ですから」

二人の視線が一瞬交錯する。何だ？　岩倉は久しく感じたことのなかった感情が胸の中に湧き出すのを感じた。

長く生きていれば余計なものが体につく。自分はまた、新しい「余計なもの」に出会ったのだろうか。事件を介した、とんだ出会いではあるが。

戻る男

1

放火殺人事件の発生から三日目の夜。現場をもう一度見るべきタイミングが来た。

午前二時頃に発生した住宅火災で、遺体が発見されたのは、鎮火して夜が明けた午前六時過ぎだった。解剖の結果、遺体に複数の刺し傷が確認され、住人が殺された後で家に火がつけられた、と推測された。放火事件なら、捜査一課の中でも火災犯捜査係の担当なのだが、放火される前に被害者が殺されていたことは明らかなので、殺人事件の捜査を担当する岩倉剛たち強行犯係も、特捜本部に投入されることになった。

楽な気持ち半分、重い気持ち半分。岩倉は中途半端な気分を抱えたまま、現場へ向かっていた。

慣れた仕事であるが故に、特に重圧はない。いつものように捜査するだけだ。しかし一方で、重い気分が募ってくるのを否定できない。

岩倉は来月——誕生日の前日の四月一日に、警視庁捜査一課から南大田署への赴任が決まっている。サイバー犯罪対策課に研究への協力を迫られ、それが嫌で自ら希望した異動である。これで身辺の騒々しさから逃れられるとほっとしていたが、この異動のせいで、着手したばかりの事件の捜査は中途半端に終わる、という予感がある。岩倉には独特の勘があり、事件が早期解決するか長引くか、発生の段階で何となく分かるのだ。そしてこの事件の捜査には、時間がかかりそうな気がしている。捜査を途中で放り出すのは、どんな時でも気分が悪いものだ。それは分かっていても、今は自分の環境を変えることを優先しなければならない。

特捜本部の置かれた北大田署は、今度の異動先である南大田署の隣の所轄……この特捜本部事件を担当している間に、今までほとんど馴染みのなかった大田区を歩き回ってみようと思ってはいたが、その余裕もないかもしれない。

現場は、北大田署から歩いて十分ほどの住宅街だった。細長い公園の傍で、周囲はほとんど一戸建ての民家である。放火されたのは築四十年の一軒家で、火災はこの家だけにとどまらず、両隣の民家の屋根や壁を少し焼いていた。軒先がくっついているような住宅密集地だったら、被害はもっと大きくなっていただろう。

火災現場の調査は既に終わり、今は焼け跡が無惨な姿を晒していた。その焼け跡を見た限り、さほど広くない家だったと分かる。住人——被害者は七十五歳の無職男性、黒木《くろき》三郎《さぶろう》。商社で定年まで勤め、その後は悠々自適の暮らしを送っていたという。妻には二年ほど前に先立たれ、二人の子どもはとうに独立して、それぞれ仙台と大阪で家族と暮らしている。本人は至って元気で、町内会の活動に積極的に参加し、日課のウォーキングに加えて犬の散歩で体を鍛えていたらしい——ということが、近所の聞き込みで既に判明していた。一人暮らしでも孤立していない、生き生きとした七十五歳の姿が浮かび上がっている。

岩倉は焼け跡の周りをぐるりと一周した。この段階で見ても、何が分かるわけではなかったが、現場には現場ならではの独特の雰囲気がある。オーラ、などという言葉は使いたくないが、やはり事件の「残滓《ざんし》」のような気配は感じられるのだ。今は、まだかすかに残る焼け跡の臭いが漂うのみ……間もなく業者がこの現場を片づけ、土地をどうするかで二人の子どもが話し合うことになるだろう。この火事のせいで資産価値は低くなり、面倒な話になるのは間違いなく、岩倉は子どもたちに同情した。

焼け跡から少し離れた公園の中に入る。少し引いた方が、何かが見えてくることがあるのだ。

何か——今回は、「誰か」だった。

一人の男が焼け跡に近づいて行く。黒いコート姿で、背中を少し丸めていた。横顔を見た瞬間、岩倉は男が何者なのか思い出した。浜口康郎《はまぐちやすお》。年齢は、自分より少し上の五十二歳。接点があったのは、岩倉が一時的に火災犯捜査係に籍を置いていた時だ。一、二度顔を見ただけだが、今でもしっかり覚えている。

複数の点が、いきなり一本の線につながる。

岩倉は公園にある、大きなクスノキの後ろに身を寄せた。完全に姿が隠れるわけではないが、夜だし、向こうからは見えにくいだろう。それでも、自分の姿はできるだけ隠しておかなければならない。以前はかけていた眼鏡もかけていないが、もしかしたらコンタクトレンズを使うようになったかもしれないし。

浜口は焼け跡に立って、家の残骸をしばらく眺めていた。やがて妙に礼儀正しく深々と一礼すると、それまで顎に下ろしていたマスクをきちんとかけた。インフルエンザ対策というより、「顔を隠している」としか考えられない。

隠す理由があるのだ。

浜口は十年前も、放火事件の犯人として疑われていた。その時は容疑が不十分で逮捕には至らなかったのだが、取り調べを見ていた岩倉の感触では、間違いなく犯人だった。

そして——放火犯は、しばしば現場に戻って来る。危険なのは分かっているはずだが、自分の「仕事」の成果を確認したくなる性癖があるようだ。犯行直後に、野次馬に混じって火災を見物していることさえある……今回は、発生から二日が経ってしまっているが、何度も出来栄えを確認する芸術家のような心持ちなのだろうか。

まさか。

浜口は住宅街を、西の方へ歩き出した。感覚的に、駅の方へ向かっているのだと推測する。この辺は、京急と東京モノレールの路線の中間地点だが、最寄駅は京急の大森町駅である。

尾行を始めてすぐ、岩倉は腕時計を見て時刻を確認した。午後九時四十五分。今夜はどうなることやら、とつい溜息が出てしまう。浜口が何をするつもりか――どこへ行くつもりか分からないが、夜中まで振り回される可能性もある。昔は二日続けての徹夜ぐらい何ということもなかったが、間もなく五十歳になる今では、睡眠時間が少し削られただけでもきつい。

この時間、住宅街を歩く人は少なく、尾行は容易《たやす》かった。浜口は、後ろを気にする様子を見せない。もともと、「プロ」の犯罪者という感じではないのだ。何度も逮捕されたことがある人間だと、警察とのつき合いが分かってきて、マークされているかどうか――尾行や張り込みで狙われているのが自然に分かるようになるという。そういう「プロ」は、歩いている時もしきりに後ろを気にするものだ。

浜口は背中を丸め、大股で歩いている。昔からどこかせかせかした人間だったが、十年経ってもそういう性向は変わらないようだ。岩倉は遅れないよう、少しだけ歩調を速めた。

産業道路を渡る直前、信号が赤になって追いついてしまう。すぐに信号が変わって歩き出した岩倉は、敢えて横断歩道の途中で浜口を追い越した。産業道路を渡り終えるとすぐに、細い道を左に折れる。そこで、今歩いて来た道路の方に背中を向けたまま、二十まで数えた。引き返すと、浜口は十メートルほど先行している。横断歩道を渡る時に向こうがこちらに気づいていたとしても、今の二十秒ほどで「消えた」と思わせられたのではないだろうか。

ほどなく、第一京浜を横断する。その先に、既に京急の高架が見えていた。あの先が大森町駅……浜口は予想通り、駅の構内に入って行く。改札を抜け、軽快な足取りで上り線のホームに上がった。

この時間だと、上り線ホームはガラガラだ。気づかれないよう、岩倉は慎重に距離を取って電車を待った。どこまで行くつもりか……この駅には普通電車しか停まらない。程なく品川行きの電車がホームに滑りこんできたので、岩倉は同じ車両の中で、十分な距離を取ってシートに腰を下ろした。車内はシートに空きがあるぐらい空《す》いていて、相手の動きを見逃すことはなさそうだ。

座るとすぐに、捜査一課の後輩、中嶋《なかじま》にメールを打った。

浜口康郎という人物に関して、前科情報等を速攻で集めてくれ。こちらへの電話は不可。

さて、手は打った。既に勤務時間は過ぎているから、中嶋は反応しないかもしれないが、それならそれでしょうがない。岩倉が刑事になった二十年ほど前には、時間帯に関係なく、仕事の指示が来たらすぐに動くべし、と叩きこまれてきたのだが、そういうのはもう時代遅れだろう。そして中嶋は、いかにも最近の若手刑事らしく、自分のプライベートな時間に仕事が食いこんでくるのを嫌う。呑み会にも、何だかんだと言い訳をつけて、滅多に出てこない。

まあ……決して焦る話ではないだろう。取り敢えず今晩中に、こちらで集められる情報を集めておけばいい。

しかし岩倉は、急速に苛立ちが募ってくるのを感じた。中嶋からは返信なし。仕事を無理強いはできないが、やはりすぐに反応して欲しかった。自分が若い頃だったら、十分以内に返信していただろう。

いや、二十代の頃にはまだ携帯もなかったか。

2

翌朝、一人暮らし――離婚を前提に家を出て、岩倉は久しぶりに一人暮らしをしている——のマンションを少し早めに出た。

昨夜は、浜口を尾行して家を割り出していた。京急から都営浅草線を乗り継いだ、蔵前。新堀通りと春日通りの交差点近くにある、古びたマンションだった。一階には、職種は分からないが「橋本商店」という会社が入っている。この会社が税金対策のためにビルを建て、下階を事務所に、上階をマンションにしたのだろうと岩倉は推測していた。四階建てだがエレベーターはないようで、浜口がひどく難儀そうに階段を上がって行くのを岩倉は見送った。もしかしたら、一階の「橋本商店」で働き、上階を「寮」として住んでいるのかもしれない。

結局、朝になるまで中嶋からの打ち返しはなかった。電話を入れようかと何度か思ったが、どうせ朝の捜査会議で顔を合わせるのだ、と自分に言い聞かせた。さらに、顔を合わせても余計な文句は言わないようにしよう、と決める。岩倉も、若い連中を育てる気持ちがないわけではない。ただし、駄目だと判断した人間に対する見切りは早かった。岩倉の中で、中嶋はそちら側に分類されかけているから、無駄な努力をする必要がない。

特捜本部の置かれた会議室に入ると、中嶋が呑気に挨拶してきた。

「おはようございます」

「メール、見たか？」

「チェックしておきました。前科ありです」

何だ、やることはやっていたわけか……だったら、分かった段階で連絡してくれてもよかったのに。そう言うと、中嶋が不思議そうな表情を浮かべる。

「電話禁止だったじゃないですか」

「ああ。尾行中だったんだ」しかし、電話ではなくメールやメッセージなら入れられたわけだ。まったく、機転のきかない奴だ……。

「放火で逮捕されています」中嶋がさらりと言った。

「マジか」岩倉は思わず反応した。

「いつだ？」

「七年前ですね。ただし、警視庁管内じゃなくて、群馬県です」

「どんな放火だ？」

「ええと……」中嶋が手帳を広げる。「製菓会社の倉庫ですね。そこに火をつけて、建物の一部を焼いた」

「製菓会社だったら、中に入っていた商品にも被害が出たんじゃないか？」被害額の多寡は、裁判にも影響する。

「その辺はよく分かりませんが、焼失面積は二十平方メートルぐらいでした。これだと、壁を焼いたぐらいじゃないですかね」

焼失面積の確定はかなり面倒な作業で、消防も警察も毎回手を焼く。この火事はたまたまそれぐらいで済んだだけで、さらに大きな損害が出る恐れもあったはずだ。

「判決は？」

「懲役三年。実刑です。控訴はしてません。ただ、他県警の事件ですから、あまり詳しいことは分からないんですよ」

「捜査会議が終わったら、もう少し詳しく調べておいてくれ。出所後どうしているか、知りたい」

「何かあったんですか」

「それは、捜査会議で話すよ」昨夜のうちに分かっていれば、もっと早く動けたかもしれないのだが……これは、急かさなかった自分の責任だと思う。中嶋は指示通り、手を打って調べてくれていたのだから。

捜査会議は、重苦しい雰囲気で進んだ。これまで、これと言った手がかりはまだ出ていないのである。最近の捜査では、防犯カメラの映像が大きな手がかりになることも多いのだが、現場近くには、防犯カメラがまったくなかった。半径百メートルまで広げても、わずか三台。これまでに、怪しい人物は発見できていない。

報告が終わり、捜査幹部が指示を飛ばそうとしたタイミングで、岩倉は手を上げた。

「ちょっといいですか」

「何だ、ガンさん」係長の千葉《ちば》が疲れた声で言った。

「実は昨夜、放火現場で見かけた人間がいます。以前――十年ほど前に放火容疑で取り調べを受けた人間なんですが、七年前には、やはり放火容疑で群馬県警に逮捕されていたことが分かりました」

かすかなどよめきが生じる。それはそうだろう。これが初めての手がかり――容疑者候補の出現と言っていいかもしれない。

「そいつは何をしてたんだ？」千葉が疑わしげに訊ねる。

「現場を見ていました」

「放火犯のいつものパターンか」千葉が皮肉っぽく言った。

「そのようには見えました」岩倉はうなずいて続けた。「念の為尾行して、自宅らしき場所は突き止めました。蔵前です」

「他の情報は？」

「前科に関しては分かりますが、現状については今のところ、ここまでです」

「分かった……」千葉が、ボールペンを手の先で回す。この話にはあまり乗っていない感じで、会議室の中には依然として重苦しい沈黙が満ちている。「取り敢えず、近所の聞き込み捜査を続行しよう。ガンさん、今の話を後でもう少し詳しく聞かせてくれるか？」

指示が終わり、刑事たちが騒がしく会議室を出て行った後、岩倉は千葉と相談を始めた。

「十年前の件は、どういうことだったんだ？」

岩倉は当時の事情を端的にまとめて説明した。途中、千葉が驚いたように目を見開く。

「さすがだな。自分で取り調べしたわけでもないのに顔を覚えてるわけか」

「一度見れば顔は覚えますよ」岩倉としては普通の感覚だった。

「それで……ガンさんの手応えとしてはどうなんだ？」

「まだ何とも言えませんね。過去に放火事件を起こした人間が、別の放火事件の現場にいた、というだけですから」

「だけど、引っかかってるんだろう？」

その言葉で、千葉は、岩倉が想像していたよりも強く浜口の存在に引きつけられていることが分かった。発生から四日目、指揮を執る係長としては、少しでも捜査が前進したところを上層部に見せておきたいだろう。もちろん、一刻も早く事件を解決したいというのも本音だ。

「もちろん、怪しいことは怪しいですよ。でも、現段階ではそこに全力を注ぐのはどうかと思います。他の線も捜査する中で、こっちもついでに調べてみるぐらいの感じでいいんじゃないですか」

「複数の線か……」千葉が腕組みをする。

悩んでいるな、と分かった。こういう風に手がかりゼロの事件で、初めて容疑者と言えそうな人間が現れた場合、まず全力でその人物に関する情報を収集するのは当然である。犯人なら犯人、そうでないならそうでないとはっきりさせる方針は間違ってはいないし、できるだけ早く白黒つけようとする指揮官がいるのも事実だ。ただし岩倉自身は、この手の性急なやり方を好まない。刑事たちが一斉に同じ方向を向いてしまうと、間違っていた時に引き戻すのにも結構なパワーがいるのだ。

「本音のところ、ガンさんはどう思ってるんだ?」

千葉が訊ねた。というより、アドバイスを求めている。千葉は岩倉より三歳年上の警部で、捜査一課での経験は十分過ぎるほど積んでいるのだが、指揮官としては今一つ決断力に欠ける。そのせいか、この係で年齢的に自分に次ぐベテランである岩倉に助言を求めることもしばしばだった。頼りにされるのは悪い気分ではないが、係長としてはもう少し毅然とした態度で指示して欲しい。特に今回は、火災犯捜査係の池内《いけうち》係長とツートップ体制なのだから、何でも二人で相談して決めればいいのだ。

「まあ……フィフティ・フィフティですかね」

「だったら、取り敢えず浜口の動向を調べてみたらどうかな」その池内が提案した。「今のところ、唯一の手がかりと言っていいんだから」

「そうですね」岩倉はうなずいた。池内は以前強行犯係にいて、岩倉と一緒に仕事をしたこともある。慎重派だが、千葉と違って優柔不断なタイプではない。

「じゃあ、改めて指示する。ひとまずガンさんは、独自に浜口のことを調べてもらえるかな」

池内の指示に、岩倉は素早くうなずいた。一人での捜査も悪くない。若い刑事に教えることは大事だと思うが、この年になると、人に気を遣わず、一人で動く気楽さが気に入っていた。

さて、この件はどう転がるか……岩倉の頭の中では、浜口に関する疑いはまだ五十パーセントだった。動きは怪しいし、過去の犯罪歴も気にはなるが、それだけで今回の犯人と決めつけられない。とにかく焦らず詰めていくことだな、と岩倉は自分に言い聞かせた。

3

取り敢えず周辺捜査だな、と決めて、岩倉は蔵前まで足を運んだ。午前中動き回った結果、俺の勘はちゃんと冴えてる、と一人納得した。調べていくと、浜口は実際に、橋本商店に勤めていることが分かったのだ。橋本商店は紙問屋で、ビルの一階と二階が会社、最上階の四階に社長一家が住み、浜口は三階の一部屋を自分の住居にしていることが分かった。そこまでは何とか割り出したものの、その先が難しい……現在の浜口の様子を調べるためには、橋本商店に勤務する同僚、あるいは社長に話を聴くのが一番早いのだが、こういう時は慎重にいかねばならない。警察に疑われているとなったら、浜口は社内で浮いてしまう可能性が高い。下手したら、会社にいられなくなる恐れもある。浜口は現段階ではまだ容疑者でもないのだから、警察にも人生をつまずかせる権利はないのだ。

既に午後一時、昼飯もまだなので、どこかで食事しながらさらに聞き込みをしよう。この街に住んで仕事をしているのだから、浜口はあちこちに足跡を残しているはずだ。

会社の近くには、食事を取れる店があまりない。しばらくぶらついて、比較的安い天ぷら屋を見つけた。チェーン店でないのに、ランチで千円かからない天ぷら屋は貴重な存在じゃないか……天ぷら屋は今、一人一万円は取られる超高級店か、五百円で済んでしまうチェーン店に二分化されているようで、家族経営の小さな、気軽に入れる天ぷら屋は、年々数が減っているように思う。

ランチタイムを過ぎているので店内はガラガラだった。カウンター席に陣取り、さっとメニューを眺め渡して、ぱっと目に入った「穴子一本丼」を頼む。

出て来た天丼は、丼の直径よりも大きな穴子の天ぷらが一本丸ごと載る、堂々たるルックスだった。他にはししとうの天ぷらのみ。しかしこれは、見た目に驚かされる「出落ち」のようなものだった。穴子と飯だけなので、流石《さすが》に途中で少し飽きてくる。漬物と味噌汁の助けを借りて何とか食べ切ると、異様に腹が膨れた。さすがに五十歳近くなると、ランチに天丼はきつい。本当はざるそばか何かでいいぐらいだ。

食べ終え、カウンターの奥の調理場で洗い物をしている店主らしき男性に声をかける。

「ちょっといいですか？」

ちらりとバッジを示すと、店主の顔が一瞬引き攣った。岩倉は口調を変えずに名乗り、スマートフォンを取り出して浜口の写真を示した。古い免許証の写真——更新はされずに失効していた——なので、今より十歳ぐらいは若いはずだが、極端に変わっているわけではあるまい。

「この人に見覚え、ありませんか？」

「ああ、浜ちゃんね」店主が気楽な調子で言った。

「こちらの常連ですか？」

「常連……まあ、週一回ぐらいは来るかな」

それなら十分常連だと思ったが、岩倉は何も言わずにうなずいた。最初の手がかりをゲットしたという、小さな喜びを嚙み締める。

「ランチですか？」

「そうそう、この辺、ちょうどエアポケットみたいな場所で、飯が食える店があまりないからね」

「この辺で働いている人もいますよね？　皆どうしてるんでしょう」

「自前の弁当かコンビニ飯だよ」

「浜口さん、いつ頃から来るようになったんですか？」

「そうねえ」店主がようやく洗い物の手を止めた。「二、三年前からかな」

「この近くにお勤めなんですよね？」

「そう、橋本商店ね」

「何の仕事をしているか、ご存じですか？」

「さあ、あそこは紙問屋さんだけどね……」店主が首を傾げ、首にかけた手ぬぐいで手を拭った。「浜ちゃんが何をしてるかは知りませんね」

「ここで話はするんですか？」

「するよ」店主が気軽に答えた。「まあ、だいたい競馬の話だね。浜ちゃん、競馬はそこそこ強いんだよ。だいたい年間通してはプラスになってるそうだから」

「それは……強いんでしょうね」ギャンブルに縁のない岩倉には、「強さ」のレベルが分からない。

「俺なんか、確実に毎年赤字だからね」店主が、本気で悔しそうな表情を浮かべた後で、かすかに笑った。「ああいうのも才能なんだろうねえ」

「浜口さん、夜に来ることはないですか？」

「夜？　いや、夜は一回もないな」店主が首を傾げる。「いつもランチだな。酒を呑む人かどうかは分からない」

「どんな人ですか？」

「まあ……そうねえ、静かな人だよ。大人しく食って、週末の競馬で勝ったか負けたかの話をちょっとして、さっと金を払って帰る――ランチのお客さんなんて、だいたいそういう感じだけど」

「橋本商店に来るまで何をしていた人か、ご存じですか？」

「あのさ」店主が眉間にしわを寄せる。「浜ちゃん、何かしたんですか？　警察が話を聴きに来るっていうことは、何かあったんですよね」

「ちょっとした事件の関係です」

「まさか、浜ちゃんが犯人とか？」

「いえいえ」否定して、決して嘘をついているわけではないと自分に言い聞かせた。現段階では、浜口は必ずしも容疑者になったわけでもないのだから。「関係者、というだけです」

「そういう言い方をされると、逆に気にかかるけどねえ。だいたい、浜ちゃんは悪いことをするようなタイプには思えないんだよな。そういうことには縁遠い人……おたくも

「刑事さんなら、そういうの、分かるでしょう」

「ええ」

相槌をうちながら、そんなに簡単なことでもないと岩倉は思った。人は第一印象通りであることが多いとよく言われるが、こと犯罪に関してはそういうわけでもない。いかにも何かやらかしそうな凶暴なルックスの人間が、必ずしも犯罪に走るとは限らないのだ。一方、暴力にはまったく縁がなさそうに見える大人しそうな人が、実は連続殺人犯であったりもする。浜口に関しては何とも言えないが……十年前に取り調べた時の浜口は、確かに大人しそうな感じの男だった。取調室ではすっかり怯えてしまい、声も小さくボソボソと話すだけ。しかし、放火犯が、常に目をギラギラさせて、火を点けられる場所がないかと探しているわけでもない。岩倉は放火犯捜査の経験はあまり豊富ではないし、「常習の放火犯」と対峙した経験はあまりないのだが。

天ぷら屋を出て、岩倉は橋本商店を中心にして近所の聞き込みを続けた。一軒目の天ぷら屋は「当たり」だったが、その他には、浜口が通っている店は見つからなかった。仕事をしている時以外は部屋に籠もり、夕食はコンビニエンスストアで調達している可能性もある。そして都会のコンビニエンスストアの店員は頻繁に入れ替わるから、毎日のように通っても「常連」として認識されるわけではない。

夕方まで聞き込みを続けたが、結局収穫はほぼゼロだった。橋本商店に直接当たって、社員に話を聴きたいという気持ちが強くなっていたが、それはまだ危険だ。

取り敢えず、捜査会議で他の刑事が摑んできた情報を確認しておかないと。急に方針が変わって、刑事の半分を浜口の捜査に割り当てると言っていたから、一人で動いている岩倉よりも、いい情報を集めているかもしれない。しかし、この方向転換は気になった。一気に同じ方向に動き出すと危ない……。

捜査会議では、普段あまりやる気を見せない中嶋が報告の中心になった。自分から率先して手を挙げたということは、何かいいネタを摑んできたのかもしれない。まずはお手並み拝見といこうか。岩倉は腕組みをして、中嶋の報告に耳を傾けた。

「浜口の動きですが、服役して出所した後、しばらく所在不明でした。蔵前の橋本商店に勤め始めたのは、二年ほど前のようです」

「そこは、前科者を積極的に受け入れているような会社なのか?」係長の千葉が疑わしげに訊ねる。

「いえ、そういうわけではないようです」

「会社には直当たりしたのか?」

「まだですが、地元の商工会で話を聴いて、大まかな話は分かってきました。誰かの紹介で橋本商店に入社したようです。会社では、在庫の管理などの総務的な仕事をやっているそうです」

「紙問屋なんて、専門知識がないとできない仕事じゃないのかね」千葉はまだ、中嶋の報告を疑っている様子だった。

「そういうわけでもないようです。それで……家は、会社の上にある部屋に住み込みです。明日、内密に会社の方に話を聴きたいと思いますが、どうですか?」

「そうだな……」千葉が、隣に座る池内に顔を寄せて、小声で相談した。それから中嶋に向き直り「浜口にバレないようにやれるか?」と確認した。

「何とかします」

「浜口本人に当たるのは最後の最後だ。しばらく、夜の監視も続けることにする」

「それと、火災現場付近の新しい聞き込みの結果です」別の刑事が立ち上がる。「浜口は、現場近くで何度か目撃されていました。火災の前にも見かけた、という人がいます」

「その証言は信用できるのか?」千葉が疑義を呈する。

「浜口は、見た目が目立ちますからね」刑事がうなずく。

それは岩倉も認めざるを得なかった。百八十センチ近い長身だし、ごつい顎、太い眉毛のせいで顔のインパクトも大きい。一度でも会った人はその顔を簡単には忘れないだろうし、だからこそ岩倉も、十年前に一、二度顔を見ただけなのにすぐにピンときたのだ。もっとも岩倉の場合、事件関係のことなら努力せずとも自然に覚えてしまうのだが。この記憶力のおかげで解決に至った事件も少なくない。ただしこれが、今はマイナスにも出ている。サイバー犯罪対策課が、「是非研究に協力して欲しい」と頼みこんできたのだ。しかも、別居中の岩倉の妻と共同研究で——妻は城東大で脳科学を研究している。確かに妻も、岩倉の記憶力には昔から関心を持っていたが、それを研究材料にされるなど冗談ではない。人体実験のようなものだし、別居中の妻と顔を合わせる気にもならなかった。

「よし。取り敢えず明日も、放火現場での目撃者探しを続行。橋本商店への事情聴取はできるだけ慎重に……それは、ガンさんに頼みたいんだが」

千葉が話を振って来た。際どい話になるとベテランに任せるわけか……しかし岩倉は、一歩引くことにした。自分でも橋本商店に対する事情聴取は必要だと分かっているが、何となく、このまま真っ直ぐ進む気にはなれない。橋本商店に当たるにしても、もう少し情報を集めてからにすべきだ、と思った。

「もっと周辺情報を集めてからの方がいいんじゃないですか」岩倉はやんわりと反論した。「小さい会社ですから、社長や社員に話を聴けば、必ず浜口本人にも伝わります。そうなったら、証拠隠滅、逃走の恐れも出てきますよ」

「そうならないように監視してるんじゃないか」千葉が反論した。

「それは分かりますが……」係長の言うことにも一理ある。しかし何故か、自分で担当する気にはなれなかった。「まあ、会社への聞き込みは、中嶋たちに譲りますよ。いい経験だからな。なあ、中嶋」

「やらせて下さい」中嶋が真顔で千葉に訴えた。捜査一課に来て初めての大きな事件、そしてその中心に自分がいる、という高揚感を味わっているのだろう。ここで一発大きな手柄を……という感覚は古臭い感じもするが、それはそれで頼もしい。中嶋は普段、ほとんどやる気を見せないのだ。そういう人間が、一転してやる気を見せるのは、悪いことではない。気力のない刑事ばかりが集まるよりも、捜査一課としてはプラスになるのは間違いないのだから。

「分かった。ただし、できるだけ慎重にな。浜口本人には、捜査が迫っていることを知られたくない。必ずしも明日、やる必要はないからな。できれば、正面突破じゃなくて、どこか外で橋本商店の人間と知り合いになって話を聴く、ぐらいの緩い感じでいけ」

「分かりました」

千葉は慎重――というか腰が引けている感じだが、実際にはこれぐらいでいいと思う。何しろ事件は放火殺人だ。極めて悪質で、捜査のミスは許されない。

しかし……多少心配ではあった。中嶋のように経験の少ない若い刑事が、自分の摑んだ手がかりが百パーセント正しいと信じこんでしまうと、引き戻すのは難しい。そして捜査会議では常に、「一番声の大きい人間」が全体の動きをリードしてしまうものだ。岩倉ぐらいのベテランになると、捜査会議の前に係長や管理官と話をして、会議がスムーズに進むように根回しをするものだが。

会議が終わっても、中嶋は他の刑事たちと熱心に話しこんでいる。現場レベルで、明日からの捜査をどうするか、相談しているのだろう。まあ、熱心なのは決して悪いことではない……彼らの様子を横目で見ながら、岩倉は特捜本部を抜け出した。

4

三日後の捜査会議は荒れた。というより、一気に沸騰して、岩倉にとっては嫌な感じになった。その中心にいたのは、中嶋である。

「浜口の同僚何人かに話が聴けました。事件当日の浜口のアリバイがはっきりしません」

「どういうことだ？」千葉が突っこむ。

「事件当日、仕事が終わった後で、社員数人で呑みに行ったそうです。場所は、蔵前駅前の居酒屋――そこからスナックに移動して、呑み会は十一時近くまで続きました。最後までいたのが三人なんですが、浜口は急に『用事があるから』と言って、そのスナックを出て行ったそうです」

「用事？」千葉がそこに食いついた。「そんな夜中にどういうことだ」

「それは分かりませんが、ひどく慌てた様子だったそうです。そして、会社の上にある部屋に戻って来たのは、午前三時過ぎ——四時近かったと分かっています」

「どうしてそこまで言い切れる？」

「あの建物の三階には、浜口ともう一人の社員が住んでいるんです。そのもう一人の社員が、浜口が帰って来た物音に気づいて目が覚めたんですよ。翌日、『明け方近くに帰って来たのか』と確認したら、浜口は認めたそうです」

「呑んでただけかもしれないじゃないか」千葉は否定的だった。

「翌日聞いた時に、適当に話を誤魔化された感じがしたそうです」

「それは確かに怪しいな……」

言って、千葉がまた池内と相談する。池内が素早くうなずき、真顔になって立ち上がった。

「よし、取り敢えず浜口を任意で引こう。事件当日のアリバイについて話を聴くんだ。同時に、会社の人たちへの正式な事情聴取も展開する」

「ちょっと待って下さい」岩倉は立ち上がり、池内と対峙した。「まだ早いですよ。アリバイがはっきりしていないのは確かですが、もう少し周辺の調査を進めて、浜口の動きを確実にした方がいいと思います」

「しかし、午後十一時から午前四時ぐらいまでのアリバイがはっきりしないんだぞ」池内が反論した。「火災の通報は午前二時十分だ。黒木さんを殺して放火したとしても、十分な時間があったはずだ。火が回ったのを見届けてから蔵前まで帰れば、四時ぐらいになるのは自然じゃないか」

「だけど、どうやって帰ったんですか」岩倉は指摘した。「浜口の運転免許は失効していますし、車もバイクも持っていません。仮に自転車を使ったとしたら、大森から蔵前までどれぐらいかかりますかね。不可能とは言いませんが、もう少し状況を精査してからでもいいんじゃないですか？　タクシーを使っていれば、すぐに分かるはずです。近所で呑んでいた可能性もありますから、その辺の聞き込みももう少し徹底してやらないと」

「しかしな……」

「俺は十年前に、浜口に対する取り調べを見ていました。俺の中では、あの時の放火事件に関する浜口の印象は『黒』です。浜口は、火を見ると興奮するタイプの連続放火犯かもしれない。しかし取り調べに関しては、曖昧な情報や脅しでは落ちないタイプです。もっと証拠が必要です」

しばらく池内との言い合いが続いたが、結局岩倉が勝った。ほっとして会議室を出ようとした瞬間、中嶋に呼び止められる。

「そもそも浜口のことを言い出したのはガンさんじゃないですか」抗議するような口調だった。

「そうだよ」

「十年前の放火事件の犯人だとも思ってるんでしょう？　それにその後、実際に逮捕されたこともある」

「ああ」

「生来の放火犯じゃないですか。叩けば絶対に落ちますよ。浜口は簡単には落ちますよ」

「もっとはっきりした証拠がないときついぞ。浜口は簡単には落ちない」

「いや、絶対あいつですよ」中嶋は引かなかった。「だいたい、ガンさんだって疑ってるんでしょう？　そもそもこのルートを敷いたのはガンさんですよ」

「それは認めるけど、俺は最初から、百パーセントあいつがやったとは思っていない。お前も焦るな」

「焦ってませんよ」むきになって中嶋が反論した。

「手柄が欲しいのは分かるけど、こういう時はむしろ一歩引いて見る方がいいんだ。それに俺たちは、今回はあくまで火災犯捜査係の手伝いなんだぞ。俺たちが暴走して、あいつらに迷惑をかけたらまずいだろうが」

「迷惑かけなければいいんでしょう？　ちゃんとやりますよ」

中嶋の意外な強硬姿勢に驚いたが、岩倉も引く気はなかった。

「とにかく、すぐには引かないという方針が決まったんだから、周辺の証拠集めを頑張れ。そういう地味な作業は大事なんだぞ。いざ本番の取り調べになったら、お前に任せるから。落としたら大手柄だぜ……ただし、そのための準備は怠るな」

中嶋はあまりにも焦り過ぎている。こういう焦りが冤罪を生むことになるのだ。間違った人間を逮捕してしまった刑事は、生涯消えない傷を負うのだが……俺は何も、嫌がらせをしているわけじゃない。若いうちにダメージを負って欲しくないだけだと言おうとしたが、中嶋はそれ以上の会話を拒否するように、さっと一礼してその場を去ってしまった。

若いっていうことだなあ……とっくにベテランの域に入っている岩倉としては、苦笑するしかなかった。

5

七年前の事件で浜口の弁護を担当した群馬県の弁護士を割り出し、電話で話をすることができた。

「そうですか、彼はまた疑われているんですか」弁護士は溜息をついた。

「常習の放火犯である可能性もあります。火を見て興奮するために放火する人は、昔からいますからね」

「それは知ってますけど、彼の場合はどうかなあ」弁護士は懐疑的だった。

「出所してからはどうしていたんですか？　しばらく所在が分かっていなかったと聞いています。でもいつの間にか、東京できちんと就職して、真面目に働いていた」

「たまに手紙がきますよ。そういうことをする人は珍しいんですけどね」

「先生の弁護に感謝してるんじゃないですか？」

「しかし、実刑判決を受けてるからねえ」この弁護士の感覚では、浜口の事件は「失敗」なのかもしれない。執行猶予付きの判決と実刑判決では、天と地ほどの差がある。

「自分で予想していたよりも軽い刑だと思ったんじゃないですか」

「まあ、その辺は本人の感覚ですけど……ある意味、律儀な人ですよね」

「手紙は、どんな内容ですか？」

「それこそ、暑中見舞いとか年賀状ですけど、真面目に働いていることは間違いないと思いますよ。完全に心を入れ替えたんじゃないですかね」

「なるほど……そう言い切れますか？」

「出所後、本人と面会して話したことはないですけど、そうだと思いますよ」

「根拠は？」詰め寄るような言い方になってしまったと思いながら、岩倉は訊ねた。

「誰かの世話になると、どんなに悪い人間でも、恩を仇で返したくはないと思うんですよね」

「誰かの世話になったんですか」

「昔来た手紙――就職が決まった報告の葉書に、そんなことが書いてありましたよ」

「誰かが就職を世話したとか？」ピンときた。

「ええ。そういう恩が身に染みてたんじゃないですかね。実際彼は、出所してからしばらくは、定職につけずに苦労していました。仕事があって、生活が安定するのは、ありがたいことだったはずですよ。私は、浜口さんは完全に心を入れ替えたと思います。恩人のためにも、もう罪は犯したくないと思っていたんじゃないかな。薬物事件なんかと違って、自分でそれなりにコントロールできるものじゃないですか？」

確かに……何度か放火で捕まった犯人はいくらでもいるが、生涯ずっと放火を繰り返して――という話は、岩倉の記憶にはない。常習性と言っても、この弁護士が指摘するように、理性で抑えつけることはできるはずだ。

ということは、そもそも自分が浜口を怪しいと思った根拠自体が怪しくなってくるのだが。

岩倉はこの手がかりをきっかけに、さらに事情聴取を進めた。さほど難しいことではなかった。何本か電話をかけると、弁護士が言っていたことが裏づけられたのである。あとは、最終的にどうするかだ……岩倉は、中嶋に少し勉強させることにした。彼にしたら、痛い勉強になるだろう。自分がやっていることが間違いないと信じて、一直線に突き進んできたのが、いきなり目の前に壁が出現して衝突する感覚に近いかもしれない。しかも、最初に中嶋の尻をたたいたのは自分なのだ。まるでマッチポンプだが、警察の仕事ではこういうこともある。軽い挫折なら、若いうちに味わった方がいい。年を取ってから激しく挫折すると、立ち直れないままにキャリアが終わってしまう。

6

中嶋は、ずっと不機嫌だった。いや、不審そうにしている。どうしてこんなことになったのか、想像もできない様子だった。

「どういうことなんですか、ガンさん」

「自分で考えてみろよ」何度目かの質問を、岩倉ははねつけた。説明するのは簡単だが、自分で考える癖をつけないと、刑事として成長しない。

「何か、よく分からないんすけど……急に方針転換して事情聴取なんて」中嶋がぶつぶつ文句を言った。

蔵前の橋本商店。浜口に事情聴取を行うことは、事前に会社の社長、橋本武夫《たけお》に通告してあった。それも、極めて入念に。嫌疑を晴らすための事情聴取なので、この後も会社側にはできるだけ自然に接して欲しかった。刑事が積極的に言うことではないのだが、話を聴いたらそれっきりというのは、岩倉の性に合わない。

会社の中で話を聴くわけにもいかないので、近くの交番を使う手筈を整えていた。警察施設に呼ばれると抵抗感を抱く人も多いのだが、浜口は約束の時間ちょうどに、社長の橋本に連れられてやって来た。小さな会社とはいえ、社長がここまで社員の面倒を見るのは……おかしくない。そうする事情が、橋本の方にはあったのだ。

奥の休憩スペースは狭く、三人入るとやけに窮屈な感じになる。浜口はやはり緊張していたが、岩倉が「十年前のこと、覚えてますか」と切り出すと、不審そうな表情を浮かべてまじまじと岩倉の顔を見た。ほどなく「ああ」と短く言ってうなずく。

「あなたは、十年前も放火の疑いで事情聴取を受けた」

「十年……」呆然としたように浜口が言った。

「今日は、あの時の話じゃありません。つい最近、大森で発生した放火殺人事件について、話を聴かせて下さい」

浜口の顔がさっと蒼褪める。「それは……」と言ったきり口をつぐんだ。

「火災の前後、あなたは現場近くで何度か目撃されています。実は私も、火災から二日後の午後九時過ぎ、あなたが現場にいるのを見ている。正直に言いますと、あなたが黒木さんの家に放火して、その後様子を見に来たのだと想像しました。犯行現場に戻って来る犯人は、意外に多いんです。自分がやったことを確認したり、何か手がかりを残していないかと心配になったり……あなたもそうですか？」

「違う！」浜口が声を張り上げる。「俺は何もやっていない！」

「火災が起きた前後の数時間、あなたはどこにいたんですか？　会社の上にある部屋に戻ったのは、午前四時頃ですよね？　そんな時間まで、どこで何をしていたんですか？」

「呑んでたんだ」

「場所は？」

「この近く——駅前に『サイクル』っていう店がある」

「呑み屋？」

「スナック」

岩倉は、隣に座る中嶋をちらりと見た。この情報はまだ割り出せていないはず……中嶋は嫌そうな表情を浮かべていた。

「十一時から四時近くまで？　長っ尻《ちり》過ぎませんか」

「……女だよ」浜口がぼそりと言った。「その店で働いている女」

「名前は？」

「小谷《おたに》祥子《しょうこ》」

「呑みに行っていたというより、その女性に会いに行っていたんですか？」

「そういうこと」

「その件、裏を取りますよ」

「どうぞ」言って、浜口が大きく溜息をついた。「まったく……向こうは、俺の前科のことは知らないんだ」

「それを教えてしまうのは申し訳ないんですけど、この時間のアリバイがはっきりしないと、あなた、やばいことになりますよ」

「分かってるよ。しょうがない。とにかく俺は、放火なんかしてないから」

「分かってます」

岩倉の言葉が予想外だったのか、浜口が大きく目を見開いた。

「亡くなった黒木さんは、あなたにとって恩人だったんですね」

「それは……」

「刑期を終えた後、あなたは一時大森に住んでいた」

「ああ」

「そこで黒木さんと知り合ったんですね？　黒木さんとあなたが知り合ったきっかけがよく分からないんですが、何があったんですか？」

「黒木さんは、ボランティア活動に熱心だった。地元の子ども相手に、子ども食堂を何ヶ所かで運営していたんです。俺は仕事しながら、時々そこを手伝っていて、黒木さんと知り合った」

「改心したわけですね」

「馬鹿にしているかもしれないけど、俺だって刑務所暮らしは、もううんざりだったんだ。二度とあんなところへ戻るつもりはない。だから、少しでも人助けになることをやって、生まれ変わろうとしたんだよ。ただ、仕事が長続きしなくて……」

「そんな時に、黒木さんが今の仕事を紹介してくれた。黒木さん、商社マン時代に今の社長の先代——お父さんとつき合いがあったそうですね。その関係であなたは、何とか橋本商店に就職できた」

「何でそんなことが分かったんだ？」

「あなた、弁護士にそういう内容の手紙を送ったでしょう？　それに黒木さんの息子さんたちが、同じ話を聞いていたんですよ」

「ああ……」

「最初俺は、あなたが犯行現場を確認しに来たんだと思っていた。過去には、そういうこともありましたからね。ただ、あなたの場合はそうじゃなかった。お悔やみだったんですね？」

「黒木さんは……」浜口がうつむく。ゆっくり顔を上げた時には、その目に涙が溢れていた。「黒木さんは、俺のためにあれこれ手を尽くしてくれたんだ。今時、あんな風にやってくれる人がいるなんて、信じられなかったよ。俺にとっては、大事な恩人なんだ」

「まだつき合いがあった？」

「たまに酒を持って、遊びに行ったよ」

それで、放火の前にも現場で姿を見られたのは納得できる。岩倉はうなずいた。

「黒木さんが放火殺人の犠牲になったという話を聞いて、あなたは現場にお悔やみに行った」

「ああ。本当は葬式に出たかった。葬式で、ちゃんとお礼を言って、家族にも挨拶したかった。でも、家族の連絡先も分からないし……あの場でお悔やみを言うぐらいしかできなかったんだ」

「分かりました」岩倉は膝を叩いた。「今の話の裏は取らせてもらいますけど、取り敢えずこれで終わりにします。会社であなたが不利にならないよう、手は回しておきました」

「何でそこまで……」

「あなたは犯罪者じゃない。一般市民を守るのは、警察の役目ですからね」

7

「これでゼロからやり直しじゃないですか」中嶋がぶつぶつ文句を言った。大森町駅から北大田署へ向かう途中。

「そうなるな」

「結局、ガンさんが一人で騒いで、俺たちはそれに巻きこまれただけじゃないですか」

「申し訳ない」岩倉は素直に頭を下げた。「でも、可能性を一つ一つ潰していくことが捜査なんだぜ」

「そうかもしれませんけど……」

「仮に、お前が現場で浜口を見かけたらどうしていた？」

「それは……同じように調べていたでしょうね」

「それで容疑者が一人消えても、しょうがないと思うだろう。やっていない人間に罪を押しつけるわけにはいかないんだから。犯人を捕まえることが刑事の一番の仕事だけど、容疑を晴らす――無実の人を罪に陥れないことも刑事の仕事じゃないかな」

「何か、マイナスの仕事みたいな感じですけどね」

「刑事の仕事にマイナスはないよ」

本当は一歩――いや、かなりの後退なのだ。浜口のことを調べている間に、真犯人は遠くへ逃げてしまったかもしれない。とはいえ、警察の仕事の九割は無駄である。一歩進んで十歩下がることも珍しくもない。

岩倉にとって残念なのは、自分がこの事件の犯人を逮捕することはなさそうだ、ということである。自ら希望した異動が迫っている。そして容疑者が一人もいなくなった今、この事件の捜査は長引くだろう。
それも刑事でいることの定めなのだが。全てを自分で見届けることはできない。

あとがき――岩倉剛の作り方

堂場瞬一

小説の登場人物は、「どこまで作家本人に寄せるか」という問題がある。作家が自分をモデルにして書けば人物造形が楽だという説がある一方、人間は自分のことが一番分からないから、かえって不自然な人物像になってしまうという説もある。私は後者の考えで、主人公についてはできるだけ自分とかけ離れた設定にするようにしてきた。ついには女性主人公まで出してしまったから（警視庁総合支援課シリーズ＝講談社文庫）自分でも徹底していると思う。唯一、警視庁失踪課シリーズ（中公文庫）の主人公・高城賢吾は私と同い年という共通点があるが、私がまったく酒を吞まないのに対して、滅茶苦茶な酒吞み（自分のデスクにウイスキーのボトルを隠している）なので、一八〇度違う人間と言っていい。

さて、「ラストライン」のシリーズ主人公、ガンさんこと岩倉剛はどう生まれたか。岩倉が初登場したのは週刊文春の連載で、二〇一七年だった。自分より五歳下の設定にしたのは、「自分に寄せない」という方針に従ってである。若い人から見れば、「五十代なんて皆同じでしょう」かもしれないが、なに、五十代も前半と後半ではだいぶ違うのですよ。

その頃の私は、仕事人生の終わり、ということをしきりに考えていた。私自身は注文がなくなるまで仕事は続けるつもりなのだが、当時五十代半ば、会社勤めを続けていたら、そろそろ定年について考える年齢になっていた。同じ歳の人に「定年後のことなんか考えてる？」と聞くと、たいてい「いや、まだ全然」という呑気な返事が返ってきたのだが、会社というか組織を離れてしまったが故に、ある種のノスタルジーのような感覚で、定年を意識していたのかもしれない。このシリーズ以外でも、『帰還』（文春文庫）では五十代を迎えてそろそろ会社員人生のまとめにはいっている新聞社の同期三人（プラス一人）の物語を描いている。

という個人的なこだわりの中で生まれたのが、五十歳を迎えたばかりで定年まであと十年になった、岩倉というキャラだった。年一冊ペース、十冊で定年間際になれば綺麗だろうな、という計算もあった。あるいは十一冊でちょうど定年、六十歳まで描いてもいい。要するに、警察官人生の終わりが見えていて、残りの十年間をいかに生きるか、という物語にしたかったわけ。

まだ折り返したばかりなので、本当に予定通りにいくかどうかは分からないが。年齢はこれで決まった。後はどういう性格づけにするか。

一つ考えたのが「猪突猛進にしない」である。私の作品のシリーズ主人公には、猪突猛進、自分勝手、周りが見えない、唯我独尊タイプが少なくない。チームワークを重視して、仲間と協力し合って事件解決に向かう、というパターンは例外的だった。

この辺、自己分析すると、昔からのハードボイルド好きが背景にある。ハードボイルドの基本は、やはり一匹狼の探偵だから、一人で暴走するしかないわけだ。

とはいえ、こういうキャラばかりでは、似たような話ばかりになってしまう。そこで岩倉は「待ったの岩倉」にすることにした。

あなたの職場にもこういう人、いませんか？　会議などで何となく方向性が定まりそうになった時、「ちょっと待って」と言って反対意見を出す人。大抵疎まれるのだが、その指摘が当たっていることも多い。少し引いた立場から見ると、物事のマイナス面が見えてきたりするものだから……そのせいで会議は長引いてしまうが。

警察の仕事はミスが許されないが、やはり組織、しかも徹底した上意下達の組織であるが故に、反対意見が出にくいという特徴もある。そんなところに頻繁に「待った」を言える人間がいたら面白いのでは、と考えたのがきっかけだ。

そして、この「待った」がミスを防ぐきっかけ、警察の捜査としては最終防衛線になるということからついたシリーズタイトルが「ラストライン」である。ただし、やはり岩倉自身が暴走してしまうことはある。心に染みついたハードボイルド好きは、どうしても拭い去れないものですね。

もう一つが記憶力だ。

どんな仕事でも、抜群の記憶力は絶対に役に立つ。しかもこと事件に関してだけ、異常に記憶力が良ければ、刑事としては最高の武器になるだろう。というわけで、腕っぷしが強いわけでもない岩倉に、怪物的な記憶力という能力を付与した。ただし仕事以外では役に立たない記憶力で、私生活では「ちょっと大丈夫か」と思えるぐらい抜けているのだが。

その私生活では、離婚前提で妻と別居中、若い恋人がいるが、娘には構ってほしい――この辺は後からできた設定だが、こういう風にしてしまったので、話に奥行きが出たと言えるか、混乱したと言うべきか。しかし岩倉の彼女の実里さん、ちょっと世間とずれた性格が個人的には好きなんですよね。

作家はどうやって登場人物を生み出しているか――その一端を想像していただければ幸いである。

キャラクターを作る時には、表に出ない裏設定もある。

小説に登場する全てのキャラクターに細かい設定をすることは難しいが、主要登場人物に関しては、細かい行動・性格の設定をしておくのが普通だ。中にはきちんと履歴書を作る作家もいるそうだ。私はそこまでやらないが……いずれにせよ、裏設定をすることで、人物造形が薄っぺらくなるのを防ぐことができる気がする。特有の考え方や行動の背景には、過去のこんな事情が関わっていた——という感じだ。実際にはそういう事情は書かずに、作家の頭の中で転がしているだけ、ということなのだが。

そういう「背景」を表に出さなければならないこともあるのだが、どう描いていくかは難しい。ストーリーの流れを阻害しないためには、できるだけシンプルに書く方がいいのだが、そうすると単なる「説明」になってしまって味気なくなる。

過去の出来事と現在のリアルタイムの展開を交互に書いていく手もあるが、これだとスピード感が落ちるし、シリーズものにはそぐわない。

そこで「外伝」である。「アナザーフェイス」でも使った手だが、本編が始まる前の若い時代を描いていくことで、「今」の主人公がどのように形作られたかが分かる、という手法だ。

岩倉に関してもこの手法を使い、自分の中にあった裏設定をほぼ出した。かつて捜査一課の中でも強行班の他に火災班にいたこと、「アナザーフェイス」の大友鉄が実里を紹介した詳しい経緯……まだ二十代、警察官として駆け出しの岩倉が、五十代でこういう人間になるまでに何があったか、さまざまな出来事を描いてきたつもりである。これで少しでも、岩倉のベースが分かってもらえれば、作者冥利に尽きる。というわけで、ヤング（後半は若くもないが）岩倉の活躍をお楽しみ下さい。

とはいえ、一つだけまだ書いていないことがある。結婚当初から何かとぎくしゃくしていて、やがて別居・離婚に至る妻との出会いである。

正直に言おう。実はこの件、裏設定でもまったく考えていなかった。後づけで理由はいくらでも作れるだろうが、今のところは謎のままにしておこうと思う。全部明らかにならなくても、それはそれでいいのではないだろうか？

どうしてこの設定を考えていなかったか？

単に忘れていただけです。

初出
手口……オール讀物　二〇二二年十二月号
嘘……同　二〇二三年五月号
隠匿……同　二〇二三年二月号
想定外……同　二〇二三年八月号
庇護者……同　二〇二一年七月号
戻る男……電子書籍（アップルブックス限定）　二〇二一年五月配信

DTP制作　エヴリ・シンク

文春文庫

灰《はい》色《いろ》の階《かい》段《だん》
ラストライン0

定価はカバーに表示してあります

2023年3月10日　第1刷

著　者　堂《どう》場《ば》瞬一《しゅんいち》
発行者　大沼貴之
発行所　株式会社 文藝春秋

東京都千代田区紀尾井町 3-23　〒102-8008
TEL　03・3265・1211㈹
文藝春秋ホームページ　http://www.bunshun.co.jp

落丁、乱丁本は、お手数ですが小社製作部宛お送り下さい。送料小社負担でお取替致します。

印刷・凸版印刷　製本・加藤製本
Printed in Japan
ISBN978-4-16-792007-4

（　）内は解説者。品切の節はご容赦下さい。

堂場瞬一
アナザーフェイス
家庭の事情で、捜査一課から閑職へ移り二年が経過した大友だが、誘拐事件が発生。元上司の福原は強引に捜査本部に彼を投入する……。最も刑事らしくない男の活躍を描く警察小説。
と-24-1

堂場瞬一
敗者の嘘
アナザーフェイス2
神保町で強盗放火殺人の容疑者が、任意同行後に自殺、その後真犯人と名乗る容疑者と幼馴染の女性弁護士が現れ、捜査は大混乱。合コン中の大友は、福原の命令でやむなく捜査に加わる。
と-24-2

堂場瞬一
第四の壁
アナザーフェイス3
大友がかつて所属していた劇団「アノニマス」の記念公演で、ワンマンな主宰の笹倉が、上演中に舞台の上で絶命する。その手口は、上演予定のシナリオそのものだった。（仲村トオル）
と-24-3

堂場瞬一
消失者
アナザーフェイス4
町田の駅前、大友鉄は想定外の自殺騒ぎで現行犯の老スリを取り逃がしてしまう。その晩、死体が発見され……警察小説の面白さがすべて詰まった大人気シリーズ第四弾！
と-24-5

堂場瞬一
凍る炎
アナザーフェイス5
「燃える氷」メタンハイドレートをめぐる連続殺人事件。刑事総務課のイクメン大友鉄最大の危機を受けて、「追跡捜査係」シリーズの名コンビが共闘する特別コラボ小説！
と-24-6

堂場瞬一
高速の罠
アナザーフェイス6
父・大友鉄を訪ねて高速バスに乗った優斗は移動中に忽然と姿を消す——誘拐か事故か!?　張り巡らされた罠はあまりに大胆不敵だった。シリーズ最高傑作のノンストップサスペンス。
と-24-8

堂場瞬一
愚者の連鎖
アナザーフェイス7
刑事部参事官・後山の指令で、長く完全黙秘を続ける連続窃盗犯を取り調べることになった大友。めったに現場に顔を出さない後山や担当検事も所轄に現れる。沈黙の背後には何が？
と-24-10

文春文庫　堂場瞬一の本

堂場瞬一
潜る女
アナザーフェイス8

結婚詐欺グループの一員とおぼしき元シンクロ選手のインストラクター・荒川美智留。大友は得意の演技力で彼女の懐に飛び込んでいくのだが——。シリーズもいよいよ佳境に！

と-24-11

堂場瞬一
闇の叫び
アナザーフェイス9

同じ中学に子供が通う保護者を狙った連続殺傷事件が発生。刑事総務課のイクメン刑事、大友鉄も捜査に加わるが、容疑者は二転三転。犯人の動機とは？　シリーズ完結。（小橋めぐみ）

と-24-12

堂場瞬一
親子の肖像
アナザーフェイス0

初めて明かされる「アナザーフェイス」シリーズの原点。人質立てこもり事件に巻き込まれる表題作ほか、若き日の大友鉄の活躍を描く、珠玉の6篇！（対談・池田克彦）

と-24-7

堂場瞬一
ラストライン

定年まで十年の岩倉剛は捜査一課から異動した南大田署で独居老人の殺人事件に遭遇。さらに新聞記者の自殺も発覚し——。行く先々で事件を呼ぶベテラン刑事の新たな警察小説が始動！

と-24-14

堂場瞬一
割れた誇り
ラストライン2

女子大生殺しの容疑者が裁判で無罪となり自宅に戻ったが、近所は不穏な空気に。〝事件を呼ぶ〟ベテラン刑事・岩倉剛らが警戒をしている中、また次々と連続して事件が起きる——。

と-24-15

堂場瞬一
迷路の始まり
ラストライン3

殺された精密機械メーカー勤めの男と、女性経済評論家殺しの被害者とのつながりが判明。意見の相違で捜査から外された岩倉刑事が単独で真相に迫る中、徐々に犯罪組織が姿を現す。

と-24-16

堂場瞬一
骨を追え
ラストライン4

岩倉が異動したばかりの立川中央署管内で、十年前に失踪した女子高生の白骨遺体が発見される。犯罪被害者支援課の村野たちと反発し合いながらも協力し、岩倉は真犯人に迫る。

と-24-18

（　）内は解説者。品切の節はご容赦下さい。

倉知　淳
片桐大三郎とＸＹＺの悲劇
元銀幕の大スター・片桐大三郎の趣味は、犯罪捜査に首を突っ込む事。その卓越した推理力で、付き人の乃枝と共に事件に迫る。絶妙なコンビが活躍するコミカルで抱腹絶倒のミステリー。
く-40-1

小松左京
アメリカの壁
アメリカと外界とが突然、遮断された。いったい何故？　四十年前にトランプ大統領の登場を予言した、と話題沸騰の表題作を含む、ＳＦ界の巨匠の面目躍如たる傑作短編集。（小松実盛）
こ-5-13

小松左京　原作・吉高寿男　ノベライズ
日本沈没２０２０
二〇二〇年、東京オリンピック直後の日本で大地震が発生。普通の家族を通じて描かれた新たな日本沈没とは。究極の選択を突きつけられた人々の再生の物語。アニメを完全ノベライズ。
こ-5-14

幸田真音
ナナフシ
リーマン・ショックで全てを失った男と将来有望な若きバイオリニストが出会う。病を抱えた彼女を救うべく、男は再び金融市場へ。経済小説の旗手が描く「生」への物語。（倉都康行）
こ-25-6

小池真理子
死の島
末期のがんと判明したひとりの男が「自分らしい幕引き」を求め、周到な準備を進める。ひとり冬の信州に向かった男が選び取った尊厳死とは――圧倒的長編。（白石一文）
こ-29-10

今野　敏
アクティブメジャーズ
「ゼロ」の研修を受けた倉島に先輩公安マンの動向を探るオペレーションが課される。同じころ、新聞社の大物が転落死した。二つの事案は思いがけず繋がりを見せ始める。シリーズ第四弾。
こ-32-4

今野　敏
防諜捜査
ロシア人ホステスの轢死事件が発生。事件はロシア人の殺し屋による暗殺だという日本人の証言者が現れた。ゼロの研修から戻った倉島は、独自の〝作業〟として暗殺者の行方を追う！
こ-32-5

佐藤愛子
血脈
（全三冊）
物語は大正四年、人気作家・佐藤紅緑が、新進女優を狂おしく愛したことに始まった。大正から昭和へ、ハチロー、愛子へと続く佐藤家の凄絶な生の姿。圧倒的迫力と感動の大河長篇。
さ-18-29

笹本稜平
還るべき場所
世界2位の高峰K2で恋人を亡くした山岳家は、この山にツアーガイドとして還ってきた。立ちはだかる雪山の脅威と登山家たちのエゴ。故・児玉清絶賛の傑作山岳小説。（宇田川拓也）
さ-41-3

笹本稜平
大岩壁
ヒマラヤで〝魔の山〟と畏怖されるナンガ・パルバット。立原は冬季登頂に失敗、友の倉本を失う。5年後、兄の雪辱に燃える倉本の弟と再び世界最大の壁に挑むが……。（市毛良枝）
さ-41-6

佐々木　譲
代官山コールドケース
神奈川県警より先に17年前の代官山で起きた女性殺しを解決せよ。密命を受け、特命捜査対策室の刑事・水戸部は女性刑事とコンビを組んで町の奥底へ。シリーズ第二弾。（杉江松恋）
さ-43-7

坂木　司
ワーキング・ホリデー
突然現れた小学生の息子と夏休みの間、同居することになった元ヤンでホストの大和。宅配便配達員に転身するも、謎とトラブルの連続で!?　ぎこちない父子の交流を爽やかに描く。
さ-49-1

坂木　司
ウィンター・ホリデー
冬休みに再び期間限定の大和と進の親子生活が始まるが、クリスマス、正月、バレンタインとイベント続きのこの季節はトラブルも続出……。大人気「ホリデー」シリーズ第二弾。（吉田伸子）
さ-49-2

桜庭一樹
私の男
落魄した貴族のようにどこか優雅な淳悟は、孤児となった花を引き取る。内なる空虚を抱えて、愛に飢えた親子が超えた禁忌を圧倒的な筆力で描く第138回直木賞受賞作。（北上次郎）
さ-50-1